闪亮的星星

李新章 著

台海出版社

图书在版编目（CIP）数据

闪亮的星星 / 李新章著 . -- 北京 : 台海出版社，
2024. 10. -- ISBN 978-7-5168-3960-7

Ⅰ . I247.5

中国国家版本馆 CIP 数据核字第 2024AC6710 号

闪亮的星星

著　　者：李新章	
责任编辑：王　萍	装帧设计：刘昌凤

出版发行：台海出版社

地　　址：北京市东城区景山东街 20 号　　邮政编码：100009

电　　话：010-64041652（发行、邮购）

传　　真：010-84045799（总编室）

网　　址：www. taimeng. org. cn/thcbs/default. htm

E - mail：thcbs@126. com

经　　销：全国各地新华书店

印　　刷：廊坊市印艺阁数字科技有限公司

本书如有破损、缺页、装订错误，请与本社联系调换

开　　本：660 毫米 ×960 毫米		1/16	
字　　数：232 千字		印　　张：19	
版　　次：2024 年 10 月第 1 版		印　　次：2024 年 10 月第 1 次印刷	
书　　号：ISBN 978-7-5168-3960-7			

定　　价：98.00 元

传承，是颗种子
是一种基因
是永不熄灭的信仰
是流淌在血液里的真理

李新华

明亮的星星在闪烁

看到长篇小说《闪亮的星星》的书名，我顿时想起了半个世纪前的部队作家李心田写的一本书——《闪闪的红星》。那年头，《闪闪的红星》被改编成电影，在全国播放，引起了很大轰动。我记得，那天夜里我是在上海电影制片厂的演播厅里看的《闪闪的红星》，看完电影，几乎所有的观众都挤末班的42路公交车回家。在拥挤的车厢里，人们仍在意犹未尽地争相说着观影的感受和体会。事后，我把这情景告诉了李心田，由衷地为他的作品取得成功而高兴。

没有想到，半个世纪过去了，又有作家写出了一本书，书名《闪亮的星星》，给我的感觉，和《闪闪的红星》十分相似。我不由得向上海奉贤作家李新章打听，写作《闪亮的星星》的初衷是什么？

又是一个姓李的作家，书名又有点儿相似，这是不是很有趣儿？

新章先生告诉我，促使他提起笔来写作这本书的想法，源于他去医院探望、护理78岁的老父亲。父亲在给他讲起当年的训练时，说起了一次事故。

一位民兵在打靶时，竟然误伤了另一位兄弟，夺去了他的性命。从此以后，这位民兵深陷于自责之中。当新章的父亲在退休后赶到伤人者家乡再去探望他时，这个人自始至终没有从苦恼和追悔的泥泞中走出来，并且在自暴自弃的追悔中堕落成了一个酒鬼。

新章由父亲对往事的回忆开始，决心要深入地去了解父亲那一代人，洞悉他们的心灵世界，认识他们的希冀和追求，从而把父辈和新章他们这一代的共同的理想记录下来。不但要写好两代人的情怀和故事，还要通过一个个鲜灵活现的人物，写出老一辈同志内心的理想、信仰、斗争气质以及他们之间的深厚情谊，让代代相传的奋斗基因，通过《闪亮的星星》更好地传播出去，传承下去。

正如作者所说，这只是一个小型长篇小说，我觉得《闪亮的星星》就是一部小长篇。这一点和我前面举例提到的李心田的《闪闪的红星》也很相像，篇幅不长。但是在这几天阴冷的日子里，我还是坐在窗边，把《闪亮的星星》读完了。

我觉得，书中的一个个作者的同时代人，及他们的父辈形象，还是栩栩如生地塑造起来了。

新章先生想要表达的两代人的情怀，理想，信念，传承，都展现得淋漓尽致，有血有肉。

明亮的星星在闪烁。也祝愿长篇小说《闪亮的星星》像当年的《闪闪的红星》一样取得成功，受到读者们的欢迎。

是为序。

叶辛

2024 年 3 月

目录
CONTENTS

第01章

下午第三节课下课的铃声响了，黄芬以一贯麻溜的动作，整理好书包准备回家。她总是来去匆匆。早上常常是在上课的铃声中冲进教室，下午最后一节课的下课铃刚打响，她又急急忙忙地奔出教室。今天，她刚要背起书包跑步回家，却被劳动委员刘青青叫住了："黄芬，今天你值日，扫帚先生还想请你跳支交际舞呢。"自从白老师在语文课上表扬了刘青青作文写得生动，修辞和想象力都很出色以后，她平时说话就起了变化，只要是在公开场合，就尽可能地用足修辞手法和想象力，以显示她与众不同的文学修养。

"扫帚先生真是艳福不浅，我巴不得马上变成一把扫帚，与班上最漂亮的黄芬同学跳上几圈。"班里的一号"灾星"康帆学着刘青青的样子油腔滑调地插了一句。平时，他总是以流里流气的腔调为荣，所以，每次他在班上发表观点，总会引来阵阵嘘声。

"今天轮到我值日吗？对不起，青青同学，我真忘了。"黄芬总是这样，说话软软的，声音小小的。说话的时候，她的目光总是低垂着，如她贴在额角的软软的刘海。

刘青青看了看黄芬，没回她的话。当她的目光落在康帆脸上时，视线好像被点燃了，冒着火星："康帆，我警告你，不许说不三不四的话，占女同学的便宜，不然，我就跟你翻脸！"

"来呀，翻一个给大家看看，我很好奇，你把脸翻过来了，还是不是刘青青。"康帆保持着嘻皮笑脸的样子，继续着他的表演。

"你……你这个小混混，别以为老娘怕你！"刘青青扭曲着脸，完全疏忽了说话时必须重视的语法修辞。

"哪能呢？刘老大娘，您老人家怎么会怕我呢？"康帆的眼睛眯成一条缝，一张嘴巴明显咧着，全然一副死猪不怕开水烫的样子。

"别吵了，每个人都少说一句好吗？"黄芬的语气一下子加足了砝码，竟使一场闹剧一下子平息下来。在同学们的记忆里，黄芬发怒几乎是个天方夜谭的虚诞故事，而当这个虚诞故事在他们毫无准备的时候，突然发生在他们眼前，除了停止，他们手足无措，只能安静下来。

"请不要浪费时间了，好吗？今天我有很要紧的事情，我得赶紧回去。"尽管有点生气，可黄芬的音量依然不是很大，声音依然绵软着，她抬起一双雾蒙蒙的、很大很好看的眼睛看了看大家。刚刚的激动，使黄芬眼睛里的雾气越来越浓重，渐渐化作两颗晶莹的泪珠。黄芬悄悄拉下右袖袖口，幅度很小地拭了拭眼睛，随后动员轮到值日的同学，加入她的队伍，扫地、洒水、擦窗……

可能天生的美丽气质本身就是一种号召力，只见同学们"哗啦"一下散开了，班上所有的扫帚在他们的手中都开始忙碌起来。没有轮到当天值日的同学，也去隔壁班级借来了扫帚、拖把、抹布等工具。教室几乎是在全班同学的共同努力下，十多分钟后，就干干净净了。

刘青青仍在为自己与康帆的舌战失利而耿耿于怀，骂他该死的小混混，说他在同学们都在帮着黄芬她们搞卫生时，溜得比兔子还快。尽管康帆早已开溜了，早已不在教室里了，但当着同学们的面，她依然要数落他几句的。她想，不管怎样，刚才丢失的颜面，能挽回一点儿是一点儿。

此时，康帆的死党向东流靠近刘青青，露出一副讨好她的嘴脸说，刚才康帆想拉他一起开溜，他却没有响应，宁肯得罪康帆，也要与刘青青一起战斗，与同学们一起战斗。他的一番话，同样遭到了同学们的嘘声和刘青青的白眼。

黄芬将扫帚安静地放在教室的角落，拍了拍手上的灰，背起书包，向帮她一起打扫的同学们频繁地点着头，边点头边说："谢谢同学们！谢谢了！"

黄芬一转身，一路小跑着向校门口的方向而去。

对大多数身处象牙塔中的少女而言，高二是热情奔放的。高二，是她们抬起稚嫩的下巴，看着自己五彩缤纷的幻想，像鸽子一样，在太阳底下一圈一圈地无忧无虑地飞翔；高二是她们平躺在操场的软绵绵的草地上，枕着无边无际、洁白无瑕的未来，咬着娇嫩的手指偷笑……在班级的黑板报上，玫瑰色的粉笔写着这样几句诗："高二是一轮飘着酒香的满月，是一个用月季花的花粉画出来的太阳……"是刘青青的笔迹；在学校门口左边橱窗的"学习园地"里，张贴着刘青青题为《我的高二》的作文，作文的结尾处写着："高二万岁！"

黄芬的高二似乎与这些关系不是很大。她只希望高二快快过去，希望高三也快快过去。为了爸爸妈妈，为了那个家，她盼望自己快快长大，能尽早地分担父母肩上的生活重担。

然而，无论黄芬如何迫切地渴望长大，时间却依然像个慢郎中，不忧不急地、无精打采地朝前"滴答"着。然而无论日子再怎么缓慢，新一天的太阳依然会准时地升起在东方，天空依然沉静而辽阔。上课的铃声依然会在黄芬急匆匆跨进教室的同时，准时地响起。

白老师用白粉笔在黑板上写下"谁是最可爱的人"的时候，

黄芬的右手便情不自禁地抬起，隔着衣服捏一下那颗装在衬衣口袋里的红星，手指抚摸着它边缘棱角分明的轮廓，眼前便浮现出那张挂在自家客堂东墙上的照片。照片上，一对身穿军绿色服装的男女微笑着注视前方，男的英俊而威武，女的美丽而英姿飒爽。在黄芬的心目中，照片上那个英俊威武的男人，就是最可爱的人……这样想着，黄芬美丽的脸上就会情不自禁地生动起来。

"黄芬同学，这个问题请你来回答。"发现黄芬目光迷离，白老师故意抽黄芬。白老师三十岁了，上周刚过的生日。白老师讲课一贯认真投入，她的情绪通常会随着课文内容的变化而变化。她很自信，自信她的授课是生动的，是高质量的。她最容不得她的学生上课不认真听讲，她认为这是学生对老师的极不尊重。所以，当她发现黄芬的目光发散，明显不在听课的状态时，她把眉头皱了起来，一脸的严肃，"黄芬同学，请回答我的提问。"

一丝笑意轻描淡写地流过黄芬的双眼，她继续沉浸在她的幸福中，她的目光继续发散着。白老师的提问显然没能打断她的思绪。直到同桌的刘青青轻推了她一下，她才如梦初醒。

黄芬怯生生地站了起来，把脸深埋在胸前。白老师的目光就像染色剂，使黄芬的脸越来越红。刘青青以极轻的齿音提示道："你认为谁是最可爱的人？"

"黄芬同学，请回答我的提问。"白老师已经第三次重复了，语气一次比一次强势，一次比一次生硬。

黄芬不敢正视白老师坚定的目光，脸更加红了，微微颤抖的手有意无意地隔着衣服触碰那枚红色五角星，她将头微微抬起一点点，怯懦而又坚定地说："老师，我，我，我的爸爸……是最可爱的人。"哄的一声，教室里涌起一阵笑声，如突然冒出的喷泉。

白老师收起目光中的锋芒，移向刘青青："刘青青同学，请你补充回答。"刘青青微笑着站起，从容作答："中国人民解放军，是当今时代最可爱的人。"

"青青同学回答得非常好，预习课文也非常好，大家都要向她学习。请坐下。"白老师重新看向黄芬，"黄芬同学，你预习过课文了吗？上课注意听讲了吗？"白老师表情严肃地走到黄芬跟前，看了看黄芬空荡荡的课桌桌面问，"你的课本呢？"

此时，黄芬脸上的红潮已经褪尽，她弯下身体，从书包里抽出一个用报纸包裹着的纸包，小心翼翼地放在桌面。她静静地看着老师的时候，双眼的雾气快速凝聚，晶莹透亮着。她用很小的声音说："老师，课本在这里面。"话没说完，泪水早已滚滚而下，嘀嗒嘀嗒地敲打在那个纸包上，如滴落的雨滴。

白老师打开纸包，里面是一堆大小不一、形状各异的语文课本碎片。

原本，黄芬打算借刘青青的语文书，利用晚上睡觉的时间，自己悄悄地抄一本。这样，就可以把这个不光彩的秘密永远地隐藏起来。可还是被白老师揭穿了，甚至都没挨过第一天。

白老师感受到了黄芬无助的目光，觉得黄芬潮湿的目光柔和中透着坚定。她快速地将纸包按着原来的样子包好，随后在黄芬的肩膀上轻按了一下，示意她坐下，转向刘青青说："青青同学，你与黄芬同桌，先合看一本吧，我们继续上课。"

语文课后，班长沈黎萍最先来到黄芬的课桌旁，怯生生地问她："黄芬，你的语文书怎么撕成那样了呀？"

这时，好奇的、同情的、关心的同学们已经将黄芬和刘青青的课桌围了个水泄不通。大家期待的目光纷纷停落在黄芬已埋得很低很低的脸上。黄芬沉默着，她的眼前又一次浮现出那张照片，照片上她英俊的爸爸，正向她微笑着呢。很小的时候，同镇的小伙伴来她家里玩，她会神采飞扬地指着照片，骄傲地说："瞧，这就是我的爸爸！"小伙伴们会继续问："旁边那个美丽的姑娘是谁呀？"黄芬就会用同样骄傲的口吻回答："当然是我妈妈啦。"

"同学们，我想向大家更正一件事。"同学们的目光又一下子围住了刘青青，"黄芬同学刚才说她的爸爸是最可爱的人，她并没有说错。因为她的爸爸曾经就是一名英勇的战士，而且是个非常帅气的战士，她曾给我看过一张他爸当兵时拍的照片。她爸爸还送过她一颗鲜红的五角星呢。"刘青青转过脸，轻声对黄芬说，"芬，你把那颗五角星拿出来，让同学们看看。"

说起那些煽情的话题，刘青青总是显得非常激动，甚至会慷慨激昂。教室里一场风雨尚未平息，刘青青又续上另外一场，打湿了那个关于黄芬爸爸的话题。同学们都非常好奇，都建议黄芬将照片拿出来，都很迫切地希望分享黄芬内心的那份骄傲。骄傲？这是骄傲吗？黄芬打了个激灵，想起昨天晚上她爸爸另一张可怕的脸，黄芬长吁了一口气。

"我爸爸不但是战士，还是一名好爸爸。"黄芬抬头看大家的时候，两行眼泪却又流了下来。她侧了侧身子，从衬衣口袋里取出那个军绿色的绒布小口袋，松开收口线，然后从里面取出那颗鲜红的五角星，把它放在自己手心的中央，虔诚地拿给身边的同学看。

不一会儿，黄芬把五角星紧紧握在手中，然后趴在课桌上幅度很大地抽泣起来。同学们都不知道发生了什么，一时之间都面面相觑，不知所措。刘青青和沈黎萍几个平时与黄芬特别要好的女同学，便努力地安慰着她，劝她不要再伤心了，要她有什么难处说出来，有白老师和那么多同学撑腰，还有什么问题是不能解决的？

黄芬的这颗五角星，是她上小学一年级的第一天，爸爸带她去学校报名、领新书时，亲手送给她的。当天晚上，妈妈特意找来一块军绿色的绒布，按照那枚五角星的尺寸，缝制了一个带着收口线的小口袋，告诉小黄芬，这样，五角星上的红色油漆才不会轻易脱落。黄芬很喜欢这颗五角星，包括那个军绿色的小口袋，就像喜欢挂在客堂墙上的那张照片，照片上爸爸威武帅气，正气凛然，妈妈美丽大方，英姿飒爽。

她知道这颗五角星，是从爸爸军帽上摘下来的，是爸爸最崇敬的物件，是他的信仰。小时候，每周日的晚上，只要不下雨，学校的操场上就会放映露天电影。她最喜欢的电影，是彩色故事影片《闪闪的红星》。跟着电影里的叫法，她把爸爸送给她的这颗五角星也叫作"红星"。她想，红星，就是红色的星星，它们应该非常美丽。为此，电影散场以后，她总要在操场上静坐一小会儿。她在夜空中寻找，试图找到那些红颜色的星星，哪怕找到一颗也好。尽管她未曾找到过，但是，她坚信它们一定存在。

自小学一年级开始，那只装着红星的军绿色小口袋，就成为黄芬随身携带的物件，从未离开过她。她把它放在贴身衬衣的口袋里，把它当成护身符。

第二节课的预备铃响起的时候，黄芬抬起头，用衣袖略微擦拭了一下自己潮湿的脸蛋。同学们纷纷回到各自的座位上，眼睛的余光仍或近或远地关注着黄芬同学。

"这就是高二！"在内心深处，黄芬会冷不丁地冒出这样一句话。这原本是刘青青写过的一首诗的题目，这首诗是刘青青一时兴起，在一堂生物课上，开小差，在课本的封底，写下的得意之作。

这就是高二
理想在那里苏醒
青春在那里分娩
岁月是多么鲜亮
生命是多么蓬勃

因为是同桌，黄芬享受了先睹为快的特殊待遇，最先读到了刘青青的诗，并有感而发，同样在自己生物课本的封底，模仿着刘青青写的那首诗的结构也写了一首：

　　这就是高二
　　家务在那里等待
　　功课总没有时间
　　岁月是多么漫长
　　生命期待着长大

　　这就是高二

"这就是我的高二。"放学了，黄芬把那个语文课本碎片纸包安静地放进书包，她要快速赶到小学的门口，因为小她六岁的弟弟正等待着她接他回家。

一路上，黄芬和弟弟一起脚步匆匆地走着，学校离黄芬的家走路只要十五分钟。照理说，弟弟这么大了，早已具备了独立回家的能力。然而，黄芬依然承担着接送弟弟上学放学的任务。她不知道父母有没有重男轻女的想法。她一直是理解父母的良苦用心的，比如担心弟弟贪玩，担心他放学后不马上回家惹出事来，担心他与同学打架发生不安全的事情……

"姐，今天老师骂你了吗？"放学路上，弟弟紧跟黄芬小跑着，边喘边对黄芬说。昨天晚上，阿方贪玩，回去晚了，被父亲打了一顿不说，还让黄芬陪着受罚。"他常常喝得醉醺醺的，动不动就打小孩，还撕你的课本……"

"小方，不许这样说爸爸，大人心里的苦闷多着呢。无论如何，他是我们的爸爸，是长辈。"黄芬说这些的时候看上去非常平静。而此时，她的脑海又呈现出那张照片，照片上的爸爸看着她从容地笑着，笑得是那样自信，那样春风得意。

停顿片刻，黄芬冷不丁地冒出一句："他是最可爱的人。"

"姐姐，什么是最可爱的人？"黄方问她。

黄芬脱口而出："穿军装的就是最可爱的人，我们家客堂东墙上挂着的那张照片，上面穿着军绿色服装的爸爸就是最可爱的人。那是爸爸退伍后照的，所以他穿的军装上没有帽徽和领章。"

黄芬隔着衣服又一次抚摸到了那颗硬硬的五角星，她记得很清楚，爸爸送她五角星的时候，是笑盈盈的，虽然他只简单地说了"给你"两个字。那天，除了温暖地笑着，爸爸的确再也没有多说一个字。但是，黄芬明白，爸爸能在她上学的第一天，就送给她一颗红色五角星，肯定有着特别的意义，尽管他没有明示，但起码这颗五角星是爸爸的心爱之物。五角星是帽徽，她知道帽徽对一个曾经的解放军战士意味着什么。不管怎样，那颗红色五角星是她最喜欢、最崇敬的物件，在她看来，它就是一颗夜空中的红色星星，虽然，目前为止她还没有找到，但她坚信，它一定存在。甚至，她天真地认为，之所以她没有找到它，因为它被隐藏起来了，或许，就隐藏在她衬衣的口袋里。

尽管现在爸爸老了，没有照片上英俊帅气了，而且还嗜酒如命，经常喝醉，喝醉了就要体罚孩子，甚至会撕孩子的课本……但是，在黄芬的心里，爸爸就是一座山，一座为她遮风挡雨的大山。

下一节就是语文课了，黄芬又将那个装着语文课本碎片的纸包放在课桌的左上角，久久地注视着它。黄芬的心情就像一场不知道什么时候能停下来的小雨，湿湿的，冷冷的。刘青青看到那个纸包，安慰着黄芬说："黄芬，你千万不要为语文课本的事而着急，我叔是新华书店的部门负责人，他打通了教育出版社的电话，出版社答应帮你问问印刷厂还有没有库存的。"

黄芬用像雾一样的目光，微笑着看着刘青青，诚恳地说："谢谢你，青青同学，给你添麻烦了。"

"我看不用了吧，青青同学。"康帆突然从她们的身后幽灵似的冒了出来，背着双臂，学着老师的样子说，"我们几个人昨晚加了个班，为黄芬同学抄了一本了。"

正要站起身来，欲与康帆打"对抗赛"的刘青青，被班长沈黎萍按住了肩膀。沈班长说："青青同学，昨天放学前，我发动了全班钢笔字写得比较工整的十名同学，为黄芬同学抄了一本语文书，康帆同学也是其中之一。所以呀，我们不应该总是戴着有色眼镜看他嘛，要看到他进步的一面才对。"

"怎么，青青同学，想不到吧？被您贴上'灾星'标签的我也会做好事？看来，您老人家的老花镜是该换一换了。"康帆仍然是一副油腔滑调的样子。刘青青欲反击，话未出口，黄芬便冲她摆摆手，阻止了她将要针对康帆的一场唇枪舌剑。

"康帆同学，青青同学，沈黎萍同学，我……"此时，黄芬应有千言万语要跟同学们说的，应好好感谢他们的，可是，她的咽喉似乎被什么东西卡住了，再也说不出一个字，代她表达无比激动心情的，依然是她的那一双雾蒙蒙的泪眼。

沈黎萍用拇指抹去黄芬脸上的眼泪，递上这本手抄课本说："我认真校对过了，连页码都没有错。"她微笑着将托着手抄课本的双手又抬高了一点，"黄芬同学，请收下！"

黄芬从班长那儿接过语文课本手抄本。她的双手不停地颤抖着，她翻看着这本特殊的语文书，用右衣袖擦了擦潮湿的眼睛，抬眼缓慢而仔细地环视着同学们，微笑着向善良的同学们深深地鞠了一躬。看到黄芬难得一见的笑容，康帆和刘青青竟破天荒地相视而笑。

康帆收起笑脸，一脸肃然地看着黄芬，然后很有绅士风度地说："黄芬同学，有一个问题，不知当问不当问？当然您可以拒绝回答的。"

康帆柔和的腔调让黄芬雨过天晴的笑容更加舒展了，雾蒙蒙的双眼变得非常从容与坚定。她长舒了一口气，温暖地看着他说："康帆同学，没有关系的，尽管问吧。"

康帆装腔作势地干咳了一声说："其实，这个问题很简单，同学们都想知道答案，却又都不方便问你。"康帆看了看黄芬的脸，看着她微笑时楚楚动人的样子，继续说，"我呢，天生皮厚，胆子大，是全班出了名的灾星嘛……"说到这儿时，康帆有意无意地瞟了刘青青一眼。

黄芬打断了康帆的话："康帆同学，快别这么说，这是同学们关心我，是好意。"她停了停，眼中掠过一丝不愉快，"书是我爸爸撕的，但他不是故意的，可能心情不好，多喝了一点儿酒……但一切都已经过去了，都不重要了，重要的是，我重新得到了一本世界上最为珍贵的'课本'。所以，有失必有得，我会将它珍藏一辈子的。"黄芬激动地举起了那本手抄语文课本，"谢谢同学们……"

不知是谁拍响了第一声掌声，随后，掌声夹杂着议论声，在他们班级课间十分钟的尾声里，久久地、潮水般地持续着，直到被一阵局促的上课铃声剪断。

当天，和往常一样，当黄芬背着书包匆匆走进放学人潮的时候，却感觉肩膀上的书包沉重了起来，毕竟，那本"失而复得"的语文课本，似乎滋长着一种无名的牵引力，让她愈加真切地预感到了远离这个集体将是一种痛苦。

"这就是高二！"黄芬的内心又冒出了这句话，她的眼前浮现着那张旧照片上爸爸的微笑，她的耳边响起的语文课本被撕碎的声音却刺痛着她的神经。面对自己的父亲，她的情绪有时会混乱不堪，仿佛被撕碎的不是语文课本，而是一颗像高二一样，说简单也简单说复杂也复杂的少女之心。高二的懵懂，介于大人与孩子之间，介于懂事和不懂事之间。黄芬认为自己仍没有彻底长大，因为她觉得，自己还看不懂大人的心思。可是，她相信爸爸骨子里是好样的。他能把心爱的帽徽赠送给女儿，肯定是期望女儿继承他内心的某种信仰。他之所以借酒浇愁，一定是碰到了什么过不去的坎儿，一定是被某种磨难左右着。仔细想想，爸爸不喝醉的时候，一样是个好爸爸，一样会慈祥地抚摸着儿子女儿的头，一样会为这个家拼命工作。想到这儿，黄芬又一次隔着衣服，抚摸了一下那颗带着体温的五角星。现在，爸爸就好比是个被痛苦折磨着的病人，作为女儿，不但不能怪罪他，反而应该容忍他、关心他、照顾他，用自己良好的表现治愈他。

赶到小学的时候，弟弟已经在校门口迎接她了。

"姐姐，你看这个。"黄方将一本崭新的"全日制高二语文课本"交给了姐姐。

"小方，这是怎么回事？这本语文书到底是谁给你的？"黄芬那双雾蒙蒙的眼睛瞬间迷茫起来。

"姐姐，书里面夹着一张纸，你看一看就知道了。"

黄芬迅速地在书里翻寻着，一张张雪亮的纸张"哗哗"地在她的手指间跳跃，一缕缕油墨的清香被飞快地甩出，在黄芬的鼻子周围释放着一股股傲气。瞬间，一张耀眼的白纸从书本中掉出，在阳光下飘落，在黄芬的眼里翻飞着，如一个梦幻般的童话。黄芬用食指和拇指将那张纸片像捉蝴蝶那样捉住了，迫不及待地想知道上面写着什么。

黄芬同学：

　　你好！

　　听我说，你可能不知道我是谁，我却见过你，所以，我认识你。我是你弟弟的朋友，那天放学后，你弟弟在我这里学吹口琴，所以回家晚了，害你与黄方一起，被你爸爸责罚了，害得你语文书被撕碎了。为弥补我的过错，我帮你找了一本新的语文书，算是赔给你，同时也是向你赔罪。祝好！

　　黄芬以一种特别严肃的目光看着弟弟："阿方，他是谁，你在跟谁学口琴？"

　　黄方怯怯地看着姐姐，然后说："他，他，他是我自己找的音乐老师。他吹口琴可好听啦，他说我很有音乐天赋，很乐意教我，我就成了他徒弟。"黄方偷眼看了看黄芬，"姐姐，请放心，他不是坏人，他……"

　　"阿方，听姐姐说，以后，你等在校门口，不是姐姐来领你，千万别再跟陌生人去玩了。"黄芬将语文书放进书包，然后带着黄方，沿着回家的路，踩着洒了一地的金色秋阳，很快就融入了那个彩色的秋天。

　　那张纸上的文字，黄芬看了很多遍。黄芬是紧皱着眉头看这张巴掌大的纸片的。她猜不到写这张字条的人到底是谁，更不知道这个人要干什么。他说他认识黄芬，说黄芬不认得他。他简直有点神通广大，这么快就买到了语文课本，至少要比刘青青的叔叔——那个新华书店的部门负责人有办法得多。他到底是谁？会不会……黄芬不敢往下想了。

　　秋天的朝阳将黄芬的脸映得红红的，天空有一群鸽子在一圈一圈地飞翔，推磨似的，不厌其烦，不知疲倦。黄芬仰望着空中的白鸽，渴望着自己也有飞起来的一天。

"阿芬呢？衣服洗得怎么样了？"灶头间里传来了母亲的催促声。

"快好了。"黄芬从遥远的遐想中回过神来，将肥皂涂在父亲绿色军装的领子上，用两手的指关节有节奏地搓着。军装是旧的，说是绿色，却被洗成浅黄色的了。领子是打着补丁的，补丁的布料是绒的，黄芬知道，那是与自己装红星的小绒布袋一样的布料，是同一块布料上剪下来的。看着爸爸领子上的补丁，黄芬笑了笑，在心里说："妈妈的手真是巧。"

"阿芬呀，肥皂得省着点用，我们家这个月的肥皂票已经用完了。"妈妈边叮嘱着黄芬边叹了一口气。

这几天，黄芬觉得自己上课走神的毛病在加重，觉得背后总有一双眼睛在神秘兮兮地看着她。黄芬一次次地告诫自己，这只是一个幻觉，不能因为幻觉而影响自己听课。然而，这样的告诫一点用都没有，反而越发加深了她上课走神的程度，她甚至会把这双属于幻觉的眼睛有意无意地与教小方口琴的人联系起来。所以，上课的时候，黄芬的脸会莫名其妙地发生些变化。

英语试卷发下来的时候，黄芬呆了，她只考到了 76 分。她非常担心自己的学习成绩会继续下滑。然而，她真的无法改变自己，她开始恨自己，继而恨那双在背后看着她的眼睛。此时，她觉得那双眼睛仍在她的身后盯着她看。她咬紧牙关愤愤然地转过头去，她要确认一下自己的幻觉到底存在不存在，她要确认一下那双讨厌的眼睛到底是谁的。果然，她这一回头，真真切切地证实了她的幻觉。她感到惊讶，感到羞愧，她看见康帆的眼睛正盯着她看，她便在内心问自己，那么准吗？这就是妈妈曾经对她说起过的——

女人的直觉吗？

康帆？黄芬清晰地听到了自己心跳的声音，那个弄来语文课本送给她的人是康帆？那个教小方学吹口琴的人是康帆？他在暗恋我吗？

"哇！万岁！我考到了94分！"刘青青将刚发到手的试卷抛向空中，"康帆，请为本姑娘吹一曲吧，以示庆祝！"

"好吧！同学们，我就为大家吹一曲，因为这次本'灾星'也终于考及格了，我真高兴。呵呵，高兴，真的很高兴。"康帆揭开了包口琴用的白手帕，一曲苏联民歌《红梅花儿开》便在同学们的掌声打出的节拍中，深情地蔓延开来。优美的旋律，如一朵朵鲜艳的芬芳的梅花，渐渐地绽放在教室的每一个角落。

康帆吹口琴的技艺算不上很好，据康帆的死党向东流透露，康帆只会吹两首曲子，除了正吹着的这首外，还有那首谱子非常简单的《白兰鸽》，向东流怕同学们不相信，边哼唱着边像音乐老师似的加以补充说明："哆咪嗦咪咪，哆啦嗦咪咪，整首歌就围绕这两句主旋律，后面的稍作调整就可以了。这两首曲子康帆整整学了三个月，其间，每天早上五点半到六点半雷打不动地加以苦练。练琴的目的不是酷爱音乐，说是学点本事可以在追求女孩子方面派上用场。"

向东流说完之后，便有同学反问他："向东流，你和康帆不是最铁的哥们吗？怎么可以当众拆铁哥们的台呢？你是在胡说八道吧？"向东流把眼一瞪说："骗你是孙子。"看看周围同学的表情，向东流知道大家仍不怎么相信他，他有点着急了，"康帆就是个孙子，他算哪门子铁哥们？就是他把我暗恋隔壁班'小白菜'的事给捅出去的！"本来，向东流暗恋"小白菜"的事没几个同学知道，知道的几个也只是半信半疑，以为这大概是康帆无中生有的事，是康帆寻寻开心的。可是现在，被向东流自己这么一闹，从此，向东流暗恋"小白菜"便成为全班都知道的秘密了，而且，这样的花边新闻，很快会扩散到全年级，全校的。

康帆边装腔作势地吹着，边激动地配合着肢体语言，全身心地投入到对音乐艺术的再创作之中。康帆的眼睛时不时地瞄向黄芬和刘青青她们的座位。黄芬的脸便又一次莫名其妙地被这样的目光烤到了，烤红薯似的煎熬着，内心不由自主地冒出这样一句："该死的康帆！"

黄芬拿出神秘人夹在语文书里的那张字条，又拿出那本同学们为她手抄的课本，翻到康帆抄写的部分，她把字条上神秘人的字迹与康帆的字迹认真做了比对，发现两份笔迹还是蛮像的。

上课的时候，黄芬继续感受着背后的目光，而且，还时常会出现一阵莫名其妙地的心跳加速。然后，她会咬牙切齿地在心里暗骂一句："该死的康帆！"

放学的路上，恼人的秋风似乎生成了某种魔力，煎熬着黄芬像一张白纸一样纯洁的情感。黄芬凶巴巴地问黄方："阿方，教你吹口琴的那人到底是谁？你真的不知道他叫什么？"黄芬感到自己的灵魂就像一张被风吹走了的纸片，正毫无自我地在空中游荡。难道这就是母亲经常说起的"像丢了魂似的"的症状吗？她觉得，现在，自己就是丢了魂，就是一个无助的稻草人，只能无奈地看着这张纸片越飘越远……

黄方的大眼睛仰望着姐姐，然后慌里慌张地摇了摇头。

黄芬又问："他是不是长得很高大，戴着一副近视眼镜？留着一头长发？"黄芬感觉那张飘走的纸片突然又回来了，越来越靠近她。她感觉纸片上有一团火，这团火越来越狰狞，只一瞬间，突然变成了一张熟悉的脸，是康帆的脸。

黄方的眼睛睁得更大了："姐，你认得他？"

"对！姐认得他。"黄芬的心又一阵怦然而动，愤然道，"阿方，这个人多半是黄鼠狼给鸡拜年——没安好心。以后别再跟他学口琴了。跟他学，会学坏的。记住姐的话，离他远点。"

黄方仍用大大的眼睛仰视着姐姐，似懂非懂地点了点头。他心想，那天在茅山脚下的杉树林里，自己与师傅讲拜师学口琴的事时，与父母和姐姐隔了很远的距离，姐姐应该是听不见的，那她怎么知道教我口琴的人是谁呢？

晚饭之后，父母在忙着包粽子，黄芬在灶头间洗刷碗筷锅盘，小方则蹲在煤炉旁，手执着蒲扇，正往煤炉的通风口处扇风，以增加炉中煤炭燃烧所需的氧气，好让炉火燃烧得更旺一些。炉上的铝锅里正发出"吱吱"的轻响，冒着白色蒸汽，通过锅盖的边缘，散发出缕缕粽子的香味。自从喝醉了，撕碎了女儿的语文书之后，黄枯荣已经很少喝酒了。有时酒虫在心头爬得实在憋不住了，也最多拧开瓶盖抿上一小口，意思意思，杀杀酒瘾。

黄枯荣包粽子的手在微微颤抖，因经常喝酒，眼睛红红的，还带点血丝。妻子用冰冷的目光死死盯着他。终于，黄枯荣猛地站立起来，从碗柜的最上层，摸出一个装有土烧酒的透明玻璃瓶。黄枯荣的手越发抖得厉害，酒瓶上的铁皮瓶盖是被他用牙咬下来的，落在水泥地上，兴奋地滚动着，然后坦然地停在妻子的脚边。妻子擦手的动作慢而有力，接着，她俯下身子，从地上捡起瓶盖。妻子走到丈夫面前，一把夺过瓶子，盖上铁皮瓶盖，打开柜子门，把瓶子放回原处。每一个动作，力度都很大，都是咬紧了牙的。

黄枯荣用那双白多黑少的眼睛瞪着妻子，他的眼睛更红了，布满了血丝。妻子也毫不示弱，凛然地站在他的面前。黄方的眼睛发直了，仿佛看见一颗炸弹被点燃了引线，他和姐姐已经看惯了父母这样沉默的对峙，他知道，一场家庭战争即将在这样的沉默中爆发。

这样的沉默使室内的空气像水泥一样凝固了。寂静，似黎明前的漆黑，伸手不见五指。黄芬的心仿佛被一双漆黑的手紧紧揪着，她用眼睛的余光看了看墙上的那张照片。照片上，男的英俊而威武，女的美丽而英姿飒爽。时间是什么，是沙漠风暴？是魔术师手里的鸽子？是一把血淋淋的杀猪刀？竟敢让照片上那对人见人羡的男女演变成眼前僵持着的这一对夫妻。

黄芬走到碗柜前，打开柜门，把洗刷干净的碗筷放进第三层。她稍稍踮了踮脚，从柜子的最上层拿出那瓶土烧酒来，拨开瓶盖，走到父亲跟前说："爸爸，喝痛快吧，只要你开心，把这瓶酒都喝了吧！不够的话，我就出去买，买不起的话，我就出去借！"

黄枯荣接过酒瓶子，用衣袖擦拭了一下酒瓶，擦去了瓶子上粘着的几粒被酱油染红的糯米粒，然后慢慢移动脚步，将酒瓶放回原处，叹了口气说："芬儿，今晚你就不要帮爸妈包粽子了，和弟弟一起做功课去吧。"说完，冲黄芬温暖一笑。对，就是这种笑，与照片上的帅哥的笑如出一辙。上学第一天，爸爸送她那颗五角星的时候，也是这样笑着对她说："给你！"

黄芬和黄方有点不相信自己的耳朵，对视着微微一笑。母亲又重新回到原先的座位上，哽咽着说："你们都上楼做功课去吧。"姐弟俩看见母亲眼中闪烁着的泪光，知趣地提着各自的书包上楼去了。

课间十分钟的时候，黄芬接到刘青青传达的通知，说班主任白老师要黄芬去一趟她的办公室。黄芬的心一下子跳到嗓子眼，一定是最近上课不专心，成绩又下去了，老师终于要找她算账了。她的脸由红转白，心中想不出该如何面对白老师的"审问"，她觉得这一切都是康帆造成的，康帆肯定是盯上她了，她当然明白康帆对她的企图,她知道如果自己意志不够坚强,彻底输给康帆的话,早恋对于高中生意味着什么。想到问题的严重性,她浑身一激灵,心里又情不自禁地冒出一句:"该死的康帆!"

黄芬抬起头走出教室,在教室外面的走廊里,看见康帆正迎面走来,擦肩而过的时候,康帆还装模作样地向她微微一笑,黄芬却狠狠地瞪了他一眼。由于走得太过匆忙,黄芬不知道瞪康帆一眼的举动,他有没有觉察到,她又一次神经过敏地感觉到了来自身后的目光,那种不怀好意的神秘力量。她猛地一个转身,康帆却早已消失得无影无踪。

黄芬敲了敲开着的办公室门,白老师那声轻柔的"请进",在黄芬的耳朵里却变得异常锋利。黄芬的脚步和她的心跳一样沉重,她的慌张在沁着细细汗珠的鼻尖上暴露无遗。此时,她不知道自己的脸是红的还是白的,或者是其他的颜色。

"黄芬同学,你怎么了?身体不舒服吗?"此时,白老师露出关切而不安的目光,她用焦急而温柔的语气跟黄芬说话。她站起来的同时,右手已经按在了黄芬满是汗珠的额头上。

"老师,我没事。老师,我错了。最近不知怎么搞的,我上课经常走神,成绩也……老师,我一定努力改正……"黄芬说话的时候,目光始终看着自己的脚面,她不敢抬头看一眼面前的白老师,一副站也不好,坐也不好,不知如何是好的样子,像法庭上的被告,等待着法官的一锤定音。

白老师从上衣口袋里掏出自己的手绢,擦了擦黄芬额头上的汗水,随后微笑着坐了下来,看着黄芬说:"你不是已经认识到问题出在哪儿了吗?老师相信你,一定会克服困难,集中精力,取得进步的。"白老师用纤细的食指推了推她的近视眼镜,"今天老师请你来,主要想跟你商量一件事情。县教育局要举办一个《献给时代的歌》诗歌朗诵比赛,我们学校设想由两男两女四名同学联合朗诵一首长诗，这四名同学既要长得像电影演员一样好看，又要善于表演，而且普通话也要非常标准，声音又要好听。高一已经产生了两名同学，高二也将产生两名同学，你是人选之一。老师想征求一下你的意见，看你愿不愿意为我们班级争光，为我们学校争光！"

了解了白老师把她叫进办公室的真正意图，黄芬悬着的心终于放下了。她暗自深吸一口新鲜空气，脸蛋也渐渐地由白转红。她知道那是一种幸福。她喜欢表演，渴望着能像妈妈一样从容地站在灯光璀璨的舞台上，让千百双羡慕的、赞赏的目光将自己融化在无边无际的幸福里。

"怎么？是不是有什么困难？"白老师盯着黄芬红通通的脸，盯着她因过度兴奋而略显飘忽的目光，揣摩着她的心思，等待着她的回答。

黄芬收回遐想，慌忙答道："不不，不是的，白老师，我会尽力排练的。希望不辜负老师的期望，为我们班级争气。"

第②章

很远很远，有个声音对黄枯荣说："好一片无边无际的夜啊！"

黄枯荣从半梦半醒中清醒过来。身边是熟睡的妻子，还有她断断续续的、细碎的呼噜声。窗外是一大片一大片的秋虫的合唱。

一阵秋风从很远很远的地方吹来，停留在黄枯荣的窗前，将那块不大的花洋布窗帘，很轻盈地吹起来了，像跳舞时旋转起来的裙摆。月光便透过这样飘扬的裙摆，不间断地洒一些在他的脸上。顺着这样的月光望出去，黄枯荣的耳边又响起这句话："好一片无边无际的夜啊。"

旁边，妻子的呼噜声依然不紧不慢地响着，与窗外昆虫的合唱在听觉上形成一种呼应。当妻子的呼噜声越发汹涌的时候，黄枯荣会习惯性地用脚轻轻碰一下她的脚，这样，她的呼噜声就会相对平静一些，像短暂的退潮，过一会儿又会汹涌而至。黄枯荣睡眠不好，他需要一个相对安静的环境。可是，当他刚合上眼，耳边又真切地响起肖白男的说话声："轻一点，别吵醒了她！"

黄枯荣知道这又将是一个不眠之夜。那些刻骨铭心的往事，会像一部黑白电影那样真真切切地重现，挥之不去。有时，他会咬牙切齿地咆哮一句："我一定要找到这种药！"

在黄枯荣的想像中，这种药应该是一片一片的，一日两次，早晚各服一次，每次两片。这种药应该与杀蛔虫的药有着相同的外貌和服用方法，而用途却大相径庭。这种药，应该是吃了一个疗程后就会有疗效，会自动删除他大脑中的那些往事，那些他每天都想摆脱却始终摆脱不了的往事。然而，只要不喝酒的时候，他知道世界上并没有这样的药，就像人们常说的那样："世界上根本没有治后悔的药。"于是，他"结交"了酒，就像他当年结交肖白男一样。曾几何时，他甚至与那个透明的瓶子形影不离，就像当年与肖白男形影不离那样。酒让他高兴又让他伤感，就像他的好同事、好哥们肖白男那样让他高兴，又让他伤感。

钻心的伤感。

因为穷困，他只能喝最便宜、最劣质的高度土烧酒。他根本不介意酒的品质好坏。喝多的时候，他会对着土烧酒的酒瓶子说："兄弟，别人看不起你，说你是便宜货，我黄枯荣永远当你是兄弟，英雄不问出处，不问出处嘛，哈哈哈哈……"

黄枯荣这样想着，双眼似乎变成了影院里那条 16：9 的黑框，沿着黑框的边缘跑出一个方阵的大银幕，双耳似乎是一对音效不错的立体声音箱，胶片在脑子里喧响着，像窗外的一大片一大片秋虫，仍在不间断地合唱。

皖南地区的丘陵地带属于亚热带季风性气候，有山有水，自然风光是无比优美的，是祖国大好河山中的佼佼者。黄枯荣他们的厂区就建在樟树林子的边上，樟树林在山坡上连成一片，一望无际，紧挨着他们的工厂——五洲电机厂。五洲电机厂是国家建在战略后方皖南山区的轻武器生产厂，是为野战部队提供武器弹药的配套工业区之一。因为工厂是保密单位，所以厂区位于十分隐蔽的丘陵深处。厂里共有 600 余干部职工，工人大多来自上海地区，有许多优秀的年轻人，其中包括许多来自革命家庭的孩子。工厂平时实行严格的军事化管理模式，所以，一批曾经在部队里表现优秀的、来自全国各地的退伍军人，也被补充到这里工作，黄枯荣就是其中之一。工厂共有八个车间，每个车间成立了一个民兵连队。工厂的建筑是几十排红砖红瓦的平房，可能是因为这里实行的是军事化管理的模式，所以连这里的厂房也像军人的队列那样整整齐齐地排列着。厂区正南两公里左右，有一条与外界连接着的公路。那是一个偏僻的地方，所以，在公路上出现的，除了五洲厂运输卡车外就是当地农民赶着的牛车，偶尔还会出现一两台装着粮食或者棉花的东方红牌中型拖拉机。厂区北面是一座连绵起伏的大山，大山上生长着大大小小，品种繁多的树木，四季常青。"山不在高，有仙则灵。"在这座仙气十足的青山后面，隐藏着一个同样仙气十足的神秘传说。

黄枯荣和肖白男在报到的第一个星期里，便耳闻了这个传说。当然这个传说是从老职工那里传出来的，内容还挺可怕的。刚开始的时候，像黄枯荣和肖白男那样的新报到者，大多以为这些所谓的传说，都是老职工故意编出来吓唬他们的。肖白男说："这些人也真是的，吓唬谁不好，偏偏拿这些荒唐故事吓唬我们，吓得着吗？"可是，说的人多了，黄枯荣他们慢慢就有点信以为真了。肖白男说："这跟鲁迅说的'世上本没有路，走的人多了，也便成了路'是一个道理。"

这个传说的大体内容是：从前有座山，山的后面有条小河，不知从哪里来，也不知要流到哪儿去。很久很久以前，有对逃婚的恋人，被村里的族人追到了这里，为了爱情，他们选择了殉情，双双跳进了冰冷湍急的河水中。后来就传说小河经常闹鬼。曾有打猎的人亲耳听到过，在那对殉情恋人跳下去的地方，时不时地会传来男女的嬉笑声。时常有上山砍柴忘了时间而夜归的山民，在月黑风高的夜晚，看到一个披头散发的白衣女人，在这一带出没，

第
02
章

像这条小河一样，不知从哪里来，也不知要到哪儿去。还有，两年前的一个月夜，有两个新职工去了山后边的小河里游泳，他们就曾看见过那个披头散发、身着白衫的女人在对岸看着他们，他们便头也不回地逃回五洲厂宿舍里，将厂服留在了河边。然后两人不约而同地发了一个多礼拜的高烧，发高烧的时候，还胡言乱语……

"你信那个关于女鬼的传说吗？"黄枯荣问肖白男。"在没有弄清楚事情的真相之前，我宁肯信其有，而不敢信其无。"肖白男看了看黄枯荣的脸，"何况厂里把禁止去小河游泳当作一条纪律来执行，我还是相信这个传说的。既然被当成纪律了，那就是厂里的决定，你不信也得信。"

黄枯荣哈哈一笑："白男呀，我这个人就是不相信这一套，我俩曾经都是战士，可不能迷信这些鬼话的。我可以肯定，这个传说一定是假的，一定是那些别有用心的人故意拿出来唬人的。"肖白男看了看天空突然感叹了一声："嗯，我们都是退伍士兵，不该相信迷信的东西。"肖白男继续抬头望着天，"啊，好一片无边无际的夜啊！"

那个夏夜，天空中有一团团棉花形状的云朵，像漂浮在星海上的冰块那样，被凉爽的风轻送着，悠悠地移动着。那夜制造车间民兵连派黄枯荣和肖白男值班巡逻，肖白男明显被大自然的景象深深地吸引了，他仍仰着头。肖白男很白，黄枯荣时常夸他，说他长着一张俊俏的脸。此时，当肖白男仰头看天的时候，他那张俊俏的脸就一览无遗地曝露在月光下了。

肖白男倚着一棵粗大的樟树，仰望着天上的月亮，白云很纯净，天空很纯净，天上纯净的风推着纯净的云，缓缓移动。地上纯净的风吹得樟树的树叶沙沙地响，吹在人的脸上，让肖白男联想起少女的手指及其那些若有若无、若隐若现的触觉，联想到了纯洁的爱情。他情不自禁地唱起了歌："它象征着纯洁的友谊和爱情……"

"白男，你小子，看不出嘛，人长得俊俏，歌还唱这么好，声情并茂的。"黄枯荣边拧开军用水壶的盖子，喝了一口水，边打趣道，"白男，这是啥歌呀，我觉得，比起那些军歌，它更软和，更柔情似水，真的挺好听的。"

"枯荣哥，你也太落伍了吧，连这首歌都不知道？"难得得到黄枯荣的表扬，肖白男原本暗淡的眼神，突然月亮似的明亮了起来，像更换了新电池的手电筒，"那是故事影片《冰山上的来客》里的一首主题曲，名叫《花儿为什么这样红》，这是我最喜欢的歌。"

"嘿，我说白男，你小子深藏不露呀，知道的可真多。歌是首好歌，可惜，你只会唱一句。"

"什么叫'只会唱一句'，你不晓得'最喜欢的歌'是什么意思吗？既然能称得上最喜欢的歌，怎么可能只会唱一句？总是小看我肖白男，告诉你吧，这首歌我不但会全部唱下来，而且会……"

"而且会什么？"

"而且会——全部唱下来。"

"鬼才相信呢，我可从来没听你唱过歌。"

"枯荣哥，要是我一字不差地把这首歌完整地唱下来，我们打什么赌？"

"你看，说话都语无伦次了，一字不差就是完整的意思，你何必重复呢？"

"重复表示强调。"

"那我强调一下，请你把这首歌，既要一字不差，又要完整地唱一遍吧。"

肖白男干咳了几声，几次欲唱又止的。前面说了一通大话，真要他唱的时候，又觉得难为情了，觉得自己的脸滚烫滚烫的。

第02章

"好吧，吹大牛吧你，果然只会唱一句。算了吧，走，继续巡逻去。"

肖白男一把拉住黄枯荣的手臂，然后急忙唱出一句："花儿为什么这样红……"他越唱越放松，越唱越舒缓，唱得黄枯荣居然安静地坐了下来，坐在树根上，认真地聆听着这美妙的旋律，这抒情的歌词。

> 花儿为什么这样红
>
> 为什么这样红
>
> 啊，红得好像
>
> 红得好像天边燃烧的霞
>
> 它象征着纯洁的友谊和爱情
>
> ……

黄枯荣听得很投入。一曲唱完，他冲肖白男热烈地鼓掌，连说几声"好听"。月光下，他的眼睛闪烁着激动的光，看上去有点湿润，他用欣赏的眼神久久地看着肖白男。

肖白男用手在黄枯荣的眼前晃了晃说："枯荣哥，你不会是听傻了吧？怎么用这样的眼光看着我？"

"这叫，刮目相看。"

肖白男被他看得有点不知所措，慌乱地朝空中一指说："枯荣哥，你看月亮，别看我，怪吓人的。你看这月亮，知道的都说它是月亮，不知道的还以为是哪位天神在天上捅出来的一个窟窿。"

"别傻了，这个世上也许只有像你这样的呆人会连月亮都不认识，什么窟窿不窟窿的，乱讲一气。不过，歌唱得真不错，那首《红花为什么鲜》，的确很好听。"

"啊呀，什么红花鲜不鲜的，是《花儿为什么这样红》。"

"哦,《花儿为什么这样红》,不错,不错。回头,你把歌词抄给我,我也想学学。"

"枯荣哥,你别看我,快看月亮!你敢说这月亮真的不像黄颜色的窟窿吗?我看呀,它就是一个黄窟窿!"

"臭小子,指桑骂槐呀!黄枯荣就黄枯荣,哪怕哪个无聊天神在天上捅成上千百个窟窿,老子还是黄枯荣。"

"黄窟窿,哈哈!黄枯荣……"肖白男得意得有点忘乎所以了。

"有情况!"黄枯荣这突如其来的一声,吓得肖白男的灵魂差一点跳出体外。只见他握枪的手微微颤抖着,然后将子弹盒子扣在枪上,压低声音说:"黄……不!枯荣哥,哪里?哪里……哪里有情况?"

黄枯荣一脸严肃地伸手朝前一指,那是正前方一棵樟树的方位,肖白男闪电一样趴倒在地,将一支步枪直挺挺地瞄向那棵樟树。这回轮到黄枯荣忘乎所以地大笑不已了,笑得肖白男终于明白这一回又上了黄枯荣的当了。他像兔子一样弹跳而起,愤愤地指着黄枯荣的鼻尖吼道:"你!你个该死的窟窿,谎报军情!回去我要报告民兵连长,关你三天,不,起码得关你十天半个月的禁闭。"

黄枯荣依然不着边际地笑着,如一个不停摇头晃脑的不倒翁:"谁谎报军情了?我刚才看见前面的樟树上掉下一片树叶,后来又发现有只蜗牛趴在地上,用枪对着那片下落的樟叶,估计是练他的百步穿杨。"

"你!无聊!"

"谁无聊了。只准你一个劲地嘲笑我的名字,说什么黄色的窟窿,我就不能开一点你的玩笑?再说了,我只想考验考验你的胆量,老兄,你也太胆小如鼠了,肖白男呀肖白男,看来你真的白做一回男人了。"黄枯荣有意将最后一句话里的"白"和"男"两字加重了语气。

"你！胡说！我老肖也是真男人。在部队时，训练、演习俺肖白男比谁差过？你别忘了，上周我们制造车间民兵连实弹演习，打靶的成绩，你还没俺好呢！民兵连长说了，我这一手好枪法，不愧为优秀的退伍士兵，是真本领。"肖白男说完打靶的事，特意跨前一步，尽量以男人的方式拍了一下黄枯荣的肩膀，"老兄，是不是男人，咱俩靶场上见。"

"是不是男人，考验一下就知道了。唉，白男，敢不敢去后面的小河里游一回泳？你不是说要了解那个传说的真相吗？民兵连长不是夸你'不愧为优秀的退伍士兵'吗？咋样？敢下河吗？真男人同志。"傻子都听懂了，黄枯荣的语气里明显带着激将的意味，可是，肖白男却听不懂。

"谁不敢？退一百步说，即使碰上了那个女鬼又能怎样？她能把我一个大活人吃了不成？但我今晚不会去那鬼地方的，并不是我胆小，实在是因为不想违反纪律而已，我们应该带头遵守厂里铁的纪律。"

"什么退一百步不退一百步的？这里又不是靶场，又不是玩百步穿杨。说到底你就是没男人的胆。白男。"黄枯荣几乎将肖白男逼到了悬崖的边缘，让肖白男感到这悬崖今晚跳也得跳，不跳也得跳了。

"他娘的，老子今天豁出去了！不就是游个小泳吗？为什么非要搞得像上法场似的。"肖白男用卸了子弹的步枪指着黄枯荣，开玩笑道："小孩，你的，前面的开路！"

"那个女鬼如果长得像林报幕员一样漂亮，我害怕什么呢？"肖白男咽了一口口水，"简直就是七仙女嘛！"

"不是说以后不能再提林报幕员了吗？都怪你，上台领个'先进生产者'的奖，还非要厚着脸皮与林报幕员合影，闯下大祸了不是？好在我俩都因为流行感冒戴着个大口罩，林报幕员认不出我们。"黄枯荣的神情比之前嘲笑肖白男时严肃了许多。

"你不是也与她合影了吗？能怪我一个人吗？谁知道你这么笨，拍个照片也不看看身后的情况，结果拖着人家林报幕员一起摔下舞台。摔就摔了，还不保护人家，害得人家林报幕员头碰了地，昏迷了小一个月。心痛，心痛呀！不过，解铃还须系铃人，还是你有办法，每天晚上去林报幕员的病床边，给昏迷中的她讲《睡美人》的故事。奇迹，真是奇迹，你居然真的把一个那么漂亮的睡美人，从她的长梦中给唤醒了呢。"肖白男边走边叨叨个没完。

"以后别提林报幕员了，她就在我们制造车间的卫生室上班，是车间的医生。我担心她迟早会发现我俩的，所以要处处小心。"

"我懂，放心吧伙计，这里除了我俩，连个鬼都没有，不会走漏风声的。再说，那天我们哥俩，都蒙着口罩呢，谁能认出我们？"说到鬼字，肖白男倒抽了一口凉气。

小河就在山的另一边，安静而高傲地流淌着。棉花形状的云在天上飘浮的同时，一部分落在水中，成为迷人的倒影，她们与天上的姐妹们以相同的方向、相同的速度缓缓地飘浮而行。天上的云和河里的云就这样安然地步调一致着，像"承上启下"的写作手法。星星们睡眼蒙眬地看着人世间的一切，轻风一掠，有一部分便失足落进了小河。

肖白男已经无心欣赏这宁静的人间仙境，此刻他最关心的恰恰就是他最为担心的。于是，这样的仙境在他的眼睛里变化着，变成蒲松龄小说里令人毛骨悚然的场景。

"白男，你把每人六发佩枪子弹找一个树洞藏好了。"

肖白男机械地执行着黄枯荣的命令，然后顺手将没装子弹的枪机械地交给了黄枯荣，心却仍关心着那件令他最为担心的事："枯荣哥，你冷不冷？我怎么突然觉得浑身发冷。"

黄枯荣举手摸了摸肖白男的额头道："你怎么冷得满头大汗？

这是冷汗吧？你这是干吗呢？是被那个恐怖的传说吓着了吧？"

"你别再提那个可怕的传说了好不好？我现在最讨厌的，就是那个传说！"

"白男，你怎么那么胆小？把冷汗都吓出来了。好了，都到河边了，总得湿湿鞋吧，就当是一次民兵训练。"黄枯荣拎着两柄枪，钻进了树丛之中。当黄枯荣重新出现在仍东张西望的肖白男面前的时候，肖白男"啊"了一声，他看见了一个一丝不挂的黄枯荣，像棵大树一样从容不迫地站在他面前，站在明亮的月光下，换了个人似的。肖白男猛然将脸转向一边说："你！怎么这样？人吓人是要吓死人的！"

"还不赶紧脱？想穿着厂服游泳吗？唉，算了算了，不如你就待在岸上吧，我可要下水了。"

"枯荣哥，别离开我，我有点害怕了！真的！"肖白男差点要哭出声音来了。

"那你还不赶紧脱衣服？"

"枯荣哥，你千万要等等我，我要与你一起下水，你一定要寸步不离地护着我。"

终于，肖白男像青蛙剥皮一样，把自己脱成一尊双臂健全的维纳斯，然后像一个正排人墙的足球运动员，将双手遮掩在那个他认为最要命的地方："枯荣哥，你走一步，我走一步。"

黄枯荣好气又好笑地摇了摇头，带着肖白男来到河边。然后一个白亮的身体在月光下一闪，没入河中。肖白男大概害怕身后会突然冒出那个女鬼，在黄枯荣跳下去之后，慌忙地以一个很不标准的跳水姿势，头朝上，脚朝下，纵入河中，溅起一片很大的白色水花。

小河里因为跳入两个大活人，一下子增添不少生机。原本寂静的水面哗啦哗啦地响着，沉睡的水波一下子被唤醒了，在两人的周边荡漾着，将倒映在小河里的银色月光，扯成不断变幻着的无数光条，一条接着一条地晃荡着。

死寂的河谷被激活了。

游了一会儿，两人陶醉在月光一样温柔的河水里。一时间，肖白男竟忘记了那个闹鬼的传说，学着黄枯荣的样子，悠然地枕着水波，仰望着晴朗的夜空。他像金鱼一样地吐着水，气喘吁吁地说："枯荣哥，你觉得这水像什么？"

"像什么？"

"我觉得这水像姑娘家的小手，软绵绵的。现在我觉得身上像被无数双姑娘家的小手轻轻地触摸着，我醉了，我的心在随波荡漾。"随着心绪的荡漾，肖白男的语调越来越柔和，他的声音像播放着劣质磁带的录音机一样，说着说着就走音了，就跑调了。

"白男，你不害怕了？那我马上叫来一个女鬼，要不要？"黄枯荣依然安然地仰躺在波光晃动的河面上，开玩笑地说。

"枯荣哥，你骗人！"那个闹女鬼的可怕传说又一次把肖白男给吓着了，一时间，他已经分辨不了什么是真什么是假了。

"你想想，这个地方经常闹鬼，你又长得那么俊俏好看，说不定那些女鬼中的某一个就看上你了呢！"黄枯荣的话还没说完，肖白男在水中猛地一个翻身。他的身边便溅起一片水花，还有哗啦哗啦的剧烈水响，仿佛他的身后突然出现一条大白鲨，正追赶着他一样。他以最快的速度向刚才跳下来的地方游去。

黄枯荣竖起身子，边踏着河水边冲着肖白男逃窜的方向喊道："白男，你怎么了？你不游啦？刚才还说害怕一个人待在岸上，怎么突然之间你就不怕了，胆子让水泡大了吗？"

"现在，我突然明白待在水里远比站在岸上危险得多。我现在必须马上离开这个鬼地方。"肖白男上岸后狂奔向前。一分钟后，在他逃去的地方，传来一声绝望而凄惨的喊叫。黄枯荣的心弦一下子绷紧了，他双臂用力划水，朝着肖白男叫喊的方向快速游去。

上了岸，黄枯荣看见肖白男依然光着白晃晃的身体，焦急地四处寻找着什么。见肖白男安然无恙，黄枯荣那颗悬着的心终于放了下来。

黄枯荣问道："慌里慌张的，在找什么呢？"

"枯荣哥，树洞里的子弹突然不见了，我的天！等着接受严重处分吧！"肖白男一手用内裤遮着下身，另一只手继续到处翻找着。

"也许你记错树洞了吧？别急，先把衣服穿好。一会儿我帮你，我们一起找。"黄枯荣边说边钻进他放枪的树丛中。

"我哪会记错树洞？藏东西我有个原则，喜欢把最重要的东西放在最安全的地方，我记得清清楚楚，我是将子弹包在我的内裤里，然后放进树洞的。因为我明白，除了我的内裤，再没有比子弹更重要的东西了。而等我上岸后，树洞里只剩下我的内裤，子弹却凭空消失了。"肖白男边说着话边走到一棵大树下迅速地穿起衣服来。

"照你这么说，那个偷子弹的对阁下的内裤一点兴趣都没有？"黄枯荣最令肖白男佩服的地方，就是在非常紧急的情况下照样冷静，照样能说笑。黄枯荣从树丛里出来，将两支步枪靠在树上，然后不紧不慢地扣着军绿色厂服的扣子。"幸好枪还在我们手里，所以，我们闯的祸并不是很大。"

"那明天民兵值班排排长清点值班专用子弹时如何交代？"肖白男的脸色，要比刚才好看了一些。

"明天的事情明天再说吧，我在想，这子弹……这个地方莫非真的有问题？"黄枯荣的这句话，使肖白男还没有彻底放松的神经，突然又变得十分紧张。

回去的路上，肖白男的手紧紧握着枪托，枪口在到处移动着。黄枯荣提醒他说："白男，枪里没子弹。你这样紧张兮兮地拿着枪，一步一瞄准的，吓唬鬼呢？"黄枯荣的话突然停了，向肖白男做了一个蹲下的手势，轻而坚定地说："有情况！"

肖白男突然火冒三丈，大声说："你今天玩够了吗？你……"刚开口就被黄枯荣按住了嘴。顺着黄枯荣手指的方向，肖白男看见前面不远处的山路两边的两棵大树，连接着一个吊床之类的东西，上面好像躺着一个人。黄枯荣咬着肖白男的耳朵，用极轻却极坚定的语气说："尽量不要发出任何声音，跟着我走。"

肖白男也学着黄枯荣的样子，咬着他的耳朵说："哥，咱们绕道逃吧！"

"逃？往哪逃？这是回厂区的必经之路。"

"哥，你轻一点，别吵醒了她！吵醒了她，我们这辈子肯定要玩完了。"

两人轻手轻脚地靠近那个吊床，吊床下面那个很小的空间，是他们今晚必须爬着穿过去的。他们屏住呼吸靠近吊床，看见了一个白衣女人安静地睡在上面，一头长发像柳枝一样垂了下来，在轻风之中波动着……

他们像在当兵时训练爬越铁丝网一样，静悄悄地钻过吊床下面那个不大的空挡，然后两人像兔子似的，头也不回地跑下山去，跑回了厂部的男宿舍中，谁也没敢回一下头……

这样回忆着往事，也许是黄枯荣在每个不喝酒的夜晚的必修课。大多数的时候，他会在这样的回忆里进入梦境。有时那声可怕的枪响，会从他的梦里飞出，一枪打到现实中。每每这个时刻，他的眼前就会出现像喷泉一样涌动的鲜血，接着他就会情不自禁地哭喊："白男，我的好兄弟，我对不起你呀！"

妻子总是在每天早上五点钟，像闹钟一样精确地醒过来，然

第02章

后轻轻地推醒黄枯荣。她下楼第一件事就是捅破贴在煤炉封口上的废报纸，生上煤炉的火。

一会儿，黄枯荣就会睡眼蒙眬地起床，边扣着扣子边慢慢地走下楼梯，刷牙洗脸完毕后，便推着那辆"老坦克"自行车出门，去镇饮食店上早班了。黄芬下楼一般要比父亲晚一点。她要扎好两个辫子，然后把辫子盘在头顶，弄好了这些她才可以安心下楼。然后，她帮着母亲烧早饭和洗衣服，接着就是喊黄方起床。母亲要去给上早班的父亲送早饭，母亲说，在店里吃早饭又得花掉钱和粮票，不划算，送点早点过去，也可以节省一些开支补贴家用。当母亲提着饭盒去给父亲送早饭的时候，姐弟俩便坐在阳台上朗读语文和外语。母亲送早饭回家后，三人便在四方桌子上吃早饭，然后孩子们上学，母亲去街道加工厂上班。这就是黄家的日常生活，除去星期天，几乎天天如此。

黄芬发现，这些天来，康帆的目光依然会有意无意地瞄向她的座位，而且似乎更加频繁起来。无奈，黄芬只有继续忍受着来自身后的目光，她也搞不清楚，明明自己很讨厌这样的目光，可是，当这样的目光再次袭来的时候，她就会脸红心跳，令她上课的注意力很难集中起来。她只能继续在内心咬牙切齿地骂上一句："该死的康帆！"除此之外，别无他法。

她上高中的第一天，妈妈就警告过她，好好读书，千万不要早恋。妈妈说，少女情窦初开，其实什么都不懂，面对异性的诱惑，很容易迷失方向。比如，一个男人的眼神，一个男人的声音，就会让她朝思暮想，坠入情海……她觉得，妈妈说的这些，正确无误，现在，自己就被一个异性的眼神死缠着，无法摆脱。

下午，黄芬刚排练完诗歌朗诵回到班级，远远就听见有人在议论："教导主任叫刘青青他们谈话去了。"

"肯定是早恋的事，你们难道真没看出来，康帆看青青的目光像放电似的？"

"该死的康帆，这次麻烦大了。"向东流特意跳上一张椅子，慷慨激昂地向同学们宣讲起来："事情都到这个地步了，都在明面上了，我就不必隐瞒大家了。刚才，教导处的徐主任请刘青青和康帆去办公室了，大家也都看见了。据我掌握的情况，他们的问题是很严重的。我直说了吧，他们的问题，比一般的早恋严重多了。往后呀，咱们班的同学们，都要抬不起头来了。"

"向东流，有些事你不能乱讲的，要有证据。"沈黎萍以警告的语气对他说。

"证据？我大哥就是证据！"

"向东流，你大哥是个人，不是个东西，怎么可以拿出来当证据！应该是证人，对吧？"有同学站出来指正向东流的口误，是存心的。不知为什么，班里的同学，十有八九都十分讨厌向东流。

向东流白了那位同学一眼，继续说："昨晚，康帆这小子约刘青青去看新拍的故事片《小街》了。电影散场后，他们又在一条没有路灯的马路上散步，然后坐在一条水泥长椅上，做些不清不爽的举动。这时，几只手电筒一齐照在他们的脸上。后来，他们就被联防队的请去了。联防队的问康帆，'你今晚干了些什么了？'康帆说，'没！没干啥！'联防队的又问，'当时你的手放在哪里了？'康帆说，'放在她的……衣服里了。'联防队的还问，'放在上面衣服里还是下面衣服里？'康帆开始没回答，等那人拍了桌子，他才说，'都放了。'联防队的最后问，'你干吗要把手放在女孩子的衣裤里面？'康帆说，'因为怕冷！'联防队员骂他小流氓，然后就打电话通知了家长和学校了。"

"你才是小流氓呢！你以为同学们会相信你编的故事？你这人是不是有毛病，你曾经是康帆的跟班呀！怎么这么说人家！"黄芬听到这里似乎已经忍无可忍了，竟一改以往软绵绵的性格，面对向东流的胡说八道，她情不自禁地站出来为康帆辩护。她之所以不相信向东流刚才慷慨激昂地讲的"黄色故事"，因为她认为事情再明白不过了，康帆不可能与青青谈什么恋爱的，这并不仅仅是因为康帆与刘青青是一贯的对头，更重要的是她相信自己的直觉，因为那双一直在她背后注视着的眼睛。还有，康帆放学后主动接近她的弟弟黄方，还教黄方吹口琴，这不是明摆着为了讨好自己吗？康帆与自己的同桌青青早恋了？这不是造谣是什么？但是，她又不能当着全班同学的面说，康帆一直在暗恋自己。她想，如果说出来，就可以为康帆和刘青青洗脱罪名，还他们以清白，她是可以豁出去的。然而她终于还是不敢说出关于康帆暗恋自己的那种直觉，但又无法容忍向东流不负责任地胡说八道。

"谁胡说八道了？"向东流见班上最低调、最柔弱的女生，竟也出来为康帆鸣不平，语调突然提高了八度，"告诉你黄芬，不要被康帆的虚伪所迷惑，你认为的'黄色故事'，其实是千真万确的事实，因为那位审问康帆的联防队员就是我哥，我的亲哥哥……"

向东流继续向同学宣讲着，说的是什么，黄芬已经无心再听了。她告诉自己，向东流的语气，越听越像是真的了。她开始怀疑起自己的直觉，怀疑起母亲跟她说起过的女人的直觉。她自问："难道康帆真没有暗恋我吗？他聚焦在我们座位的目光，焦点不是我，而是刘青青吗？只是因为我与青青同桌，所以，他看青青的目光，我以为是在看我。是这样吗？那么他又何必故意讨好黄方？何必千方百计地找门路买语文课本送给我？既然他已经搞到语文课本了，并计划好了，要通过阿方送给我，那么，为什么他还要假惺惺地参加班长组织的抄写语文课本的队伍呢？不是有毛病吧？"此时，她的心开始慌乱地波动，像个心律不齐的病人。她把无力的身体沉重地摔在座位上，一种失恋的悲伤莫名其妙地占据了她所有的情绪。

黄芬打了个寒战。如果向东流的话是属实的，她多日以来对康帆的警报便大可放心地解除了，她上课走神的毛病，可能就不治而愈了。想到这里，她先是轻松地舒了一口气，转而，却又深深地叹了一口气。

一连几日，康帆和刘青青都没来上学。向东流继续透露着一些似是而非的，有关康帆和刘青青的内幕故事。

几天以后的一个中午，黄芬刚从妈妈的街道加工厂里吃好中饭，回到学校门口，便看见校门口围着很多学生，校门口右侧橱窗——平时专门用来张贴各种会议通知的公告栏里，又贴着什么新鲜玩意儿，同学和少数老师都抬头看着，纷纷议论着，嘲笑着，交谈着，指手画脚着。

顺着师生们的视线看去，黄芬的嘴巴张得很大。那是一张关于对康帆和刘青青进行校纪处分的布告。内容当然没有向东流讲述的那么不堪，但大致意思却八九不离十。

黄芬默读着那张布告，一遍又一遍，似乎要寻找出一些不真实的蛛丝马迹。黄芬深深地叹了口气，不仅为康帆和刘青青他们。曾经，康帆的目光是她努力想去摆脱的，如今，当这种愿望真的实现以后，真的到了可以为解除对康帆的警报而庆祝的时候，她却开始觉得有点于心不忍了，甚至觉得这简直是一种从未有过的失落，一种莫名其妙的失落。

一连几日没有看见刘青青和康帆了，黄芬非常想念青青，同时在内心深处也挂念着康帆。教室后墙黑板报上仍清晰地写着刘青青的散文诗《想起秋》，黄芬时常会在课间十分钟时，来到黑板报前，在心里默默地念一念这首文采飞扬的短诗：

想起秋

我的笔和着风的琴弦

第
02
章

037

刘青青和康帆是被白老师领进教室的，三个人同时出现在教室的时候，全班百分之百的眼光都集中在康帆和刘青青的身上，谁也没有去注意白老师的一举一动。刘青青走过班长沈黎萍的座位时，很自然地向沈黎萍点头微笑。在黄芬旁边坐下后，刘青青咬着黄芬的耳朵说："这几天真想你。"黄芬也用极轻的声音对她说："我已经能把你写的《想起秋》倒背如流了。"康帆的脸显得少有的严肃，尤其是当他走过向东流座位时，用近乎恐怖的眼光瞪了一下向东流，那是一种非常锋利的目光，犹如哈姆雷特的复仇之剑。

尽管被同学们忽视了，但白老师的表情始终严肃。在康帆和刘青青入座之后，她站在讲台上说："我想，有些事情是谁都不希望发生的，包括康帆同学和刘青青同学。但是，事情毕竟还是发生了。重要的是，我们每一位同学必须从中吸取教训，克制一些不太好的想法，校正自己的行为。

"我还有一件事要宣布。本来，今年我们班级入团的一个名额，是非刘青青同学莫属的，可是……今天，这个名额要易主了。经过学校团委会的考察、研究和决议，同意黄芬同学光荣地加入中国共产主义青年团。我建议大家，用最热烈的掌声，祝贺黄芬同学！"

班级里的掌声持续得比较长，青青是看着黄芬鼓掌的，一脸灿烂的笑，一脸无解的泪。

那天，天上的云特别多，太阳的光芒大多时间被遮住了，偶尔短暂地照射下来，就显得非常珍贵，就像课间十分钟一样。在同学们看来，这十分钟就是暂时从云的缝隙中探出的一缕灿烂，是短暂却十分珍贵的。所以，同学们觉得，最悦耳的声音，莫过于下课的铃响。而这次的下课铃声，却不是课间十分钟的休息，操场上响起《运动员进行曲》。

当同学们陆续涌向学校操场时，太阳从云与云之间象征性地挤出一点点笑意。然而，当第六套广播体操的旋律响起时，阳光又一次躲进那些厚厚的云层的背后。云层很浓重，像青灰色的水墨画，天色又变得阴沉起来。

几百名师生便在这样的天空下做着广播体操，远远看去，像一大片沐着春风的彩色麦浪。"整理运动"之后，麦浪开始散开。然后，在操场的中间，散开的麦浪又重新凝聚起来，接着便传出一些慌乱而响亮的呼喊声："打起来了！打起来了！"

向东流最先冲出人群，鼻子在往下淌血，越来越多，鲜血已染红了他前胸原本洁白的的确良衬衫。在他拼命地往前逃跑的时候，血染的衬衫便在师生们的眼前晃动着，十分醒目。向东流拼命地绕着操场逃跑，康帆疯狂地贴在他的身后追打。向东流逃到哪儿，康帆就追打到哪儿，像是向东流身后的一个影子，边追边大骂，骂向东流不是人，是畜生。两人从人群中追打到了操场边的跑道上，又从跑道上重新追打到了操场的绿色草坪上。

终于，当向东流几乎无力再逃的时候，两名领操的体育老师将康帆高大的身躯按倒在地，康帆的脸几乎贴在了草皮上。然而，草丛里还在传出康帆近乎沙哑的怒骂声："畜生，你怎么说我都无所谓，就不能害了刘青青，就不能坏了她的名声……"

康帆是在痛斥向东流的过程中，被两名强壮的体育老师架去校长室的。向东流则仰起头，手指按着鲜血淋漓的鼻孔，一路呻吟着，被其他班级的两名男生扶去了学校卫生室，鼻青脸肿的狼狈相，就像一名落败的拳击手。天空依然像收音机里的天气预报说的一样，阴到多云，太阳的光芒依然时隐时现着，像广播里正播放的那曲卡顿着的《少年，少年，祖国的春天》。

第
02
章

谁都能料想到教室里此时的情形，肯定是聚集着激动、沸腾、交头接耳、担惊受怕的同学们。康帆与向东流的血战，在学校、在班里产生了很大的影响，大家议论纷纷。比如有的同学认为，康帆真的不愧是康帆，为了维护自己的爱情不被玷污，义无反顾地选择了男人解决问题的方式；还有同学认为，向东流这小子是欠揍，大庭广众之下把人家纯真的爱情说得这么庸俗，简直是不堪入耳，要是我，起码要打他个半死；更多的同学认为，康帆这次付出的代价远比向东流的鼻血昂贵得多，很有可能将受到校方最严厉的处罚，为了如此的小人而付出这么大的代价真不值得……

黄芬听着同学们一遍遍地重复"爱情"两字，心底便一次次地响起某种声音，好像是缓缓的潮水拍打沙滩的声音，又好像是大片的月季约好倒数三个数一起开放的声音。"爱情"两字简单的发音，在正发育着身体的高二学生的声带里，一次次地共振而出，使黄芬产生了条件反射，她的眼前又情不自禁地浮现出刚刚结束的战斗场面，浮现出康帆勇猛的身影和有力的跳跃，还有狂奔着挥舞拳头的英勇气概。

刘青青趴在课桌上，她的安静与周围热烈的议论格格不入，与内心的忐忑不安格格不入。黄芬走到她面前，用雾一样的目光，看着刘青青那张看似安静却很焦灼的脸。她俯下身子，在青青的耳边轻声安慰道："青青，你真幸福！"青青伸手，一把捏住了黄芬的手。

黄芬继续说："今天的康帆，是个英雄，他是在为你而战，你应该感到高兴才对。"

刘青青长吁了一口气，看了看黄芬说："芬，我要祝贺你，光荣地加入了共青团。"

黄芬的脸微微一红，说："这个名额应该是你的。我知道，入团是你梦寐以求的愿望。没想到，这本该是你的荣誉，却阴差阳错地落到了我的身上……"

刘青青深深地叹了口气,脸朝下趴在桌子上。黄芬知道,加入中国共产主义青年团,是青青梦寐以求的心愿,她以优异的表现,积极争取了很久,眼看就要实现,却因为早恋又失去了,她肯定非常不甘心。

等了许久,刘青青对黄芬说:"芬,好好珍惜这份荣誉,这是一名共产主义战士迈出的最值得骄傲的第一步。我也不会气馁,不管怎样,我想,入团与爱情都是崇高的,它们之间不应该产生冲突,所以,内心里,我早已入团了。我们一起努力!"

凉瑟瑟的秋雨越下越大,发出沙沙的、凄凉的声响,打湿了那张贴在学校公告栏里苍白的布告,布告是关于康帆的,说他无视校规一错再错,经校方研究决定开除学籍。秋雨打在黄芬的伞上,沙沙的,声音越来越响。雨越下越大,雨点打在那张布告上,像笔尖,点着一个个密密麻麻的实心句号,这些句号似乎都是送给康帆的,潦潦草草的,一点也不圆满。然后,布告上的雨和墨混淆在一起,从湿纸上流下来,像浓妆的戏子的哭泣。渐渐地,它们演变着,演变成康帆的眼泪,流过彩色的年龄,每一行,都是混浊的。

渐渐地,雨模糊了那张布告,泪模糊了黄芬眼前的整个世界,仿佛周围的一切,正被这沙沙作响的秋雨一点点地冲化了,像要把康帆和向东流的打架事件,从所有人的记忆里,冲得一干二净似的。而明天,在黄芬的世界里将不再出现康帆那个同学,后天,黄芬的世界里也将不再出现康帆那个同学——那个用勇猛的、力度很强的跳跃,激越的奔跑和挥舞拳头来捍卫初恋的男孩。

"黄芬。"后面有个熟悉的声音逼着她慌忙用衣袖抹去眼泪,"黄芬,你有时间吗?我想跟你谈谈。就几分钟。"

黄芬转回身子,看见一个留着长发,戴着一副近视眼镜的同学,

第02章

正木偶似的站在大雨中，湿润的长发几乎贴在头皮上了，眼镜的镜片上密密麻麻地留着透明的雨珠子，其中的一个眼镜片上，还有一道冰凉的裂缝。这一道裂缝，不但参与了主人为了捍卫爱情的纯洁而发起的斗争，见证了主人的勇敢和无畏，还留下了无法治愈的伤痕。

"康帆！"黄芬将伞抬高了些，走向康帆，然后用眼睛的余光，打量着周围的那些同样是打着雨伞来看布告的同学。黄芬走过去，用两根手指扯着康帆的衣袖，拉着他，小跑着朝走廊的方向而去。雨声笼罩了整个世界，雨水流过屋顶的瓦片，在走廊屋檐的外沿，自上而下，形成一面透明的水帘。

"黄芬，我要走了。"康帆靠在走廊的柱子上，面朝黄芬，左手插在裤兜里，右手伸在雨中，手心向上，将一滴滴从屋檐上跌落的雨，在半空中接住。他边接着雨水，边对黄芬说，"我放心不下青青，请你……"

黄芬没有说话，她只是安静地看着康帆，然后笑着点头，笑着笑着，眼泪却夺眶而出。康帆走近黄芬，将那只接雨滴的手伸进裤兜里擦了擦，然后伸向黄芬："黄芬同学，别忘记我——灾星，康帆。我走了，保重，老同学！"

黄芬握住了康帆的大手，这是她人生第一次真正意义上与一个"男人"的接触。黄芬感觉康帆在握手的同时，交给了她一张潮湿的字条。

"又打铃了，去上课吧！"康帆说完这句话，便一头冲进雨中。雨雾越来越浓重，将这样一个活灵活现的男孩子，在黄芬的世界里彻底抹去了，融化了。什么时候再见，或者再也不见，黄芬不知道，雨也不知道。

黄芬展开字条，她又想起了那张夹在语文课本里的字条，她一直以为那本由黄方转交给她的语文课本，肯定是康帆一手策划的，连同那张从课本里飘落的巴掌大的白纸，也肯定是康帆留给她的。想到这些，她苦笑着摇了摇头。

看见了康帆留在字条上的笔迹，联想到那张从那本语文课本里飘落的白纸上的笔迹，两种字迹初看的确有点相似，但是，如果仔细比对，区别还是有的。黄芬的心又有了异常的跳动，一个新的问题又一次闪现："既然，那个送我语文课本的人不是康帆，那会是谁呢？"

康帆在字条上写道：

黄芬，应该说，在这个班上，没有几个同学是我所信任的，也没有几个同学是信任我的。我是一直将你当朋友看待的，如果以前我因为玩笑开过了头，惹你生气，那么就请你原谅我。现在，我被学校开除了，我知道，其实我是被我自己开除的，我要离开你和同学们了，突然之间，我开始特别强烈地想念大伙。

成天在一起的时候，是感觉不到同学之间的友情的，现在我要走了，却真切地感受到了鼻子又酸又重的。读书也是这样，过去很讨厌读书，现在彻底读不成了，才突然发现原来读书的感觉还是挺不错的。

有件事麻烦你转告同学们，如果以前有得罪的地方，希望他们原谅我。告诉大家，好好珍惜读书的机会，争取明年考上大学，我会时常想念大家的。还有向东流，代我向他说句对不起……

黄芬，请转告青青，不要找我，好好读书。特别请求你，多劝劝她，照顾她。我要去南方的亲戚那里了，如果我有机会回来，一定会来看同学们的……

黄芬被那个浪子发自肺腑的言语打动了，眼泪又一次不听使唤地滴落，落在那张已经潮湿的字条上。

雨还在下，眼前是一片白茫茫的世界……

第 03 章

县政府所在地西泾镇镇政府礼堂内人声鼎沸，县教育系统主办的《献给时代的歌》诗歌朗诵大赛就安排在这里举行。正式比赛前，参加活动的师生进进出出，显得异常忙碌。作为参赛选手家长，林雪月被邀请来观摩比赛，而且被安排在第八排靠中间的好位子，视野开阔，距离舞台又近，看表演一清二楚。林雪月向车间主任请好假，提前半小时就到达会堂，对号入座后，就沉浸在剧场演出浓浓的氛围中了。

一会儿，"啪"的一声，舞台上方那两排耀眼的灯光，一瞬间火力全开，就像黑夜与白天被瞬间切换了一样。然后，从暗红色的幕布后面走出一男一女两个高中生，来到舞台正中间的一排立式话筒前。按照一般的程序，主持人首先登台。这样的灯光，这样的场景，很容易令林雪月想起一些很久以前的事情来……

1968 年的中秋节，她刚报到不久，就参加了隐蔽在大山深处的五洲电机厂的中秋晚会。而且，因她来自大城市，是上海某卫校的中专生，所以自带一种知识青年特有的气质，工余时间她穿着时髦大方，厂里的工会领导就找到她，动员她担任这次中秋晚会的报幕员。她从小就热爱文艺，喜欢上台表演，她的声音和外貌同样出众。厂办通讯处的编辑听说林雪月将担任厂部中秋晚会的报幕员，便特意采访她，并在厂报的文章中这样描述林雪月，说她的嗓音如朱自清的散文《荷塘月色》里写到的叶子底下脉脉的流水，虽见不到一点颜色，却能荡涤人的心灵。那时的林雪月正值花季，长得花容月貌，甚至比她的名字更美，是晚会报幕员的不二人选。消息传开后，五洲厂的干部职工们都十分期待，都要亲眼目睹他们的林报幕员的动人风采。

中秋之晚，月亮如肖白男比喻的那样，像一个金黄色的圆窟窿。晚会现场设在厂部的一个篮球场上，是露天的舞台。台下是黑压压的人群，是六百多席地而坐的干部职工。舞台和观众一亮一暗，形成鲜明的对比。四个"小太阳"探照灯，从四个不同的方向照着站在舞台上的林雪月。身着军绿色工装、有着天然雪白皮肤的林雪月，在舞台上站成一个名副其实的亮点。

晚会在"备战、备荒、为人民""提高生产质量、保卫祖国人民"的整齐而雄壮的口号声中拉开了序幕。幕布拉开后，林雪月站在舞台的中央，她用清脆的嗓音开始报幕："第一个节目，全场齐唱《我的祖国》。"

接下来就是厂里的联欢会，因为是联欢，林雪月用流水般轻快的声音，将工友们的热情调节到了一个恰到好处的兴奋点。工人们为她的光鲜亮丽和精彩报幕一次次地鼓掌，将手掌拍得火辣辣地疼。他们的眼睛，也从不同的角度、不同的地方聚焦在林雪月的身上，都舍不得眨一下眼。

晚会到了厂领导给年度"先进生产者"和"五好青年"代表颁发奖状的环节，当厂领导发完奖状，走下舞台，林雪月刚想宣布"请先进生产者、五好青年代表走下舞台入席"的时候，台下第一排有一个调皮的职工站起来起哄，他问道："今天上台领奖的除了'先进生产者'代表以外，还有'五好青年'代表，我请求林报幕员，向大伙儿普及一下，'五好青年'的五好，具体是指哪五好？"林雪月冲台下的观众笑了笑，装出一副卖关子的样子。

干部职工们心知肚明，林雪月是个新来的，而且很年轻，还不到二十岁，看她现在的表情，估计回答不了这个问题。很大一部分职工等着台上这个漂亮的林报幕员出洋相，起哄的声音便从零零碎碎演变为成片成片的了，嗡嗡的，连接成一阵阵此起彼伏的声浪。

正在林雪月不知所措，想向大家摊牌道歉的时候，上台领奖的"先进生产者"代表中的一人，悄悄地移步到林雪月的身后，用很有磁性的声音，小声对她说："林报幕员，别回头，请你站在原地别动，一会我说一句，你跟着说一句。"

林雪月不紧不慢地清了清嗓子，跟着那名同志，一句一顿地回答道："'五好青年'的五好应该就是学习好、思想好、工作好、纪律好、作风好。回答完毕！"在身后的那位"先进生产者"的帮助下，林雪月终于平息了下面早已嗡成一片的幸灾乐祸的声浪。接着，她呼出一口长气，又清了清嗓子道："谢谢这位同志的提问，我建议，让我们再次以热烈的掌声，向我们五洲电机厂的全体'先进生产者'和'五好青年'学习，致敬！"在雷鸣般的掌声里，林雪月悄悄地回转身子，瞟了一眼身后的那位为她解围的同志。可惜，她没能看清他的样子，因为他戴着口罩，只露出那双充满智慧的眼睛，迅速地回看了她一下，好像是送了她一个微笑。

掌声就像一阵轰隆隆的滚雷，贴着地面朝着舞台推了过来，林雪月在掌声中冲台下左中右三个方向行了三个军礼……

当林雪月宣布"中秋晚会到此结束"，几乎同时，候在第一排的刚上台领过奖的"先进生产者"代表中的两个人，迅速跳上舞台。他们一高一矮，都戴着口罩，样子怪怪的。那个高个的，就是刚才帮她解围的小伙。他们先给仍在台上的林雪月一个标准的军礼，然后真诚地邀请林雪月和他们合影留念。林雪月内心是很感激高个小伙刚才的帮助，便大方地接受了他们的邀请。那个高个的便从军用背包里拿出一台海鸥牌的 120 照相机。林雪月向他们提出建议，合影的时候，能不能暂时摘一下口罩。对方却朝她摆了摆手，说他们得了极易传染的流行性感冒，为了林雪月的健康，还是戴着口罩照吧。就这样，林雪月勉为其难地与那两个戴着口罩的崇拜者合了影。先是大高个帮她与那个矮一点的先进生产者拍照，正式拍照的时候，那个矮个的便悄悄地摘下口罩，这个小小的举动，还是被林雪月眼睛的余光扫到了，可是，她假装没发觉，配合他们把合影拍完。然后是矮个的帮大高个与她拍合影，同样，在按下快门之前，大高个也悄悄地摘下了口罩，林雪月同样很配合，同样假装没有发觉，没有转头看一看大高个的脸。直到拍完合影，那个大高个的还主动握了她的手。在握手的时候，借着舞台灯光，林雪月很细心地看了看他那张戴着口罩的脸，当她再次盯着他的眼睛看的时候，她感觉心脏好像麻了一下，像触了电。那是一双男人的迷人的眼睛，充满自信，充满智慧，充满阳光。林雪月想，与这样的同志合影，效果肯定不会差，他的英俊和威武，从一双眼睛里就能淋漓尽致地感受得到，何况，按下快门的时候，他还悄悄摘下了口罩。那一刻，她很想留下对方的联系方式，这样就可以要到一张她与这个大高个的合影。可是，毕竟她是姑娘家，何况对方神秘兮兮的，不愿取下口罩，不知道这两个"先进生产者"在捣什么鬼，所以，她最终还是没有勇气开口。

舞台上的一个小插曲应该就此结束了，可是又偏偏节外生枝。那位帮她拍合影的矮个冲他俩说："出了点小状况，刚才在镜头里光顾着看林报幕员的表情了，忘记按下快门了，低级错误，低级错误。"拍了一张之后，那个矮个的还不依不饶，说为了双保险，还要拍一张。矮个的装出一副很会拍照片的样子，要高个与林雪月往后退一点，再退一点。在她们已经退到了舞台边缘时，那大高个又悄悄地摘下口罩，矮个的便迅速按下了快门。

快门的咔嚓声刚响过，林雪月却一脚踩空掉下了一米多高的大舞台。后脑着地，当即昏了过去……

在昏迷的那段日子里，林雪月经常会隐隐约约地听到好像有人在跟她说话。渐渐地，那个人的说话声越来越近，越来越清晰。那是充满磁性的男人的声音，好像是在讲什么睡美人呀王子呀咒语呀之类的故事。渐渐地，她听出这个声音与中秋晚会上给她提示"五好青年"知识点的那个男中音如出一辙。渐渐地，她发现这个声音在每天的同一个时间段，都会为她朗读着《睡美人》的童话。有几次，她使劲地想睁开眼睛，想看看这个天天给她讲童话故事的男人，到底是谁，长什么样子。

可是，她始终动弹不了……

有一天，她听到那个声音说："林报幕员，我知道你能听见我说话的声音，因为每次读到王子的吻，终于让公主醒了过来的时候，你的眼皮就会微微地动一下。朱医生说你的情况在一天天好转，这是个好消息。林报幕员，明天开始，我不能再来为你诵读《睡美人》的童话了，我们制造车间有个去山东培训的名额，车间领导指派我去，要学习一个多月，希望你早点好起来，早日醒来。希望等我培训回来，你早就好了。"听到他转身离去的脚步，林雪月用尽全身的力气睁开了眼睛，一片刺目的白光扑入她的眼睛，让她什么也看不见了。她知道自己已经苏醒了，像被王子吻醒的睡美人一样苏醒了。那片白光刺得她头痛，让她不得不又闭上了眼睛。再睁开的时候，那个给她讲童话故事的小伙的脚步声，已经听不见了。

她醒了，而她的童话却消失了。

当"黄芬"两字从主持人的话筒里传出的时候，林雪月的思绪便像那把控制灯光的电闸，完成了一次遥远的时间与空间的切换。看着眼前别人的舞台，她轻轻叹了口气。灯光又完成了一次切换，瞬间，舞台由暗变亮。她觉得，花容月貌和半老婆子之间，也不过是一次时间的切换，一次残酷的切换。

她几乎认不得舞台上自己的女儿。女儿今天非常漂亮，是舞台上的一个亮点。她知道，这都是女儿的同学刘青青帮女儿化的妆。女儿穿着青青的白色羊毛衫和红底黑格子长裙，这样的装扮，使林雪月情不自禁地热泪盈眶。这亭亭玉立的女孩是她的阿芬吗？她有点不敢相信，然而，周围的一切都是那么真切。女儿真的长大了，终于长大了。林雪月不停地用粗糙的手背擦拭着双眼。女儿今天是幸福的，今天的她，暂时摆脱了一大堆要洗的衣服，暂时摆脱了父亲酗酒时的提心吊胆，暂时摆脱了下课铃响后箭一般冲出校门的那份家庭责任……她彻底释放了，释放在她喜爱的朗诵表演的快乐中。所有的困扰在今天被解除了，如她那一头平时被牢牢地捆绑着、束缚着的黑发，像一帘黑色的瀑布，自由自在地披在她的双肩。

林雪月并不担心女儿的朗诵会出什么问题，因为女儿是认真对待白老师交给她的任务的，她朗诵的是一首怀念周恩来的长诗，语言生动感人。当女儿拿着朗诵稿给她看的时候，她鼓励女儿说，这首诗很适合你朗诵。每天早上女儿总站在水泥板前，边洗着全家的衣服，边背诵诗稿上的句子。林雪月在一边听着，时不时地纠正女儿的情绪，要求女儿在朗诵的时候尽量地投入到诗歌所渲染的情感当中，要把全国人民怀念敬爱的周总理的真情实感，自然而然地表达出来，自然得像流水一样……

今天一早，黄枯荣把粽子装上自行车之后，倚在门框上，他经常这样倚靠着门框，配合着门框拼写一个"囚"字。这时，他又"囚"着门框，看似漫不经心地看着女儿，其实，他是很认真地在欣赏女儿的朗诵。听到动情处，他情不自禁地踱到女儿跟前，竖起皱巴巴的大拇指冲着女儿笑。看着爸爸的大拇指，黄芬也笑盈盈地停下朗诵，擦干双手，从衬衣口袋里拿出那颗爸爸赠送的红星，把它小心翼翼地从布袋里取出，捏在右手拇指和食指中间，然后在爸爸带着血丝的眼睛前晃了几下。黄枯荣看到黄芬手中的这颗红星在晨光中闪亮，笑得更舒展了。平常很少开口说话的他，语重心长地对黄芬说："丫头，你要是穿上军装，一定很威武，很好看。"黄枯荣眯着眼，抚摸着女儿的头发，从她手里接过这颗红色五角星，把它举过头顶，让它融入广阔的蓝色天空，仰面看着它说："爸爸信它，一直信它。"

父女俩少有这样的交流，边上的林雪月全看在眼里，感觉暖暖的。她对黄枯荣温柔地说："枯荣，时候不早了，你该去上早班了。"

母女俩目送着黄枯荣消失在她们视线中。黄芬笑着对母亲说："妈，其实，我爸不吃酒的时候还是很慈祥，很可爱的。"

林雪月叹了口气说："你爸是个好人，大好人，只是他欠了一笔情债，一笔他还不起的情债。"

在这个世界上，黄芬最信赖的人还是母亲。虽然她从小懂事、听话、能干，但是遇到难以独自解决的困难，第一个想到的人还是妈妈。比如今天的诗歌朗诵比赛，如果没有妈妈在一旁看她表演，她会没有自信，没有方向的，因为妈妈是她的主心骨。

我多想
多想伸出凌云的翅膀
飞向九天
把您的灵魂挽留
再听听您熟悉的声音
再看看您亲切的笑脸
……

5分钟的朗诵刚结束,如潮的掌声一下子从四面八方涌向黄芬。舞台上,那圈耀眼的追光灯,追随着同样耀眼的黄芬,骄傲地移动着。刚刚,黄芬那段声情并茂的领诵,把全场的观众,全部带入追思敬爱的周总理的情绪中,催人泪下。

海潮般激动的掌声,令林雪月情不自禁地泪流满面,不禁想起当她以一个卫生员的身份,出现在那群制造车间的男子汉面前的时候。当时正值全车间民兵连集中训练,他们整齐地在操场上站成一个方阵,以热烈鼓掌的方式,欢迎了她。很多员工都因为那次厂部中秋晚会而认识了她。林雪月的飒爽英姿,让如潮的掌声持续着,操场上的干部职工们都笑呵呵地看着她,都不愿停下鼓掌。林雪月涨红着脸,精神抖擞地向同志们敬了一个礼,以示感谢,不料,掌声更加热烈了。

眼前这样热烈的掌声,与记忆中中秋之夜的掌声,一样熟悉,一样感人,一样令人振奋。

中秋之夜,在一轮明月下,林雪月深情地朗诵了艾青的长诗《大堰河——我的保姆》。刚朗诵完,她慌了,因为全厂几百位同志几乎是用尽力气在拍手鼓掌。操场上的这些兵民也是,依然没完没了地鼓着掌,掌声打在她的心坎上。最后民兵连长一挥手,像整台音乐会的指挥,中止了所有乐器的演奏那样,中止了所有的掌声……

能赢得这样的掌声,原因之一,林雪月是全车间为数不多的女性,而且是长得最漂亮的一个。原因之二,自然是她曾经当过厂部中秋晚会的报幕员,嗓音清脆,朗诵也很投入,是他们全厂的明星。说起她的漂亮,车间大食堂的厨师崔老头就曾做过评价,说林雪月长得少有的好看。喜欢寻他开心的职工便问他,怎样才算是"少有的好看"?崔老头微笑着回答,像《野火春风斗古城》里的银环那样就算得上少有的好看了。寻他开心的紧追着问,银环她长得又是如何"少有的好看"了？崔老头仍微笑着回答，银环之所以好看，主要是因为她的脸蛋雪白雪白的。寻开心的继续问，银环的脸蛋如何个雪白雪白法？崔老头说像他蒸出来的白面馒头那样雪白雪白的。寻开心的继续问，白面馒头如何个白法？这回老崔听出小伙子一长串的提问有点问题了，知道对方是故意寻他开心，是醉翁之意不在酒。他突然哈哈大笑起来，因为笑得太突然，口水都顺着嘴角淌了下来。崔老头边笑边回答，白面馒头像你家婆娘的屁股一样白。还特意走上前去，用满是面粉的手，重重地拍在对方屁股上，指着军绿色裤子上的白色手印子反问道："这回该知道什么才叫雪白雪白了吧？"

"老崔，你信不信，他们家婆娘的屁股，都不一定抵得上林雪月脸蛋的一半白。"来食堂帮忙的车间主任洪主任一向不苟言笑，即便是在开玩笑的时候，他都黑着一张脸，冷面笑星似的，始终给人一种高深莫测的感觉。他这句玩笑逗得崔老头笑得一屁股坐空，都倒在地上了，还一个劲儿地大笑不已。旁边许多食堂职工看到崔老头的滑稽相，也都忍不住笑。可是，洪主任却仍一脸的严肃，好像眼前的这一切跟他一点关系都没有似的，剁肉馅的动作反而加快了许多。洪主任非常娴熟地剁着肉馅，一点也不逊色于专职炊事员。突然，他的动作戛然而止，像是不小心误碰了电视机遥控器上的暂停键一样，一下子就一动不动了。只见他捂着鲜血淋漓的左手，一声不响地朝着车间卫生室的方向急奔而去……

当时，林雪月不在场，她是后来听肖白男讲的。正如黄枯荣说的那样，肖白男的嘴巴从没有把门的，高兴起来，什么事都肯讲，什么段子都敢说。这方面，他的胆子可一点也不小。她记得，那时，她刚发现自己可能怀上孩子了，将面临厂部的严厉处分，心里特别害怕，根本不知道如何是好。当她一个人在车间卫生室发呆时，肖白男出现了，嬉皮笑脸的样子，说他弟媳生了个大胖小子，要分喜糖给小林医生吃。林雪月接过喜糖说："肖白男同志，能不能陪我到外面走走。"于是，一男一女便走在樟树林间的小路上，走在一大片醉人的夕阳中，一个格外开心，一个特别忧伤。林雪月说："白男同志，能不能给我讲个笑话？"他就讲了这一段，因为洪主任切伤手指的时候，他也在场，他就是那个不断追问崔老头"怎么个白法"、寻崔老头开心、被崔老头一巴掌拍在屁股上的人。

礼堂里又响起潮水般的掌声，打断了林雪月遥远的思绪。她抬眼向舞台上望去，黄芬她们的诗朗诵早已结束，却依旧站在台上谢幕。因为节目特别精彩，观众和评委都站起来鼓掌，自然，她们就谢了又谢。她看见女儿和另外三个同学一起，微笑着向观众鞠躬致谢，然后，她看见女儿向自己的方向挥了挥手，脸像三月里的桃花一样明丽、烂漫，眼睛里涌现出生动的光。每次这样静静地看着女儿的眼睛，她就会自然而然地想起那个人——她的第一个病人。随后，她就会在心里无可奈何地唠叨一句："这眼睛，这腔调，简直一模一样！"

她目送女儿走向后台，如目送一段久远的往事。如今女儿长大了，林雪月感觉那段往事被接上了，如舞台上的节目一样，一个结束了，报幕员几句精彩的串词之后，另一个又开始了。而那些属于她的串词，非但不够精彩，反而非常灰暗，像她现在的脸色一样，无光无彩。

制造车间的主任名叫洪峤秋，他就是林雪月来制造车间卫生室报到后，接手的第一个病人。他捂着鲜血淋漓的左手奔进卫生室。看见血，林雪月多少有点手忙脚乱，她一遍又一遍地告诫自己要沉着，一定要沉着。然而，她打开药箱的手仍在微微发颤。她取出止血用的橡皮管，想把它扎在洪峤秋左手的手腕处，因为她的手始终在颤抖，所以，扎了几次都没能扎紧，反而松散掉了。林雪月的额头开始沁出细细的汗珠，本就雪白的脸更白了。

"林同志，不必紧张，一点皮外伤而已。"洪峤秋咬了咬牙，在美丽的女同志面前，他一改刚进来时慌里慌张的样子。虽然伤口很疼，虽然血还在往外冒，不停地滴在地上，但他强忍着，倒吸一口凉气，提醒自己，在漂亮的小林医生面前，必须要表现得勇敢一点，大度一点，别给人家小瞧了。

洪峤秋的话，包括他大度的表现，对林雪月是一种鼓励。然而鼓励归鼓励，毕竟是第一次面对鲜血淋漓的场面，林雪月的手依然颤抖着。

"峤秋主任，这是怎么了？"叶昌群背着药箱回到车间卫生室。

"刚才帮老崔剁肉馅，不小心剁到手上去了。"洪峤秋有意无意地瞟了林雪月一眼，"皮外伤，没啥大不了的。"他时刻提醒自己，再坚持一下，再忍一忍，必须要显得很勇敢，让自己的形象在她的心目中高大起来。他知道，男人在女人面前，特别是漂亮女人面前，第一印象是最重要的。

叶昌群的突然出现，对林雪月而言，如同黑暗的黎明中突然出现的一道曙光。叶大夫走上前来，看了看洪峤秋鲜血淋漓的左手，赶紧放下药箱，微笑着冲林雪月说："小林，让我来处理吧。"

林雪月在一旁看着，学着，偶尔给叶昌群递一下剪刀、纱布等物品。听着洪主任与叶大夫用同一种方言交流，林雪月觉得蛮亲切，因为，这种方言和她的祖母说的话同出一个语系。虽说她是上海人，可她的祖母是江苏镇江的，年轻时来上海打拼，后来嫁给了一个上海本地人——她的祖父，就留在上海了。在上海，讲这种方言的人还是蛮多的，上海人称其为江北人，称这种方言为江北话。她猜测，他俩应该是老乡，因为，五洲厂的干部员工来自五湖四海，人与人交谈一般都说普通话，只有老乡之间，才会讲家乡话。一样是江北话，她觉得洪主任说的要比叶医生好听很多，特别是他充满磁性的声音，总觉得很熟悉，似曾相识，好像就是那个朗读《睡美人》的男声，又好像不是。

有段时间，叶大夫去合肥进修了，林雪月显然忙了许多。渐渐地，林雪月发现制造车间的职工对身体健康的重视程度一点都不亚于岗位工作，比如擦破点皮之类的小伤，甚至是指甲边上的一个极小的倒刺，都会跑卫生室包扎、消毒，说什么小伤不重视，到引起感染的时候，就来不及了云云。甚至有几个职工，在林雪月为他们清洗那些简直算不上伤口的伤口的时候，还会"痛苦"地大声地夸张地呻吟。林雪月暗暗寻找着那个声音，那个充满磁性的男人的声音，那个在她昏迷的时候用《睡美人》的童话唤醒了她的声音。自从认识洪主任，听熟了他的江北普通话，林雪月觉得，那个读《睡美人》的人，普通话中好像也夹杂着江北腔调。可是，每当来医务室看病的陌生职工一开口说话，她就会失望。冥冥之中，林雪月觉得，那个给她朗读《睡美人》的人，那个戴着口罩与她合影的高个子，他俩应该是同一个人。没有任何理由，她就是觉得，在她的"影片"里，这两个角色是由同一个人饰演的。可是，他是谁？他到底在哪里？

与那些洗个小小伤口就夸张地大呼小叫的同事相比，洪主任好像是一个例外。每次给他清洗伤口，林雪月看得出他的伤口其实挺严重的，蘸上消毒水涌起白沫的时候一定非常疼。但他的表情却是出乎意料的平静，甚至额头都痛出汗来了，他还是平静地看着她，宽慰着她，给她信心。渐渐地，林雪月在潜意识里对洪主任有了一些好感，甚至觉得，洪主任的那双自信的眼睛，就是那个戴着口罩与她合影的高个子小伙的眼睛。至于好几个晚上，洪主任躺在男职工宿室的单人床上，因为伤口的疼痛而大呼小叫，影响到其他职工睡觉这些事，林雪月是不会知道的。

"那天晚上是不是你们？"林雪月雪白的脸上满是惊奇，"在厂部晚会结束后，要和我合影的一定是你们。"

"合影？我们？"洪峤秋痛得满是汗珠的脸蒙上一层疑云，"你说的到底是谁们？我怎么就听不明白了呢？"

"洪主任，你就承认吧，那个用《睡美人》的童话唤醒我的人应该就是你。"

"睡美人？我怎么越听越糊涂了呢？林医生？哦，我明白了，你是怕我痛，想采取这种谈话的方式，分散我的注意力，对吗？"

"对不起，也许我真的认错人了。"林雪月大失所望，"太像了，你的眼神真的很像其中的一人，还有你带着江北乡音的普通话。"

"哪天晚上的事？他们是谁？为什么非要与你合影？他们对你怎么样了？有没有欺负你？"因为经常来医务室换药，洪峤秋自觉与林医生已经很熟悉了，言语间透露出自己对林雪月由衷的关心。

"不必担心，洪主任，事情是这样的。"林雪月便给他讲起那个晚上发生的事。她说，那天是厂部的中秋晚会，她是晚会的报幕员，晚会结束后，有两个"先进生产者"跳上台来，非要和她合个影。因为得了流行性感冒，他俩都戴着口罩，所以，她也不知道他们是谁，连他们长什么样，她都不知道。那次拍照留念，还发生了一场意外，她不小心从舞台上摔下去了，在厂部卫生院昏迷了一段时间。在那段时间里，有一个声音一直陪伴着她，每天给她讲《睡美人》的故事。她隐约能听到他的声音，好像很远，又好像很近。他的声音——带着江北乡音，很有磁性，很好听。可是，她就是无法睁开眼睛看他。等她彻底醒来时，他却消失了，没有留下任何线索。她问过卫生院的医生，问过护士，都说卫生院有规定，不允许其他人在病房里陪床的，说她描述的情形，可能是梦境。

她说，这一切，感觉就像做了一场梦。

第03章

057

林雪月说："可那个声音是那么真切，而且，每天在固定的时间段出现。我不觉得那是梦境。那个在我昏迷时给我讲《睡美人》的人，肯定就是中秋晚会上要与我合影的两个冒失鬼中的一个，毕竟我的昏迷是因为与他俩拍照造成的。可能他俩害怕我永远苏醒不了，就派其中的一个，天天来读童话故事给我听，想唤醒我的意识，可能他俩是为了赎罪吧。哦，对了，那个声音，还在我主持中秋晚会时，帮助我回答了台下观众提出的'五好青年'是哪'五好'的问题，帮我解过围，所以我不太会搞错的。"

林雪月停下说话，用浸了消毒药水的白纱布擦拭着洪峤秋的伤口，时不时地用深情的目光看一看洪峤秋的眼睛，"那个高个子，他看我时的眼神和你现在看我时的眼神几乎一模一样。还有你的声音，也很像那个为我朗读《睡美人》的声音，一样是江北普通话。"

"林同志，你一定搞错了。我是不久前刚从南京调到这里工作的，在这里工作只有半年多一点。我都不知道《睡美人》是什么故事。"洪峤秋认真地看着林雪月，显得很真诚，很坦率。

可是，林雪月还是不太相信他的话，以为洪主任是故意伪装。自从中秋那晚与两个素不相识的"先进生产者"合影之后，林雪月曾多次梦见那双充满自信和智慧的眼睛，所以，当她看到洪主任的眼睛的时候，她就会产生幻想。

还有洪主任的声音……

有时，她会问自己："我是不是恋爱了，我怎么会和只见过一次的眼睛恋爱？怎么会与一个没有见过面的声音恋爱？太莫名其妙了吧。"可每当想起那双眼睛和那个声音，她的脸就会发红发烧。她跑到镜子前，看着自己红扑扑的脸，就会抿着嘴，自己瞪自己一眼。

因为林雪月对自己的特别关注，洪峤秋认为林雪月肯定对他产生了某种微妙的好感，为此，他心花怒放，暗自得意。但他还是非常注意自己的形象，他是制造车间的领导，所以那天小林为他包扎好伤口，帮他擦汗时，他强忍着内心的冲动，尽管他太想一把抓住她的手，贴在他那宽阔的、汹涌澎湃的胸口……但是，一想到自己的身份，他还是极力控制着那份冲动。可每当想起小林看他时的眼神，他总会心慌意乱，粗重地叹息。

洪峤秋又来换洗伤口。他发现林雪月依然这样，时不时地用深情的目光看着他。他知道他的伤已经好了，好到无论小林如何用力地擦洗，他都不会觉得痛了。然而，小林用这样的目光看着他的时候，他的额头，他的脸，仍会禁不住出汗。他对自己说："小林，别再这样看着我了，好吗？我虽是车间主任，可是我毕竟也是一个男人，一个与其他男职工完全相同的男人，一个满腔热血的男子汉。"

林雪月小心翼翼地包扎好洪峤秋的伤口，像做针线活似的，尽管她知道他的伤口已经用不着包扎。她的脸开始白里透红。她看洪峤秋的目光仍然是让异性难以抗拒的那种。她从白大褂的口袋里摸出手帕，小心翼翼地为洪峤秋擦汗。手帕好像是浸透了林雪月的体香一样，在卫生室狭小的空间里，散发着醉人的气味。林雪月的动作越来越柔和，洪峤秋的呼吸却越来越粗重。他断定她手帕上少女的香味足够让他深深地中毒，那种深埋于心的欲望，像一抹冲破黎明前黑暗的东方鱼肚白……

然而，他默默地告诉自己："我是车间领导，是一名干部。"

林雪月不知道让自己朝思暮想的人是不是洪主任。她内心的另外一个声音经常会提醒她，与她合影的那个高个可能另有其人，那个人一定比洪主任还要帅气，还要洒脱。尤其是那个充满磁性的声音，肯定更温柔，更有青春活力。可是，她找不到那个人，到目前为止，洪主任是最接近正确答案的那一个。

"洪主任，今晚有空吗？我想约你出去散散步，散散心。"停

第
03
章

顿片刻，她的脸突然升起一朵红云，继续说，"我想和你说说话，想多听听你的声音。"

在洪峤秋听来，林雪月的声音是诚恳的。她发出的邀请足够在他的心海掀起一场海啸。他长吁了一口气说："小林同志，我也很想和你多说说话。今晚我行政值班，晚上八点，我正好要去后山巡逻，你可以过来，我们一起去后山走走，一起说说话吧。"

宁静的夜像一张黑色的大纸。浓厚的云盖住了星星和月亮。风在林子里幽幽地穿行，林子里的枝枝叶叶便热闹起来，沙沙的，像时有时无的欢笑。林雪月和洪峤秋默默地在林子里散步。开始时，两人都没有说话，都希望对方先开口，两人便继续沉默着。他们踩着枯叶，树叶沙沙的，一路持续着，像电影里的旁白似的。

这样的沉默，像那片没有星星月亮的夜色一样，枯燥乏味。想起天上的星星，林雪月眼睛一亮，问洪峤秋："洪主任，天上的星星像什么？"

洪峤秋想了想，说："我觉得，天上的星星就像人民解放军的帽徽，就是那颗闪亮着的五角星。"洪峤秋说完抬头看了看天空，"今天没有星星呀。"

林雪月抬起头，看着天："有，只是它们被云遮住了，肉眼看不见而已。"她转眼看着洪峤秋，想了一会儿又问："那么，人民解放军帽子上的五角星代表了什么？洪主任知道吗？"

"这个我知道，虽然我没当过兵，可我父母都是军人，我从小在部队里长大，念高中的时候，父亲还送过我一个五角星呢。所以，你的这个问题难不倒我。解放军帽子上的五角星代表了一颗红心，代表着军人的一颗赤诚之心，就是说，中国人民解放军，要时刻有一颗忠于党、忠于祖国和人民的红心。小林医生，我说得对不？"

林雪月抬起头，崇敬地看着洪峤秋说："洪主任，你知道的真多，到底是军人的后代，觉悟就是高，我一定要向你好好学习。"林雪月又想了想，随后，眼睛又亮了一下说，"洪主任，那么，你知道解放军帽徽上的五角星，那五个角，又各代表着什么吗？"

这回，林雪月的问题难倒洪峤秋了，他右手抓着头皮，不知如何回答："这个，确实，我也不知道了。小林医生，还是你厉害，你比我学习得认真，我得向你学习才对。"

看着洪主任那副黔驴技穷的滑稽样子，林雪月被逗笑了，笑得腰都直不起来："洪主任，你真可爱。"

林雪月银铃般的笑声，为那个没有月亮和星星的晚上，增添了不少生气。

洪峤秋重重地咳嗽了一声，说："小林，你听说过那个传说了吗？"

"哪个传说？"林雪月的目光转向洪峤秋，因为光线不是很好，所以她应该是看不真切那双自信、智慧的眼睛的。然而，感觉往往是不需要任何光线的，声音更是。

洪峤秋便讲起了那个早已流传开来的传说："林医生，在这里，这个传说早已传播很广了。我们营房背面有座山，这座山的后面有条河，很久以前，有对逃婚的恋人，被追到了这里，为了恋情，他们跳进河中殉了情。后来，据说小河经常闹鬼。曾有打猎的，在他们跳下去的地方听到过男女的嬉笑声。还有人在月夜，看到过一个披头散发的白衣女人，时常在这一带出没。"

"哪有这种事情嘛？洪主任，你是不是故意在编故事吓我？"林雪月的声音在黑暗中非常清晰，她呼出一口长气，换了一种柔软的语气，"我虽然是个姑娘家，但我的胆子还真的不小，何况我的身边有一个这么威武的车间主任。你再吓一个试试，我才不怕那些鬼东西呢。"

"我也不信有什么鬼呀神呀的，这分明是迷信嘛，我也经常去后山，那条河很清澈，风光好极了，从来没有碰见半个妖魔鬼怪。"

洪峤秋继续说着关于那个传说的话题，"上个月，我还游过泳呢，哪有什么披头散发的白衣女人？"

"俗语说，人吓人才会吓死人，那些鬼都是人编出来吓唬别人的。"在洪主任听来，林雪月的声音显得异常的空灵。他没舍得打断她，继续听她说着。

又一阵沉默。林雪月默默跟在洪主任后头，心想，世界上哪有真的鬼。她早就听闻后山的小河很清澈，很美丽。那些编鬼故事的可能是厂部的领导，他们故意说一些恐怖的东西，防止那些青年职工经常三五成群地去后山游泳，影响了平时厂里的生产和民兵训练等。她猜想，那些当领导的肯定会经常来这里游泳，享受大自然的美丽景色。这让她联想到小时候，那些大人，为了独享鱼肚子里的美味，编着故事对孩子们说，吃了鱼子后会不识字，会读不出书，长大了会没出息等等，弄得那些胆小的孩子都不敢吃鱼子了。自然，这些鱼身上最美味，营养最好的鱼子，就成为这些说谎大人的下酒菜了。一样的道理，都是为一己私欲编故事唬人。于是，她便把那个"吃鱼子"的故事和可能是厂部领导编鬼故事唬人的猜测，都说给了洪主任听。

洪峤秋听后，笑得很爽朗："小林，你这个猜测有点牵强，厂部的大领导这么忙，哪有时间编鬼故事唬人嘛。不过，你的想法的确很逗，把我乐坏了。"

"那不叫'很逗'，在我们上海，那叫幽默。"林雪月故意更正，"我这个人，从小不善言谈，尤其是来到这里工作后，有时一坐就是一天，可以一天不说一句话。今天，和洪主任一起散步，感觉话匣子被打开了。"林雪月停了停，瞟了他一眼，"洪主任，你的声音真好听，和你说话的感觉真好，真的是一种享受。"林雪月又停顿片刻，轻叹一声说，"唉，如果你会讲《睡美人》的故事，就更好了。"

洪主任继续笑盈盈地看着林雪月，没有说话。两人漫无目的地继续往前走着，越往山林深处，光线越是暗淡。当林雪月发现洪主任那张看不真切的脸，正朝向她，盯着她看时，禁不住摸了一下自己的脸说："洪主任，你不会认为我是一个多嘴的长舌妇吧？"

"哪有这么漂亮的长舌妇，如果你真的是长舌妇，也是世界上最好看、最动人的长舌妇。"洪峤秋话没说完，便打着哈哈向前跑了起来。

"好啊，你个洪主任，你是在绕着弯子骂我呀！"她边说边朝着洪峤秋远去的黑影追去。沙沙的，是脚步踩着枯叶的声音，越来越响，夹带着飘飘忽忽男女欢笑的声音。如果这时碰巧有打猎的从这儿经过，那个关于小河边上闹鬼的传说，肯定又要增加一些新鲜的内容了。

"哎呀，我真的追不动了，洪主任，都说你天生一张严肃的脸，都说你即便是在开玩笑的时候，也绷着一张长脸，我一直以为你是一个老古板。现在看来，关于洪主任是老古板的传说也是假的，不能信以为真的。"林雪月靠着一棵树，边喘着气，边望着那个黑影的方向说着话。

洪峤秋朝她走过来："天这么黑，你怎么知道我刚才有没有绷着脸。"他离她越来越近，"好，我们别闹了，还是言归正传吧，小林，今晚你约我出来，不会真的是为了听我说话的声音吧？到底有啥事，尽管说好了。"洪峤秋与林雪月面对面，靠在离她两米开外的另外一棵树上。

"不为别的，只想和你说说话，真话，因为你的声音很好听。"林雪月的回答坦率而不乏浪漫，这样的话语使洪峤秋无法说出那些他几乎准备了半天的拒绝她的言语。"洪主任，你不是说那条河很清澈吗？今晚天气也挺暖和的，不如你带我去那里游个泳吧。"

"小林，这恐怕不太合适吧。"洪峤秋犹豫片刻说道。林雪月的那个充满诱惑的建议，又一次让他意识到了自己的身份。

"有什么不合适，怕我吃了你不成？难怪人家要说你是老古板，死封建。"林雪月显得孩子气十足，毕竟，她还只有十九岁。洪峤秋发觉面前的女孩子似乎真的生气了，一时间竟有点不知所措。他走到林雪月面前，说："小林，我发现你看我的目光有点不对，是不是喜欢我？"

"你，你，你！你羞死人了，谁喜欢你了？"林雪月双手捂着脸，竟无助地轻泣起来。

洪峤秋这次是彻底手足无措了："小林，你别哭，在这么个黑暗的地方哭，怪吓人的。好，好，好！我胡说八道，我向你赔礼道歉，我说错话了，就罚我陪你一起游泳去。"

洪峤秋话音未落，林雪月就开始破涕为笑了。他只得无奈地摇了摇头："走吧，我的小姑奶奶。"

尽管没有星星，没有月亮，但因为是从茂密的树林子里出来，洪峤秋和林雪月都有眼前一亮的感觉。

林雪月叫洪峤秋转过身去，然后脱去那件白色连衣裙，只听"扑通"一声，林雪月的笑声已经与河面上的水流声融为一体了。"洪主任，还不赶快下水，我的老古板同志。"

洪峤秋从一棵树后面走出来的时候，身上只有一条深色的短裤。他一直走到河边，身子慢吞吞地滑入河中。游泳的时候，他把剁肉馅时剁伤的左手高高地举在空中，尽量不让它沾到水。游了一会儿，他说："小林，以后你不许叫我老古板了，否则，下次我就不带你来这儿玩了。"洪峤秋向着林雪月的方向游过去，用的是仰泳的姿势，这样，他就可以从容地让受伤的左手不沾水。

"对不起，老古板同志，我都忘记你手上有伤，还不能下水游泳呢。"

"对呀，我都忍着伤痛陪你游泳了，你还叫我老古板？不过，这点伤，也影响不到我游泳。"说完，洪峤秋加快了游泳的速度，展示着他仰泳的本领。

"说大话吧你。"

"真的没说大话，你看，我只用一只手划水，也比你游得快。"

"那来呀，你来追我呀！如果你追得上我，我就答应你以后不叫你老古板了，否则，免谈。"说话的同时，林雪月突然来了一个加速，出其不意地向前游出好长一段距离。

"好啊，你赖皮，攻其不备呀。"洪峤秋加快了游泳速度，一条手臂与两条大长腿在水中快速地划动，速度加快了许多。

林雪月哪是他的对手，不到五分钟，洪峤秋已经将林雪月远远地抛在脑后了。

"哎呀！好痛啊！我……小腿好像抽筋了，洪主任，快来救……"一句话还没说完，林雪月就整个儿没入水中。

情急之下，洪峤秋左手还是浸了河水，他是用"公主抱"的方式抱着林雪月上岸的。上岸的整个过程林雪月一刻没停地呻吟着，这使他非常着急，全然忘记了男女有别，忘记了林雪月的身上此刻只剩下一个胸罩和一条系着裤带的花洋布短裤，短裤湿了，半透明的织物全贴在她雪白的富有弹性的皮肤上。洪峤秋让林雪月平躺在草地上，自己则用右手帮她压腿、按摩。

渐渐地，林雪月的呻吟似乎被洪峤秋有力的按摩动作吸收了。她静静地感受着来自一个健壮男人的力度，感受着他为她着急的心情，感受着一个男人对一个女孩的关切，还有伴着这种关切的粗犷的呼吸……

她闭上了眼睛，任洪峤秋的手在她的腿上粗重地揉捏，由上而下，再由下而上，一遍又一遍……

空气似乎停止了流动，多云的夏夜持续着没有星星、没有月亮的故事。洪峤秋的手继续在林雪月抽过筋的大腿上按摩，但动作明显缺少了刚才的力度。沉默——漆黑一片，似乎与周围的一切达成某种默契了。洪峤秋的心在黑暗中兴奋而慌乱地躁动着。在粗重喘息的伴奏下，他的手生出了另一种奇特的阅读能力，就是那种自然而然的男人阅读女人的本能，他的按摩开始发生变化，变得大胆而直接。

他的手往上移动的时候，林雪月发出了一声轻吟。洪峤秋的手下意识地停止了揉捏。"痛，这里痛，再帮我按摩。"林雪月的声音像是在甜酒中浸泡过一样，可以清除男人身上的自尊和胆怯，对洪峤秋来说无疑是一种极大的鼓励。甚至，他以为这是某种暗示。于是，空气瞬间发生了某种化学反应。

洪峤秋的手如巨浪般滚滚向前，越来越大胆地移动着，越过了她的山丘，越过了她的平原……

洪主任像揭开自己内心所有的伪装一样，揭开了林雪月所有的秘密。而她为她的那一抹似是而非的感情不知所措地流泪了……

"妈，你怎么哭了，是不是为我们得了一等奖而高兴的？"黄芬这时已经换上平时的服装，梳起平时梳的那种马尾辫从后台走下来了，来到了仍沉浸在回忆里的林雪月的面前，"妈，我们回家吧！"

"对，我们回家，妈今天要去做点好吃的。你回学校时，不要忘了通知你的那些好朋友来我们家里。今晚，为了你和同学们的演出成功，我们得好好庆祝一下。"

第❹章

白老师、刘青青、沈黎萍都是第一次来到黄芬家。

此时，她们安静地坐在黄芬家的客堂里，坐在那张剥落了红油漆的老式八仙桌边上，目光在客堂的四处打量着。刘青青的目光被挂在东墙壁上的一张照片吸引了，她激动地扯开嗓门毫不掩饰地说："看，黄芬曾给我看过的就是这张照片，只是这张要比那张大了许多。"

顺着刘青青手指的方向，白老师和沈黎萍看见了那张黄芬父母年轻时的照片。这就是那张在五洲电机厂厂部的中秋联欢会上照的合影，旁边的黄枯荣，就是那名高个的"先进生产者"。

刘青青注视着墙上的照片，微笑着说："白老师，那次你问黄芬，谁是最可爱的人，黄芬说，她爸爸就是最可爱的人，其实，她的回答并没有完全错误。黄芬爸爸曾经就是一位神勇、英俊的解放军。"

"是啊，看来，我这班主任也并不完全合格，我对你们了解得太少了。"白老师仰视着那张照片，满脸的羡慕。此时的白老师一反平时的严厉。刘青青和沈黎萍相视一笑，彼此吐了一下舌头。

黄芬一溜烟小跑，从厨房里端出一盘还冒着热气的红烧鲫鱼，重重地连盘带鱼放在饭桌上，吹着手指说："哇！妈妈！你烧的这是什么鱼呀？是烫手山'鱼'吗？"此时，黄芬的一举一动都特

第
04
章

别夸张，那张粉糯糯的脸，满面春风，洋溢着幸福和快乐，"白老师、沈班长、刘委员，看，这是我妈做的红烧鲫鱼，正宗的上海菜。我妈这厨艺，完全可以与上海饭店的大厨媲美。"

三个要好的女同学在一起，疯起来往往就没有别人的事了，包括坐在旁边的白老师。虽然是她们的老师，但她只能在一旁听着她们夸张地说笑，最多附和着她们，偶尔插上一两句话，配合着笑上一两声，"打打酱油"而已。

初冬的夜色像窗外的寒风似的，来得很急，很快，黄芬家那个刚才还呈深咖啡颜色的门框，现在一下子变成了黑框。门外响过一阵自行车的叮铃声之后，黑框里出现了一个人。白老师是教中国字的"先生"，而且善于联想，当这幅活生生的画面呈现在眼前的时候，她的脑海中便自然而然地浮现一个"囚"字，是一瞬间的感觉，一晃就过了。

"我爸爸回来了。"黄芬站起身来，迎了上去，脸上开满了花一样的幸福，"爸，这是我们班的班主任白老师，这是沈黎萍，这是刘青青。"

黄枯荣朝着白老师她们点了点头，笑得一脸的皱纹说："白老师来了，稀客，稀客。哦，还有两位同学也来了，稀客，稀客。"

黄枯荣脚步像长了眼睛似的拐着方向，朝着正发出煎炒声的厨房而去。刘青青和沈黎萍先是面面相觑，然后又不约而同地向高挂在墙上的那张照片看去，惊讶地指着照片异口同声地说："黄芬，这是你爸？"黄芬眨了眨她那双大眼睛说："怎么？什么地方不对头了？我爸现在只是老了，照片上的，是他年轻时候的样子。"

那晚，黄芬的家是幸福的、热闹的。黄芬给父亲斟了酒，还特地为爸爸和弟弟表演了诗朗诵的领诵部分。看着黄芬的表演，黄枯荣始终微笑着，虽然，他的笑不是很自然，却是发自内心的。他是真心为女儿取得的荣誉而高兴。

黄枯荣站起身来，举起酒盅说："今天开心，我敬大家。"喝完一盅酒，他的目光转向黄芬，酝酿几秒后说："女儿，生活有时很坏，但一切都会过去的，一切都会好起来的，爸再也不会撕你的课本了，你一定要加油。"他收起酒杯，痛苦地咬了咬牙，咬牙的时候，能看得到他腮帮子上抽紧的丝丝肌肉，"呵呵，今天开心，但只喝一盅，只喝一盅。"

黄枯荣放下酒盅，向自己米饭碗里倒了一点红烧鲫鱼的汤，用竹筷搅拌几下。他朝白老师她们摆了摆筷子，招呼道："白老师，我去灶间里吃，你们多吃点，别客气。"

白老师站起身来，对他说："黄芬爸爸，一起吃吧，今天开心，你多喝几杯也无妨，怎么……"话未说完，黄枯荣的脚步已经滑到厨房去了。

黄芬站起身来，夹起一块大大的红烧肉，追去厨房，把肉放在爸爸的饭碗里，回来冲白老师她们说："平时，我爸喜欢抬着饭碗坐在灶头后面吃饭的，他习惯抬饭碗了，让他去吧。"

"是是，习惯了，习惯了。"从厨房传来黄枯荣的声音。虽然他人未出现在庆祝宴的餐桌上，但时刻关注着这边的情况。这让白老师又想起刚才他站在门框里时的那个象形字。

黄枯荣坐在灶背后的小木凳子上，咬了一口女儿夹的红烧肉，迷茫地看着灶膛里那些将熄未熄的火星子，机械地咀嚼着嘴里美味的红烧肉。火星子在他眼前忽明忽暗，让那些挥之不去的往事又一次浮现在脑海。

黄枯荣在制造车间卫生室遇见林雪月，依然是因为那张照片，那张在厂部的中秋晚会上他与她的合影。

那天，肖白男来到卫生室，神秘兮兮地问："林大夫，今天叶医生不在吗？"林雪月想，昨天晚上，夜这么黑，他们应该不会认出她吧，难不成什么地方露了破绽？她希望肖白男不是来向她要回 12 发步枪子弹的。

昨天晚上，当黄枯荣与肖白男结伴巡逻的时候，林雪月是故意远远地跟着他们的，因为在一次送医到班组的活动中，林雪月终于找到了那两个与她合影的"先进生产者"，找到了那双充满智慧的眼睛，找到了那个在中秋晚会的舞台上，在她背后轻声提示什么是"五好青年"的声音，那个在她处于半昏迷半清醒状态时，给她念《睡美人》故事的充满磁性的声音……

她确定那个她一直在寻找的大高个，就是黄枯荣。他才是那个最终的答案，那个对的人。

当她把心中那份朦朦胧胧的情愫准确对焦后，她看清楚了，洪峤秋只是个替身，幕后的那个"元凶"，却是黄枯荣。现在看来，洪峤秋的眼睛虽然也充满自信、智慧，可是，与那个正牌相比，洪峤秋及不上人家的十分之一。洪峤秋的声音也是，与黄枯荣的相比，越听越与"睡美人"没有一点儿关系。可是，已经晚了，她已经把自己模糊的爱错误地交给了洪峤秋。她知道洪峤秋并不是骗子，他根本没有骗她，真正骗她的，是她自己。她想，这就是她的命。十九岁，本以为自己早已长大成人，却什么也不懂。

想起昨天晚上肖白男胆小的表现，这个十九岁的大女孩，又情不自禁地笑出声来了。随后，她假装咳嗽了一下，收起笑脸说："叶大夫去合肥培训去了，恐怕要过几天才能回来。"

林雪月还是忍不住笑了，她捂住嘴巴，尽量克制着，尽量使自己笑得不要太过分："哪里不舒服吗？怎么？信不过我的医术？"

看着林雪月一副幸灾乐祸的样子，肖白男满脸疑惑，心想，她是怎么知道的？昨晚与黄枯荣游泳的事情应该没人知道。游泳时，他被毒物蜇伤了大腿内侧的情况，更是他与黄枯荣之间的"军事秘密"，不可能泄露，也不可以泄露的呀！那么，林雪月在笑什么？莫非她是神仙？她什么都知道了？

肖白男咬牙切齿地指着门外，对着空气大声说："黄枯荣，肯定是你说出去的，你个大喇叭，还说我的嘴巴上没个把门的，你的嘴巴简直比子弹还快。把这么秘密的'情报'随意泄露，这回，我决不轻饶你。"为了证实自己的判断，肖白男转身小声问林雪月，"林大夫，你什么都知道啦？"肖白男此时温柔得像只绵羊，"我，我那……"

"你们的子弹我帮你们留着呢，放心吧，我从树洞里拿你们子弹的目的，并不是要告发你们。"林雪月继续幸灾乐祸地笑着，"昨晚，原本我也想下水游泳的，却被你们占了先，而且你们一点都不文明，脱得像两个光葫芦，叫人家姑娘家怎么下水嘛！"

肖白男瞪着林雪月，用很轻的声音却又特别重的语气，咬牙切齿地说："原来，昨晚是你在那里装神弄鬼？而且，而且，你居然还动过我的内裤，而且，而且，你还偷窥我们游泳，而且，你还扮个女鬼吓我们，我……"肖白男的额头上已经沁出一层汗珠。

看着肖白男那痛不欲生的样子，林雪月笑得更加大声了："哈哈哈……笑死我了。你别胡说，我根本没看你们，昨晚乌漆麻黑的，能看得见什么？再说了，我是学医的，男人的身体对我而言早已没什么神秘感了。"

"林大夫，这也好，既然在你眼里，男人的身体已经没有神秘感了，那我的大腿也已经不再神秘了，那就请你帮帮我……"肖白男话没说完，已经迫不及待地去解武装皮带，边解边说，"反正，在我心里，你一直是我的梦中情人。"

"肖白男！你！你想干什么？我警告你，给我放尊重点！"林雪月开始慌张地后退，顺手操起放在桌上的那只检查口腔用的手电筒，紧紧握住，时刻准备着将肖白男打翻在地，"肖白男，请马上停止你的不当行为，不然……"

"林大夫，其实，我是另有隐情！我实在没什么更好的办法了，这种伤又痛又痒，我实在忍受不住了！真是折磨人呢！"说着说着，肖白男停下解皮带的手，蹲在地上，呜呜地哭泣起来，边哭边说，"俗话说，男儿有泪不轻弹，只是未到伤心处。实话对你说了吧，昨夜我和黄枯荣去后山的小河中游泳，先是枪弹被您给偷了，再是遇见了您扮的白衣女鬼，把我俩的魂都吓飞了。话又说回来了，你扮得可真像，连黄枯荣也吓得跟兔崽子似的，逃窜得比我还快。"说到黄枯荣狼狈不堪的时候，肖白男竟忍不住破涕为笑，但马上又哭起来，"最倒霉的是，我的大腿内侧不知什么时候被可怕的虫子咬了，又肿又痛又痒。林大夫，我求你帮帮我吧！再怎么说，我和您也算是合过影的同事吧……"肖白男终于忍不住转过身去，也管不了身后站着的美丽的林大夫了，大大咧咧地将手伸到大腿内侧，隔着裤子抓起痒来。

"合过影，哦！想起来了，中秋之夜，先进生产者代表，原来是你们呀。"林雪月装出一副刚刚发现这个秘密的样子，这又让她想起了洪峤秋。如果肖白男和黄枯荣不在制造车间，如果他俩不再出现在她的生活里，她已经基本上将那晚与她合影的大高个，当作洪峤秋了，可是，现在……

这几天，林雪月开始看不懂洪峤秋了，自从与他发生了状况之后，她一直觉得洪峤秋好像在逃避什么，尽管她并不相信关于洪峤秋已有未婚妻的传言，但他的"逃避"，的确显得异常神秘。如今，一直左右着她的情感的，导致她爱上洪峤秋的那双眼睛，那个声音，终于浮出水面的时候，她的思念，她的幻想，她的寄托，她的憧憬，她的身体……在此时就像山洪决堤一样……

是时候了。她要与那双点燃自己初恋之火的眼睛，算上一笔总账了。

"肖白男，如果你不把那人交出来，那么就请你马上给我滚蛋！"林雪月一脸火气，把肖白男给镇住了。他没想到，一个漂亮娇小的女人，一发脾气会那么可怕。他真的吓坏了，他巴不得在她面前马上消失。然而，来自大腿处的折磨让他忍无可忍，加上子弹还没要回来，他不得不厚着脸皮留在林雪月的面前，像一只在猫窝里罚站的老鼠一样，强忍着，坚持着。他在心里对自己说，虽然看上去困难重重，但为了看病，为了那些子弹，我一定要继续与面前这只年轻漂亮的"母老虎"周旋到底。

"林大夫，我现在还不能马上滚出去。一是因为这里没有马。二是因为我若骑在马上滚出去，滚出去的还有马，而不是我一个，这似乎太便宜在下了。第三点最重要，那就是，我还想请您为我看病，救死扶伤可是医生的天职。"肖白男此时唯一的目的，就是为了阻止林雪月的情绪进一步恶化，所以，他尽量以黄枯荣式的幽默，想通过自己搞笑的表现，来改变林大夫对他的态度。但由于身心受到的巨大折磨，所以，即便在说笑的时候，他的表情也非常苦涩，尤其是他的双腿，欲夹又不敢夹的样子，可笑至极。"不就是出卖一个普通朋友吗？我答应您就是了。"

这一招果然有奇效，肖白男的妥协终于使他所盼望的笑，在林雪月的脸上盛开了，虽然只是昙花一现。她用衣袖拭了一下眼睛："其实，你不说我也知道，就是你的铁哥们黄枯荣，就看你老实不老实，还不进去给我老老实实地躺下……"

一会儿，卫生室的里间便传出肖白男的一声痛苦的惨叫。

黄枯荣出现在林雪月的面前，轻松地朝她一笑，用他充满磁性的声音说："美丽的公主，你终于从睡梦中醒过来了？"

再听见这无比亲切的声音，林雪月哭了。一样是男子汉的眼睛，但与黄枯荣相比，洪峤秋的已基本谈不上是"充满自信和智慧"的那种。尤其是最近他故意躲避着她的那种做派，让她对他非常反感，觉得他作为车间主任，没有一点男子汉的担当。一样是磁性的声音，但与黄枯荣的相比，洪峤秋的声音明显缺乏一种直透她心灵的魅力。当那一双催化了她爱的种子提前萌芽的眼睛，又一次在她面前闪烁，当那个她四处寻找着的熟悉声音，又一次如此真切地出现在自己面前的时候，她情不自禁地哭了，是悔？是恨？是怨？她分辨不清。

"小林医生，你怎么了？肖白男说你有事求我，到底发生了什么事？需要我做点什么你尽管说，可你别哭啊。你这么一哭，人家不了解情况，还以为是我欺负你呢。"都知道，黄枯荣轻易不多说话，正如肖白男说的那样，黄枯荣属于那种"不鸣则已，一鸣惊人"的男子。然而即便是这样的人，在一个漂亮姑娘的眼泪面前，也禁不住乱了方寸，失去了一贯的稳重，竟也情不自禁地说出一箩筐的废话。

像第一次看到洪峤秋那样，林雪月用红通通的眼睛看着黄枯荣的脸。在那个中秋之夜，站在舞台上的光鲜的林雪月，在毫无预兆的情况下，被台下的一个冒失的职工问了一道她答不出来的问题，幸亏台上某位"先进生产者"在她背后悄悄提示，为她解了围。她很感激那个"先进生产者"，尽管她不知道对方长什么样，但她记住了他的声音。紧接着，她又被两个冒失的"先进生产者"要求合影。在中秋晚会的舞台上，她如一张白纸一样被黄枯荣的眼睛吸引了，可是，毕竟只有几分钟的接触，加上夜晚的光线也不是很好，他俩还戴着口罩，所以，她不知道黄枯荣的模样，但她通过声音认定那个与她合影的大高个，就是站在她背后，给她提示，为她解围的人。所以，尽管她不知道黄枯荣的样子，但当黄枯荣再度出现在她面前的时候，她的内心不禁欢呼起来："就是他！就是这个人！这回一定不会再错了！"马上，她的内心又出现了另外一个声音，凶巴巴地说："错了！已经错了！大错特错！"

"小林医生，你没什么事吧？"见林雪月仍紧盯着他的眼睛看，黄枯荣转过身，背靠着门，眯着眼，装腔作势地看着天空。天空很宁静，与林雪月看黄枯荣的心情完全不同。

"小林医生，没什么事，那，我就走了。"黄枯荣轻描淡写地看了她一眼，嘴角往下一沉，做出一副无可奈何的样子，然后向前迈出了脚步。

"黄枯荣？是你？"林雪月的两个问号缠住了他的脚步。

"是我，黄枯荣。对不起，我的名字不好听，但有什么不对吗？"也许是因为林雪月已经停止了哭泣，黄枯荣的言行又恢复了一贯的挥洒自如。

"你不会小气到不愿将我俩的合影拿给我看看吧？"林雪月平复了异常激动的心情，她的眼睛依然看着黄枯荣，像温和的阳光照射着一座冰山。"冰山"开始有了反应。"冰山"的脸红了，更红了。"冰山"心想："回去一定要骂一顿那个肖白男，不，应该狠狠地打他一顿。这如果发生在战争年代，肖白男就是个不折不扣的叛徒。"

"哦，你说那照片，肖白男拍照的水平太差，没拍好，所以不好意思拿给你看。"林雪月冰雪聪明，她一听黄枯荣的语气，就知道他口是心非，找了一个自作聪明却非常蹩脚的理由搪塞她。

那场中秋晚会上，肖白男故意挑起是非，说他和黄枯荣谁要不敢上台和漂亮的报幕员拍合照，谁就是这个——用他那只白净的右手，模仿了个王八爬行的动作。于是，等晚会结束，他们就真跳上舞台。光与漂亮报幕员合影这一点，已经惹来不少对他们不利的言论，何况又搞出事故，害报幕员摔下舞台昏迷不醒，更是引起公愤，成为一件轰动全厂的事件。出于对"先进生产者"的保护，厂部领导没有公开处理他们，甚至都没公开他们的姓名，虽然他们的莽撞行为造成了小林的昏迷，但他们也不是故意的，毕竟没有造成太过严重的后果，而且，黄枯荣还主动申请协助厂卫生院的医生唤醒昏迷中的小林。所以，照片洗出来以后，黄枯荣告诫肖白男，你要疯，我已经陪你疯过一次了，此事到此为止。特别是照片，必须严格保密，别再给其他的同事发现了，给五洲厂的领导惹麻烦。而肖白男却将那张照片当成宝贝，只要有空，就躺在蚊帐里独自欣赏，并偷偷地告诉黄枯荣，说他要高价收购黄枯荣的那张合照，说他一百个不答应自己的梦中情人和其他臭男人的合影留在其他臭男人那里。黄枯荣说，你信不信终有一天，我将你的那张照片连同底片一起统统烧毁。肖白男这才没有了声音。当得知林雪月被分配到他们制造车间卫生室，肖白男表示一定要赶在黄枯荣前面拿着合影去向她表白心迹。

有一次，肖白男去车间食堂帮忙，炊事员崔老头透露了一个消息——洪主任与林医生好上了。当天晚上，肖白男买了一瓶二锅头，把自己关在蚊帐里，一边喝酒一边流泪："洪主任与小林医生好上了，完了完了完了，竞争对手实在太强。"一直喝到半夜，直到把一瓶白酒干完。太多的酒精让他原本洁白的皮肤变得通红。肖白男痛苦地冲出帐子，冲出宿舍，冲进了冷冷的秋雨里，冲着天空大吼："老天不公平！老天不公平！"

黄枯荣把他抱进宿舍的时候，肖白男说："枯荣哥，我好难过，我的爱情还没来得及开始，就已经结束了。可我不想就这样结束，不想啊！"

洪峤秋觉得，那个晚上，他与林雪月之间发生的一切太过梦幻，幸福来得太过突然，反倒显得有点不真实，以致这段时间，他有些害怕见到林雪月。有时，他都不敢相信，林雪月已经是他的女人了，毕竟这么短的时间，她不可能真的爱上他。可是，如果她不爱他，怎么会以身相许？尽管他害怕面对她，却又天天想她，时时想她。带着这样矛盾的心情熬了一段时间后，他决定去卫生室见她，一是为了一解这段日子的相思之苦，二是想当面与她商量，明确一下，他们之间的爱，该不该继续下去，该如何继续下去。当他来到卫生室窗外的时候，他看到了黄枯荣的背影。

林雪月看着黄枯荣，然而，她意识到这一切都已经晚了，她已经莫名其妙地成了洪峤秋的女人，一阵心痛过后，林雪月觉得，黄枯荣只是她的一个幻觉。所以，当她再一次看黄枯荣的时候，她的目光中便少了一分幻想，多了一分宽慰和谅解。

恍惚之间，黄枯荣的形象在她的眼里幻化成洪峤秋了。她苦笑了一声，对自己说："我可能已经真真切切地爱上洪峤秋了，算了算了，我还是放过这两个冒冒失失的退伍兵吧。"

透过卫生室的南窗，洪峤秋看见林雪月时不时地紧盯着黄枯荣看，温情脉脉，充满爱意。就像刚认识她时，她看他一样。而此刻，他亲眼目睹她与另外一个男人长时间地默默对视，他感觉自己的心在渐渐变凉，凉得透彻，疼得透彻。他愤然转身，悄然离去。

洪峤秋悄悄地躲了起来，暗暗观察……

"黄枯荣同志，请不要误会，我没有别的意思。"林雪月终于像正常人一样，礼貌地向他微笑，"但我有个请求，能不能将我们的合影加印一张送给我？我想留个纪念，行吗？"

黄枯荣的目光在她的脸上停留片刻道："没问题，印个六寸的吧，过几天，我给你送来就是了。"说完，一个转身，吹起口哨——《花儿为什么这样红》，故作轻松地离去。

这几天，林雪月感觉特别不好。不但胃口不好，心情烦躁，四肢乏力，而且看到、听到、想象到恶心的事物，就忍不住想呕吐……

她是医生，又是女人，她很清楚自己怎么了。

她一天比一天害怕，因为她知道事情的严重性，她知道这种事意味着什么，何况对方还是车间主任。她一天比一天着急，为什么这样的事偏偏要发生在她的身上，只是偶然的一次。

她只有十九岁，还是一个大孩子。她都没有搞清楚什么是爱情，却马上要成为母亲了。她想把这件事情告诉洪主任，这毕竟是两个人犯下的错，凭什么要让她一个姑娘家独自承担？但她同时意识到，两个人承担责任的后果，就是两个人同时被处分。何况，他是车间的领导，有着光明的前途，她不能毁了他的前途，与其两人被双双开除厂籍，还不如所有的责任都由她一个人承担。回想一下事情发生的整个过程，她觉得自己是主动的一方，扪心自问，她觉得，自己的责任要比洪主任的大一些……

她经常抚摸着自己的肚子，暗自流泪。她一天比一天消瘦，肚子却一天比一天隆起。

当被感情所占满的时候，人的头脑往往会短路。因此，她常常意识不到自己原来已经是个女人了。

所以，当有一天，已冷落她很久的洪峤秋突然来卫生室找她，问她什么时候再去后山的小河里游泳的时候，她冷冷地对他说："洪主任，我们结束吧，车间的同事议论说，你已经有未婚妻了，所以，我们结束吧！"停了一下，她继续说，"事实上，我们并没有开始。那天的事情，只是一时糊涂。"然后，她流泪了。她已经很努力地控制自己的情绪，但是，眼泪不听她的。

林雪月脸上晶莹的泪水，使洪峤秋想起了那条晶莹的小河和在那里发生的浪漫故事。他用眼睛扫了一周，在确定没有别人的情况下，激动地说："可是，那个所谓的未婚妻，是父母强加的，小林，你要知道，我喜欢的人是你，我爱你，请相信我……"

"可我不爱你，过去不爱，现在不爱，将来也不会爱你。"她抽了几下鼻子，稳定一下情绪，掏出手绢擦泪，"请不要再说了，说得越多反而越会加重我的痛苦，而且于事无补。因为我也已经有心上人了。请相信，那天晚上，我们都只是一时的冲动，你不必为这样的冲动而想入非非，更不必为这样的冲动考虑任何责任和后果。"她自己也不相信，此时她说出的每句话，都是如此理性，如此坚定，"而且，你是车间领导，明明知道有未婚妻，还要恋爱，这样做会破坏一个未来的家庭，不是吗？"此时，林雪月的脸上反而没有泪水了，她瞬间的沉稳与成长，来自每天都在变大的肚子。潜意识里，她已经告别了少女的角色。因为，她清楚自己马上要做母亲了，甚至，她已经告诉自己——我！准备好了。

这样想着，她似乎忘记了流泪。虽然，她的脸上还留着泪痕，可那已是昨天的风雨。她再次拿起手绢，像拭擦不愉快的回忆一样，拭去写在脸上的所有风雨。她强忍着内心的汹涌，深深地呼出一口气，强作平静地看着眼前的这个男人。他们就这样，沉默地对峙着。时间似乎也不愿意踩碎这样的沉默，轻手轻脚地经过，不去打扰他们，最好能帮她忘记面前的那个男人——她肚子中的孩子的父亲。

"洪主任，又哪儿不舒坦了？"叶昌群背着药箱从外面进来。

"没什么，想来配点感冒药。"洪峤秋突然捂住嘴巴，假装咳嗽了两声，冲叶大夫很不自然地笑笑，然后，装出一副非常松弛的样子，冲林雪月笑笑，突然就头也不回地离去了。

背着叶昌群，林雪月偷偷地转过刚刚哭过的脸。她透过窗子，目送洪峤秋离去。她要看到他的身影完全地消失在她的视线里，以后再看到，他就仅仅是她的领导了，是洪主任了，其余就什么也不是了。

她叹了口气，在心里说："结束了！"

第
04
章

这段时间，肖白男像换了个人似的，情绪特别低落，霜打的茄子似的。吃过晚饭，他主动来到黄枯荣的床位处。黄枯荣边系鞋带边冲他说："你来得正好，走，一起打会篮球去。"肖白男叹了口气说："打篮球能让一个男人从失恋中走出来吗？哥，不如你陪我一起去后山走走吧。"黄枯荣从床底下拿出一个篮球，笑着摇了摇头说："你这是失的哪门子恋？人家小林医生根本就没有跟你谈恋爱。再说了，去后山走走，就能让你从失恋中走出来吗？"

"能！"肖白男从黄枯荣手里夺过篮球，把它扔回床底下说，"今晚，你必须陪我去后山走走。"

一轮满月挂在空中，风轻轻地吹着，像透明的窗纱，吹在肖白男的耳畔。这又让他想起关于后山小河里殉情女鬼的传说。他紧紧捂着双耳，生怕女鬼钻进去似的。他颤抖着声音对黄枯荣说："枯荣哥，好无聊呀，不如，你给我讲个故事吧。"黄枯荣说："这么大的人了，还喜欢听故事，我哪有什么故事？你不怕我又讲身后的那条小河，时常在半夜闹鬼的那个故事吗？"肖白男把耳朵捂得更紧了，生气道："黄枯荣，莫非你真的是我肚子里的蛔虫？总是我心里讨厌什么，你却偏要讲什么。我不许你讲这座山上的一切。我的妈呀，太可怕了！"黄枯荣说："不许我讲这座山？要不，就给你讲讲我们家乡的山吧。"

黄枯荣说，他的家乡有一座神奇的山，叫茅山，是道教上清派的发源地。抗日战争时期，新四军开进他的家乡。1941 年的某个秋夜，日本侵略军大部队把新四军主力包围在茅山下的一个山坳里，英勇的新四军将士们奋力抵抗，狠狠地打退了敌人的多次进攻，已经到了粮尽弹绝的境地。这时候，队伍中的小号手想出了一个调虎离山的好办法。他只有十五六岁，脑子却特别好使。只见他手持军号，一猫腰便冲进山里的密林中。一会儿后，相邻的山头上便响起了队伍集合的军号声。白天早已被新四军搞得晕头转向的日军，听到军号声，便循声追击，想把我们的队伍彻底消灭。等他们追到军号响起的山头，另一个山头又响起了集合号音。那天晚上，相同的军号声在茅山的几个山头轮番响起，吸引着日军派兵追击，分散了敌人围剿我军主力部队的兵力。就这样，新四军将士趁机迅速突破日军的包围圈。他们时不时地听到，在不远的山头，枪声紧跟着那个此起彼伏的军号声。终于，军号声戛然而止，小英雄光荣牺牲。

抗战胜利后，在小号手牺牲的茅山脚下，百姓们按照当地的风俗，撮草焚香，放爆竹祭奠，以此纪念这位英勇机智的小号手。就在那时，不可思议的事情发生了，在爆竹冲天炸响的回声里，传来了"嘀嘀哒嘀嘀"嘹亮的军号声，有时是冲锋号音，有时是集合号音……

"枯荣哥，这个故事是真的吗？"黄枯荣故事尚未讲完，肖白男早已泣不成声，拖着哭腔说，"枯荣哥，这故事真的是太感人了，那个小号手太聪明、太勇敢、太伟大了。牺牲他一人，却救了一整支抗日生力军，他人小志高，是一个真正的顶天立地的大英雄。"说完，哇哇地哭了足足五六分钟。

黄枯荣边劝慰边说："我对天发誓，我讲的都是真的，骗你我是小狗！我去茅山山脚亲自放过爆竹，千真万确地听见了爆竹的回声里确有军号声的。你要是还不信，今年春节，你跟我回老家，亲自去那里体验一下。"

肖白男停止了哭泣，用衣袖擦着眼睛说："看你这表情，听你这语气，这个故事多半不是你现编出来的。"肖白男抽了几下鼻子，整理了一下激动的心情，"再说了，你这么个连失恋都不懂的粗人，怎么可能在这么短的时间内，编得出这么生动、感人的故事？"他揉了揉眼睛，仿佛想揉去他刚才哭泣的样子，"反正，这次我信你了。但是，我还是要跟你上一次茅……山，我要上一次茅山，不是去验证军号声的真伪，而是想去亲身感受一下，那个小号手曾经战斗过的地方。"

黄枯荣知道，肖白男的哭除了被小号手的事迹感动，更多的是发泄一下他所谓的"失恋"情绪。肖白男还不清楚，真正失恋的另有其人，就是他的梦中情人林雪月。而她的失恋，却与肖白男无关。

纸始终包不住火。林雪月的肚子一天天地大起来了，她的白大褂已经藏不住她的秘密了。

终于有一天，车间党支部书记找她谈话。书记的意思很明确，认为这种事情女人往往是受害的一方，何况她只有十九岁，还不能算个成熟的女人，只要她说出对方的名字，对她的处理，上面会考虑从轻的。

面对慈眉善目的书记，面对书记暖如春风的语调，面对书记和风细雨般的引导，林雪月却始终沉默着，面带微笑。在"坦白从宽，抗拒从严"的政策面前，她选择了"抗拒从严"。她对自己说，她是幸福的，她为了她的爱情，做了自己想做的一切。虽然她的爱情很抽象，也很荒唐。

她请求车间的领导，让她冷静地思考几天，再做最后的处理。这是整个谈话过程中她说的唯一的一句话。说这句话的时候，她显得异常平静。她意识到，短短的几个月，自己已经从一个大姑娘变成了真正的女人。而且，再过半年多，自己还将迎来另一个角色的转变——母亲。她抚摸着自己的肚子，抚摸着那个小生命，提醒自己，她已经是母亲了。

那天，黄枯荣来到卫生室，正碰上叶昌群背着医药箱出去。

"叶大夫，又出诊啊？"黄枯荣觉得自己有点明知故问。无奈，这就是中国式的问候。对于那些俗套，黄枯荣其实很反感，有时，又难免会落入俗套。

"对，三天前，后山村子里的顾大娘发高烧，已经给她吃过药了，今儿个去看看好一点了没有。"叶昌群说话的时候仍不忘急匆匆地走路，"黄同志，看病拿药，你找小林医生好了。"

林雪月静静地坐着，双眼盯着自己的手掌，一副若有所思的样子。她觉得，门外的声音熟悉又陌生。

"林医生，真不好意思。加印这张照片，托的是送货出山的卡车司机张师傅。他顺便请假回了一次上海老家，等他再回到厂里，耽搁了不少时间，今天终于交到我手里了。"黄枯荣微笑着，把一个装着照片的白色小纸袋递给林雪月。

林雪月从这个印有"人民照相"字样的纸袋里取出照片。这张照片，像盏灯，点亮了林雪月的表情，她的眼睛开始流光溢彩，她的情绪开始有了波动，像吹过树林的暖风。她捂着嘴，身体微微颤抖着，泪水夺眶而出。但她没有哭出声来，只是幅度很大地抽了两下鼻子，努力地克制着自己的感情。

片刻之后，她用手背抹了一下眼睛，抹去泪水，又抚着隆起的肚子对黄枯荣说："你不知道吗？不知道组织上正在找'制造矛盾'的人吗？这种时候，你还敢送我照片，而且是一张男女亲密的合影照片。你不怕他们误认为那个让我大起肚子的人就是你吗？"

"小林医生，能被拍在一张照片上，说明我们有缘。"黄枯荣坚定的目光阳光般照在了林雪月苍白的脸上，"最起码我们是朋友，朋友理应互相关心。何况，你还是我心目中的睡美人呢，是被我唤醒的睡美人。"黄枯荣依然目光坚定地看着她，仿佛在努力为她加油似的，"我们是同志，是亲密的同事，我们光明磊落地交往，看谁敢说三道四？"

第
04
章

黄枯荣继续温柔地看着林雪月，他想让她感受到温暖。然而，林雪月的身体依然微微颤抖着："黄大哥，你走吧！我知道你是可怜我，安慰我，可是，多一事不如少一事。你走吧。"

"其实，那个人我已揣摩出个大概来了，这样的男人，像个缩头乌……"

"不许你胡说八道！"林雪月一下子将嗓门提高八度，意识到自己有点失态，她做了个深呼吸，又恢复到之前的状态说，"你走吧！谢谢你给我送照片来，我会好好珍藏的。"

黄枯荣轻叹了口气："我不说话了行吗？小林医生，你跟我说说话吧，这样你会好过一点。"

林雪月看着手里的照片，问："黄大哥，我好看吗？"

"好看，我生来就不喜欢与不好看的姑娘合影，我又不是肖白男。"

"你说什么呢？肖白男不也与我合了影的嘛！"林雪月笑了，这种笑让黄枯荣联想到那些雨过天晴、美丽彩虹之类的画面，哪怕只是昙花一现。

林雪月突然意识到了什么，迅速地收起了她的笑，收起了在黄枯荣心头刚刚生成的那些美好的画面。黄枯荣喜欢林雪月的笑，喜欢她笑的时候露出洁白的牙齿，可是现在，那两排洁白的牙齿又被她关进她的矜持里。这样的矜持是她装出来的，在这段审查她问题的日子里，她只能继续装下去。

林雪月轻轻地叹了一口气，她收回目光，突然眼睛一亮，冲黄枯荣微微一笑，问道："黄大哥，你知道中国人民解放军帽上的那颗五角星的五个角，各代表着什么？"

"林医生，怎么突然问起这么庄严的问题来了？"

"有人曾经这样说，说它们象征着天上的星星，说五角星的五个角分别代表着五颗闪亮的星星。要是你，你觉得它们应该代表着什么？"

黄枯荣朝林雪月笑笑说："林医生，我是个粗人，没想过这么有文化的问题。"他看了看林雪月的眼睛，似乎突然想起了什么。随后，他从胸前的口袋中掏出一个手帕，慢慢地揭开，拿出一枚红色五角星说："林医生，这是我当兵时戴过的帽徽，退伍前，是我恳求部队领导，把这个五角星留给我当作纪念的。退伍后，虽然不能戴它了，但它从没离开过我，就像我从没离开过部队一样。它是我的信仰。"

当一枚红色五角星突然呈现在林雪月的眼前，她显得很意外，冲黄枯荣微微一笑道："我可以看看它吗？"黄枯荣把五角星轻轻地放在她的手心里，林雪月安静地看着手心里的那颗星，用手轻轻地抚摸着它，脸上又浮起淡淡的笑意："第一次看到真的解放军帽徽，真好。唉，你还没回答我的问题呢。"

黄枯荣抬头看了看窗外，突然想起，在那年的中秋晚会上，他给她解围的情形。他思考片刻后说："依我看，五角星的五个角，应该代表着'五好青年'的五个好，就是学习好、思想好、工作好、纪律好、作风好。还记得那场中秋晚会吗？有人问你'五好青年'的五好是什么，当时，我见你一脸茫然的样子，就悄悄站在你身后，轻声给你提示。"

林雪月的脸突然变得灿烂了，她朝黄枯荣竖起大拇指说："哈哈，我当然记得，幸亏你给我解了围，不然，我就太尴尬了。太好了，这个回答好，有水平、有高度、有觉悟，不愧是退伍军人。"

沉默两分钟后，林雪月掀起有点沉重的眼皮继续说："黄大哥，你相信山后边的那个传说吗？从前有座山，山后有条河……那对逃婚的男女死得多么幸福，他们共沐爱河，用生命谱写了真正属于自己的爱情。"

"那只是一个传说，虽然美丽，却也很神秘，神秘得吓人。林医生，这多半就是迷信，不要去相信这种封建迷信的东西。"黄枯荣收起那枚五角星，小心翼翼地把它包在手帕里，重新放在口袋里。随后，他轻松地向她一笑，同时又轻松地耸了耸肩膀。他是故意装出一副轻松的样子，他要暗示林雪月，无论发生多大的事，都应该潇洒从容地面对，没有什么大不了的。

可是，林雪月依然无精打采。一个原本活泼可爱的漂亮女医生，转眼消沉到了极致。黄枯荣心里很着急，他舒了一口长气说："林医生，生活有时很坏，可是，一切都会过去的，一切都会好起来的。"

林雪月也跟着长舒一口气说："我这样的人，还会好起来吗？说出来，鬼都不相信。"她拿起办公桌上军绿色的搪瓷茶杯，喝了一小口水，继续说，"说起鬼，我想，如果有一天，人们在那条河里发现了我的尸体，然后编成类似的传说，把我说成为爱殉情的冤死鬼，我也就不白来这个山沟沟一趟了。"

夜张开了无边无际的网，仿佛天上人间的万事万物都被网在其中了。山被网住了，安静地吞吐着它舒缓的呼吸。云被网住了，看上去一动不动的，像油画，像记忆。只有星星是漏网的鱼，高高地、远远地点起一盏盏微弱的灯，无精打采地凝视着这个安静的世界。

从前有座山，这座山不知道"从前"了多久，山道弯弯，指引着林雪月走向那条小河。小河很美，美得像个童话，这使林雪月自然而然就想起那个《睡美人》的故事……

"你现在就要进入那个美丽的传说吗？请你想清楚，生命和爱情的真正意义！"黄枯荣突然出现在她的背后，吓了她一大跳，让她的后背沁出一层冷汗。

"你跟踪我？是怕我跳河？你是怎么想的？哈哈哈……"林雪月突然大笑起来，"你知不知道，我是会游泳的，游得可好了。我要是用跳河的方式寻短见，都不知道该怎样把自己淹死。何况，一尸两命，我是那么残忍的人吗？"

"你不是说，如果有一天，人们在那条河里发现了你的尸体，然后编成类似的传说……"黄枯荣像演员背台词那样，说着林雪月曾经说过的话。在林雪月听来，他仿佛又开始讲述那个《睡美人》的故事了。

"我随便说了几句，你就判断我会来这里跳河寻短见啦？"她又开始大笑。片刻后，她做了一个深呼吸，平复了一下心情，继续说："这几天我想了许多，女人应该为自己的爱情而顽强地活着。"一番话说得黄枯荣目瞪口呆。

林雪月往前走了两步，这样，她就又能看清黄枯荣的那双眼睛了："黄大哥，我是想，在我被厂部开除之前，在我离开这里之前，再来这里游一次泳。最后一次。"说完，她迅速地脱去了外面的工装，"不信你看，我是穿了泳衣来的。"

月光下，她觉得自己的身材依然是那么动人，线条是那么优美。然而，她发现，黄枯荣的目光落在她微微隆起的腹部。她收起了笑容说："黄大哥，怎么用这样的眼光看我？女人肚皮大了，是不是很难看？"

黄枯荣抬起目光看着她说："不难看，真的不难看。你永远是我心目中最美的睡美人。"

这时，他和她的身后响起了杂乱的脚踩落叶的窸窣声。

"黄枯荣，果然是你！"洪峥秋的声音在茫茫夜色中回荡着。黄枯荣和林雪月同时回过身去，出现在面前的除了洪峥秋外，还有其他三人。

"洪峥秋，你这是什么意思？"黄枯荣开始意识到问题的严重性。

"黄枯荣同志，你不要再往猪鼻子里插葱——装象了，男子汉大丈夫应该敢做敢当。"洪峥秋的声音继续在夜色中回荡着，"我已经盯了你好久了，今天终于让我捉奸拿双了。"

　　林雪月推了洪峥秋一把，厉声说："你居然说得出'捉奸拿双'这样的话？"

　　洪峥秋没理会林雪月，虽是车间领导，但面对感情，却又显得十分敏感。他知道，林医生肚子里的孩子，十之八九是他的。甚至，他已经做好了挺身而出，与林医生一起面对这场危机的准备。那天他去卫生室，就是准备向林雪月表明自己应有的态度的。而林雪月却说我们结束吧，说她已经有心上人了。这使他对她肚中的孩子到底是不是他的，产生了怀疑。尤其是爱情来得过于突然，使他对她是否真心产生了怀疑，因而故意冷落她、考验她，而她却表现得异常冷静，即使她怀上了孩子，她依然没有主动找他。他觉得这一切都很反常，起码能证明一点——她并不在乎他，更不要说爱他了。很快，关于"黄枯荣与林雪月搞对象"的风言风语传进了他的耳朵里，说黄枯荣去了卫生室，交给她一张两人的亲密合影照片，还与林雪月亲切交谈了小半天。这更让他加深了对林雪月的猜疑。

　　洪峥秋狂笑着，他觉得所有的猜疑都得到了证实，他觉得林雪月不应该这样欺骗他的感情。他痛苦地狂笑着。在这样一个被传说渲染得很诡异的地方，洪峥秋的笑声在山涧回荡，听来很是可怕。这笑声许是包含了太多的内容，让人听了不禁毛骨悚然。

　　"不关他的事！"林雪月的一声怒吼，打断了洪峥秋的笑声，"真的不关他的事。洪主任，你知道的，我的事跟他无关。你最清楚了，我肚子里的孩子怎么可能是他的？真的与他无关。真的。"

　　"洪峥秋，你说男子汉大丈夫应该敢做敢当，可是你呢？你这么卑鄙下流，把一个刚刚走出校园的女孩子糟蹋了，为了逃避责任和处罚而处心积虑、变着法要嫁祸于我，你配当一名车间领导吗？"黄枯荣的话还没说完，脸上已重重地挨了林雪月的一记耳光。

　　朦胧的月光下，林雪月无力地坐倒在地上，哭喊着，哭出了她多日以来的压抑，哭出了她的无奈和无助。

这样的哭泣，虽说很无助，却也很锐利，刺破了眼前的漫漫长夜——这张无边无际的黑色大网，它却无力网住——林雪月那一声声心如刀割的哭泣声……

他们开始审问黄枯荣。他们在黄枯荣的日记本里找到了那张他和林雪月的合影，正好印证了黄枯荣去卫生室送合影的流言。因为照相的时候，林雪月正沉浸在对黄枯荣那双眼睛的遐想中，所以，照片上两人的表情，太像一对热恋中的恋人了。

于是，他们说这就是证据……

黄枯荣始终沉默着，每次看到洪峤秋，他总是不屑地笑笑。洪峤秋要他写检讨，他将纸和笔往前一推，说："我看你写比较合适。"洪峤秋拍了一下桌子，说："你以为什么都不说，以为只要不承认，我们就拿你没有办法了，是吗？告诉你黄枯荣，你给我放老实点，我们一定有办法，将你这样的败类，彻底清除出五洲电机厂工人阶级的队伍。"

黄枯荣被审问的第二天，肖白男就来找制造车间的党支部书记了，为好兄弟黄枯荣鸣冤，他拿出了那张自己与林雪月的合影，说："类似的照片我也有。如果能拿一张与同事的合影当证据，我一样有嫌疑。你们把我也抓起来吧。"肖白男向书记详细讲述了他俩与林雪月拍合影的整个过程，"领导，参加中秋晚会的干部群众大多目睹了这件事情，你们可以调查核实。"

肖白男的辩护词斩钉截铁，理由充足。书记向洪峤秋转述了肖白男的辩护词，使洪主任一时之间哑口无言。别看肖白男平时挺软弱，挺胆小的，但是，当他最要好的兄弟遭遇不白之冤的时候，他就像一架加足了油的战斗机，挺身而出，势不可挡。洪主任毕竟理亏，他怕事情闹大，便暂时把黄枯荣从审讯室里放了出来，使黄枯荣得到暂时回车间工作的机会。

放了黄枯荣，洪峤秋又感到非常纠结：难道我真的错怪林医生了？如果真是这样，避开爱与不爱不说，起码，她肚子里应该怀上了我们老洪家的血脉。可是，她又为什么与黄枯荣扯上了关系。肖白男拿出与林雪月的照片，为黄枯荣喊冤。可它能证明黄枯荣与林雪月只是普通的同事关系吗？能说明黄枯荣是清白的吗？那为何有好几次，小林看黄枯荣的眼光很温和，很恬静，很崇敬？那种目光只有恋人之间才会有。刚认识她时，小林也曾经用这样的目光看过我。可是，现在没有了，完全没有了。现在，她崇敬的人是黄枯荣。肯定是他，不是我。眼睛是不会说谎的。

洪峤秋甩了甩仿佛大了一圈的脑袋，大吼一声："你能不能跟我说句实话呀？"

又到了制造车间民兵连实弹训练的时候，靶场很辽阔。黄枯荣深吸了一口新鲜空气，顿时感觉到自己的胸怀也有靶场那样辽阔了。他笑盈盈地对身旁的肖白男说："又是一个好天气。"

肖白男瞥了他一眼："又发什么神经？别忘了，今天是去打靶，而不是游泳。在部队时，我是出了名的神枪手，所以呀，在靶场上，你得管我叫大哥！"

黄枯荣便趁势叫了肖白男几遍"大哥"。肖白男倒不好意思了："谁要做你这样的人的大哥。简直莫名其妙嘛。今天你可要好好表现，争取枪枪十环，给那些没当过兵的民兵开开眼界。放松点，我亲自当你的报靶员。"

队列前，民兵连长的训话很严肃，大领导似的。渐渐地，眼前的这个连长，在黄枯荣的瞳孔里被幻化了，幻化成车间领导洪峤秋的样子。而他讲的什么内容，黄枯荣真的是无心入耳。民兵连长不断地动着他的嘴唇。这张嘴巴在黄枯荣的眼睛中不断被放大，像一幅巨幅的丑陋的漫画。黄枯荣内心嘲笑："洪主任，多好的口才呀，能说得厂部领导心花怒放，能说得制造车间的员工斗志昂扬，能说得小林医生以身相许，且为了他的前程，宁愿牺牲自己。有这样的口才，有这样的心上人，洪主任，你的前途只是万里长征刚刚迈出第一步呢。只是小林医生太苦了，爱上这样一个卑鄙的小人……"

"黄枯荣！出列！"连长大吼一声。

黄枯荣一愣，随即以一个铿锵的动作向前迈进一步。

"黄枯荣，现在是民兵连的实弹训练，要求每个民兵思想都要高度集中，你做得到吗？请你重复一遍我刚才说的话！"连长冲黄枯荣怒目而视。

黄枯荣向连长很浮夸地行了一个军礼，大声说："报告连长，现在我重复你刚才说的话：'黄枯荣，现在是军训，军训要求每个民兵思想都要高度集中，你做得到吗？请你重复一遍我刚才说的话。'报告连长，重复完毕！"紧接着，黄枯荣又向连长敬了一个军礼。

本来整齐的队列，因为爆发出一片笑声而变得松散。民兵们不得不佩服黄枯荣出众的应变能力。

"我看谁还敢笑！"连长将脸转向黄枯荣，"黄枯荣，你捉弄我不要紧，但我必须警告你，实弹训练可不是闹着玩的，必须做到思想高度集中，不准开小差！"

轮到黄枯荣打靶了，他趴在地上，右眼木然地盯着瞄准器。他的脑袋嗡嗡响着，脑海中浮现的依旧是民兵连长幻化成的洪峤秋，冲着他瞪着眼，凶巴巴地训着话。他闭上眼。可当他的眼睛再度睁开时，远处的靶子，也幻化成了洪峤秋的脸，冲他不怀好意地笑着，本来早已沉在脑海底部的对林雪月的怜惜、对洪峤秋的憎恨，突然之间又全部浮了起来，朝着他张牙舞爪。

马上要打枪了，黄枯荣甩了甩依旧响着的脑袋，想把所有扰乱心智、干扰打靶的杂念，全部甩掉。无奈，脑袋依然不听使唤，他的意识依然不集中，眼睛依然昏花着。

他隐隐约约地看见远处的肖白男，站在靶子的旁边，正向他挥动着小红旗。他看见肖白男跳进靶子下的坑道里面，卧倒了。

他尽可能地集中精力。他等待着民兵连长的那一声号令。

他听到了连长的一声"预备！射击！"马上就扣动了扳机。几乎同时，随着一声哨响，肖白男不知什么原因，突然又从坑道里站了起来。开弓没有回头箭，他慌乱了起来。

远处的肖白男倒下了……

黄枯荣把枪一掼，猛地从地上蹿起，用尽全身的力量，瞄着肖白男倒下的方向，斜身狂奔。没跑几步，左脚被右脚绊了一下，结结实实在地摔在地上。他爬起来再奔……

从他射击的地方到肖白男倒下的地方，就这么点距离，黄枯荣前后总共摔倒四次。但每次都是瞬间跌倒，瞬间爬起，四次摔倒，瞬间完成一次接力跑。他的下巴被地上的碎砖磕破了，流着血，他却浑然不知……

黄枯荣抱起已经昏迷的肖白男，要抱他去卫生室，要让小林医生给他包扎。一个踉跄，两人都倒在地上。他用手掌捂着肖白男的胸口。血还在往外涌着，源源不断。他的嘴里轻轻地重复着"不会那么巧"五个字，像一个被吓傻了的复读机……

他的手上，脸上，衣服上，还有膝盖处，都沾上了肖白男的鲜血，很多，很红。他感到溅在他脸上的血是暖的。他想抱着肖白男站起来，可是，他全身的每一块肌肉，每一个细胞都在剧烈地颤动。他不知道，肖白男什么时候变得那么沉重……

这时，民兵连长冲上来。然后是民兵们……

第 05 章

黄枯荣的尸体是在句容河偏僻处的一座桥下面发现的。

一早，一个捕黄鳝的农人，看见河边草丛横卧着一名男子，靠近，发现早已没气了。随即骑着自行车，去离案发地最近的派出所，找来了警察……

不久，警察便通知了黄枯荣的弟弟黄夏。他们把一张在现场拍的照片，交给黄夏辨认。照片上，他的哥哥侧卧在河滩的杂草丛中，双手紧紧握成两个拳头，眼睛睁开着，好像瞪着谁。警察说，他们到现场时，黄枯荣已经没有生命体征了，人已经僵硬。

那是初夏的一个晚上，林雪月和黄芬姐弟围坐在饭桌前，等黄枯荣回家吃晚饭。等到七点多钟，林雪月数落道："这个老黄，前些天还吃了夜饭去的，今天肯定是下了班直接去蹲守了。阿芬阿方，我们不等他了，再等下去，蚊子会越等越多了。开饭吧。"

黄芬接着母亲的话说："派出所不是早已排除爸爸的嫌疑了吗？抓小偷不是警察的事吗？要他瞎起劲，天天晚上出去守株待兔。"

林雪月说："你爸这个人，在五洲电机厂工作时，吃过被人冤枉的亏。所以，必须捉到真正的偷布毛贼，才能真正地洗白自己。"

黄方冒出一句："说不定，他又去哪里喝酒了，不等了不等了，吃饭吧，肚子都饿扁了。"

　　这顿晚饭吃得很沉闷，像那天的天气一样。饭桌前除了筷子、汤匙碰击瓷碗的声响，除了林雪月偶尔的几声埋怨外，姐弟俩谁也没有多讲一句话，客堂里显得沉闷。其实，孩子们的心里却并不沉静，他们担心父亲的安全，担心他又去哪里喝闷酒，回家又要做出点出格的事情。根据以往的经验，每次父亲喝醉晚归，父母就会吵架。他们知道，这暂时的平静，孕育着的将又是一场暴风骤雨。他们也心存侥幸，也许父亲是去洋布店附近蹲守，跟前些天那样，过了 12 点，便又风平浪静地回来了，什么也没有发生。这是最好的结局。

　　然而，那天晚上，黄枯荣竟一夜未归。

　　林雪月和黄芬姐弟依然循着日常的生活轨迹，按部就班地该干吗便干吗。对于黄枯荣的彻夜不归，他们觉得应该不是什么值得担心的事情，用黄方的话说，那叫"司空见惯"。所以，姐弟俩依然在规定的时间里走进了各自的教室。

　　黄芬这段时间很努力，母亲也非常照顾她的学习，尽量让她有多一点的时间去准备即将到来的毕业考和升学考。

　　那天下午，校园里充满了此起彼伏的知了声，还有一阵阵琅琅的读书声，仿佛是隔着操场的对唱。学校里，学习气氛很浓。初夏的风把远处的知了声越吹越近，一不留神，又贴着耳朵一闪而过，飘向远处。夏天看上去也很祥和。黄芬班级正传出与外面的知了声非常和谐的齐声朗读。那是一堂英语课，老师是一位刚毕业的实习老师，说英语的时候，黄芬非常羡慕她。不说英语的时候，黄芬还是羡慕她，羡慕她的沉静、漂亮、时尚。然而，有一次，黄芬被她邀请去批改全班的测验练习，老师夸黄芬沉静、漂亮，长大了可以去报考电影学院云云，说得黄芬的心里也很向往。

　　齐声朗读像一面和谐的镜子。而这面镜子却被学校警卫室的王家伯伯打碎了。知了的声音就显得更响亮，更吵人，更让人不得安宁。王家伯伯在门口向老师招手，老师就微笑着过去了，教室里开始交头接耳。窗外的风也似乎屏住了呼吸，而教室里的风是从头顶吹下来的。教室里四个吊扇只有两个在正常工作，黄芬头顶上的那个在懒洋洋地转动，所以，当老师从外面进来，走到黄芬面前的时候，她身上米黄色的真丝短袖衫便在风中轻轻地飘动，正如她温润的声音："黄芬，你叔叔在校门口等你，说要你回家一趟。你现在就回去一趟吧。放心，落下的功课，放学后你到我办公室里来，我会帮你补回来的。"

黄芬谢过英语老师。她的目光扭成一个问号，她整理好书包，绕过讲台，出了教室。片刻后，黄芬的身后又响起同学们齐声朗读的声音。随着黄芬脚步的加快，同学们的朗读声便越来越小。

黄芬急切地问叔叔，到底发生了什么事情。叔叔没有回答，却一脸的凝重，只草草地答非所问地敷衍几句，便要载她回家。一路上，阳光热烈地烘烤着，叔叔蹬了几下自行车便气喘吁吁了，后背衣服上被汗水弄湿的区域在不断地扩大。

黄芬非常着急，一个接一个的问题在她的脑海里盘旋。爸爸一定又喝醉了，他一定又打妈妈了，这次妈妈不定伤成什么样子了……

快到家的时候，黄芬看见自家门前聚集了不少的邻居和亲戚。听到哭声从自家屋里传出的时候，黄芬感到全身的血液瞬间上涌，猛烈地冲向脑门。她的脑袋"嗡"的一下，整个人便从叔叔的自行车后座滚落下来，昏厥了过去。

再次醒来的时候，她依偎在母亲的怀里。

她看见一扇门搁在客堂的中间，她认出这扇门是父母卧室的房门。她看见门上面躺着一个被被单蒙得严严实实的人，她认出那床蓝格子被单是父母常用的那床。她看见门上面放着许多大块的冰块，冰在融化，滴滴答答地流淌着，就像泪水一样。她感到自己的家里突然面目全非，每一个空间都是阴森森的，她觉得这样的景象非常可怕，非常陌生。她怀疑叔叔骑着自行车，把她带进了一个噩梦中，她害怕极了。

可是，这并不是梦，黄芬使劲地摇头。她不想知道为什么家里一下子来了这么多的人，她不想知道为什么家里的客堂变成了灵堂，她不想知道妈妈和周围的人为什么都披麻戴孝，成了这种可怕的模样……

母亲的脸铁青铁青的，两眼明显肿起，红通通的。然而，在女儿面前，她必须控制好自己的情绪，硬装出非常镇静的样子，她哽咽着说："阿芬，你爸走了，再也不会回来了。"母亲紧捂着嘴巴，尽量控制着自己的情绪，"阿芬，你爸爸走了，就这样悄无声息地走了！"

黄芬"哇"的一声扑向了门板，她使尽全力想扯开蒙在父亲身上的蓝格子被单，撕心裂肺地哭喊："爸爸！爸爸！爸爸……"

黄芬被叔叔拦腰抱住。叔叔边哭边劝她："阿芬，别这样子，别这样子！你这样子，你爸爸怎么能安心地上路呀？"

黄芬坐在地上，坐在那些冰块滴下的"泪水"中，扯着叔叔的一只衣袖问："为什么？为什么？怎么回事呀？到底是怎么回事？"

叔叔将黄芬扶起来，让她坐在林雪月旁边的长条凳子上："阿芬，你爸爸又喝闷酒了，是在句容河桥的下面找到他的。公安同志说，他们化验了，你爸颅内出血，血液里有酒精，估计是又喝酒了。他是从桥上摔下去……"

黄芬感觉心如刀割，一口气没有续上，又一次昏厥过去，倒在了母亲的怀里……

叔叔红肿着双眼，把脸转向林雪月："大嫂，阿芬就交给你了，我现在去学校把阿方接回家。"

黄枯荣的骨灰盒就放在客堂的桌上。盒子的下面放着几个用纸花做的花圈。那张合影仍挂在客堂的墙壁上，离骨灰盒大约有两米的距离。现在屋里只有林雪月一个人，她静静地坐在黄枯荣的骨灰盒下面，红肿的双眼注视着那个雕刻精美的木盒子，自言自语道："枯荣，你算是解脱了，丢下我一个人去面对阿芬，还有阿方，我知道自己是个不合格的女儿，是个不合格的妻子，是个不合格的母亲，反正我什么都不合格。我怎么去教他们？我知道，你是爱阿芬这个孩子的，你知道她是洪峤秋的孩子却还这么爱她，你说这个孩子听话，懂事。你还把最心爱的五角星送给了阿芬。我以为你会把它送给阿方的。我知道这枚五角星对你来说意味着什么。我知道，它是你唯一重要的物件，它是你继续活下去的精神支柱，是你的信仰。"

林雪月用粗糙的手背抹了一下眼睛，继续自言自语道："枯荣，你答应过我要振作起来，与我一同走完这人生之旅的……"

林雪月就这样一个人自说自话，像鲁迅小说《祝福》里丢了阿毛的祥林嫂似的。她的脑子中满是黄枯荣的影子：一会儿是穿着一身退伍军人的旧军装，站在欢迎她到来的队列里，拼命地冲她鼓掌时，那种年轻的、热情的、充满正能量的样子；一会儿是在美丽的月光下，一跃跳进河里时，那种矫健的、洒脱的样子；一会儿是他用充满自信和智慧的眼睛看着她，朝她神秘一笑时，那种让她着迷的样子；一会儿是坐在她的梦境的边缘，为她深情朗读《睡美人》的童话故事时，那种执着、担忧的样子；一会儿是他手捏酒瓶，摇摇晃晃夜归时，那种玩世不恭、极度消沉的样子；一会儿是倚着门框，看着边洗着衣服边练习朗诵的女儿时，那种咧嘴傻笑的样子……

第05章

林雪月用双手拍打着自己的脑袋："枯荣，你是不是还不舍得离开这个家？你怎么老在我眼前晃来晃去呢？"

林雪月的哭声凄凉、无助、苍白而软绵无力，像夜深人静时，隔壁阿婆困乏的织布机发出的疲惫不堪的纺纱声。

林雪月的目光不经意地移动着，她的眼睛再次停在了那张照片上，她看见照片中黄枯荣的眼睛炯炯有神，笑意中带着一点点的坏。她喜欢他的那点坏，就是那点坏，曾经打动了她，打动了当时那个尚未经事的小姑娘。她将自己坐的长木凳搬到挂照片的地方，然后慢吞吞地站在了长木凳上，小心翼翼地将照片从墙上取下来，放在双膝上静静地端详着。

她似是突然想起了什么，放下照片急步走向厨房，从厨房里拿来一条洁白的抹布，然后仔细地擦着照片外的玻璃镜面。

擦去一层灰尘，往事便仿佛在玻璃镜面上鲜活起来……

低垂的风很大，费力地泼在树梢，像一缕缕浅浅的墨。树枝呜呜着，似哭非哭。天空是灰暗的，空气是灰暗的，林雪月的脸也是灰暗的。现在，终于要离开这个地方了，她认为那是一种解脱。她不知道为什么要为洪峤秋付出这么多，在她最需要他站出来，共同面对困境的时候，他却退缩了。或者，他可能以为，她拒绝他，都是因为黄枯荣，以为她与黄枯荣真的好上了，甚至，他还会以为，她肚子里的孩子，真的是黄枯荣的……不然，洪主任为什么没有勇敢地挺身而出，与她一起，共同面对，共同抚育他们的孩子？于是，她又责怪起自己来了，怪她没有主动去找他，向他说明一切……

尽管如此，她还是觉得，整个事件洪主任似乎没有太大的过错，错的是她自己，错在她自己太幼稚，居然恋上一个男人的眼神，把一个比《睡美人》的童话还要虚无缥缈的声音当成了自己的初恋，当成了自己的爱情，而到最后，这个她一直崇敬的自信和智慧的眼神居然欺骗了她。有时她又觉得，这场让她付出了沉重代价的感情纠葛，也不全是自己的过错。那时她情窦初开，那是她第一次面对男女之情，可以说，当这一切汹涌地向她扑过来的时候，因为毫无经验，所以，她也毫无招架之力。

其实，她什么都没有准备好就怀孕了，除了惊慌失措还是惊慌失措，她甚至都不知道为什么要坚持将她与洪主任的骨肉，带到这个痛苦的世界上来，她不知道以后该怎样去面对世俗的偏见，怎样去面对这世态的炎凉。她不知道。她抚摸着自己的肚子，鼻子一酸，发红的眼眶里又情不自禁地流出了无助、无奈的眼泪。

车在坎坷的山道上颠簸盘旋，风尘一度使黄枯荣和林雪月的双眼不能睁开。要离开这个地方了，想起肖白男，黄枯荣就觉得自己的脑袋简直就是一个被惊扰了的马蜂窝，嗡嗡着，刺痛着，乱成一团。这样的一次事故，使他从一棵茂盛的、蓬勃向上的大树，一下子堕落成一根枯木，他的心也是，痛到极限，痛到麻木，痛成一块枯木……

尽管制造车间的民兵们都说，这是一起典型的实弹训练时发生的安全事故。厂部对这起事故的定性是非常客观、非常肯定的，责任不在黄枯荣，连因肖白男的事故被记了一次大过的民兵连长都说，黄枯荣打枪时，他的确听见了不远处的野哨子，可能是附近的孩子玩游戏时吹响的哨子，与安全哨真的非常相像。估计肖白男是把孩子们的野哨，误当成安全哨了，以为黄枯荣已经完成射击了，便迫不及待地冲出报靶员的掩体沟壕，迫不及待地想看一看好哥们的射击成绩……就是这一瞬间，黄枯荣的右手手指扣动了扳机，子弹已经出膛，击中了肖白男。

虽然这起事故客观上责任不在黄枯荣，但造成了同训民兵的死亡，毕竟人命关天，厂部决定给他记一次大过处理，这样，对死者的家属也是一个交代。民兵连长却恳求上级领导："事故已经发生，教训很惨痛，全连的民兵们都很震惊，很悲伤，很心痛，我不忍心再让他们中的任何人受到惩处。尤其是黄枯荣同志，他已经失去了最贴心、最亲如兄弟的同事，这已经是对他最大的惩罚了。我请求组织，如果非要追究他责任的话，请把他的那一份，也追加在我头上吧，就处理我一个人吧。作为民兵连最高的指挥官，一切责任都在我，再重的处罚，我都愿意承担。"

黄枯荣心里十分难受，他了解肖白男，这是他第一次当报靶员，他毛毛躁躁的性子，根本就不适合当报靶员，听到哨子，想都不想就站立起来。如果肖白男多长一个心眼，确认一下自己有没有听到枪响，只有枪响五秒后响起的哨子，才是真正的报靶员的安全哨。可是，没有如果。

黄枯荣几乎每天都会梦见他捂着肖白男血淋淋的胸口的情景，血是热的，还在朝外涌，而他的双眼却早已闭上了，像睡着了一样。他的耳边一直响着那声哨声，挥之不去。所以，他想离开这个地方，像个逃兵一样离开这个让他无地自容的地方，越快越好。

他去找制造车间的支部书记了，说他与林雪月一时冲动，犯了错误……

他说林医生的事情他应该负责任，因而受到了违反厂纪的处分。就这样，他与林雪月一起离开了五洲电机厂。

要走了，同一车间的同事都来送他，空气像一块黑色铁砣似的沉闷，这铁砣哽在包括黄枯荣在内的同事们的喉咙口，哽住了太多想说却又不能说、不敢说的话。其实，同事们都知道黄枯荣的为人，都知道洪主任和林医生是怎么回事。可是，还能说什么呢？林医生不愿意站出来指认肚中孩子的爸爸是谁？而黄枯荣却站出来，心甘情愿地背负起这个责任。大家都心知肚明，黄枯荣的举动，对林雪月而言，是一种保护，不管黄枯荣为什么要这样做。

在告别的沉闷空气中，洪峤秋表面上显得异常的平静，内心却波涛汹涌。他一直忘不了林雪月看黄枯荣的眼神，那种女人见到恋人才有的眼神。他一直认为，林雪月爱的不是他，而是黄枯荣。虽然，那个夜晚，他与林雪月发生了男女关系，但他认为，那只是一时的冲动，两人都没有控制住那种原始的渴望，这并不是爱情。而且关系发生后，林雪月应该对他表现出恋爱女人应有的爱慕，可是，她没有。在他故意冷落她的那段日子，林雪月一点变化都没有，好像什么事情都没有发生过一样。她反倒与黄枯荣交往起来，两人还拍了合影，那张合影照片上亲密、幸福的表情，足以证明他们才是一对相恋的人。所以，当所有人都不相信林雪月肚子里的孩子是黄枯荣的，他却相信。但他毕竟是车间主任，他必须表现出很平静的姿态。尽管，他与林雪月恋爱的事情传得沸沸扬扬，但他没有去辩白，而是保持沉默。只有这样，才能让那个同样传得沸沸扬扬的关于他嫁祸于人的"事实"，永远地变成谣言，变成传说。

汽车猛烈地摇晃了一下，像要摇醒一个噩梦似的。黄枯荣的耳边又响起了那声哨响，那声要了肖白男性命的野哨。他拼尽全力用双掌按着耳孔，按得耳廓生痛，按得手皮生痛，但是那一声哨响，似乎已经长在他的脑子里，扎在他的心脏上，想来即来，挥之不去。

车靠边停下了，司机和另外两名五洲电机厂的工人绕到后面，他们仨都不是制造车间的，所以，黄枯荣不认得他们。因为是送违反了厂纪的同事返乡，他们都显得凶巴巴的，脸上没有一点同事之间的友好。他们跃上车，其中一个紧靠黄枯荣的耳朵说："风尘太大，我们帮你们盖上油布，你也过来搭把手吧。坐得倒是稳当，你以为自己还是先进生产者呀？"

不久，车后边加上了一个顶篷。车继续行进着，风继续冷冷地吹着……

　　林雪月望着车后，若有所思。她内心一次次地对自己说，终于要解脱了，真的要解脱了。然而，真的要远离这个地方，远离洪峤秋的时候，她的内心突然涌起一种不舍的情绪，突然希望此时，洪主任站在路边，送她一程。她定神地望着车尾，然而，她看到的只是一片白茫茫的尘土。

　　山间的公路不是很平整，卡车一路颠簸，林雪月的双手极力地保护着已经高高隆起的肚子。山道弯弯，卡车突然一个急转，使林雪月顺势滑向黄枯荣。黄枯荣一把扶住她，一双大手在她柔弱的肩膀上停了停，用眼睛安抚着她。

　　"真对不起！"林雪月不敢正视黄枯荣，许多次，她想找机会亲口对他说对不起，向他表示她并不是刻意让他当替罪羔羊的。但是，她不知道该怎样表达自己的意思，才能让黄枯荣相信，她只是出于无奈。毕竟，她只有 19 岁。现在，当"真对不起"在不经意间脱口而出的时候，她突然感觉自己坦然了许多。"黄大哥，真对不起，是我害你卷进这场风波，害你离开了五洲电机厂。但是，我真的不是故意的，我向他们解释过，你是清白的，可是，他们总是拿那张照片说事……"

　　"别提那张照片了！"黄枯荣的这句话像一个落地的滚雷，震得林雪月的身体不由自主地轻颤起来。黄枯荣将头上的帽子往上推了推，从胸袋里抽出一支香烟，叼在唇间。大约是用力过猛，或者是卡车的不稳定，黄枯荣连续擦断了三根火柴，却仍没点燃香烟。

　　天色本来就很灰暗，加上又盖了油布顶篷，车里光线更为灰暗了。当黄枯荣手里的火柴终于在灰暗的车里点燃的一瞬，林雪月眼前一亮，她渴望这样的明亮和温暖。

　　黄枯荣每吸一口烟，红红的烟头，便在这个弥漫着灰暗、凝重气氛的空间里忽明忽暗，如一盏在茫茫大海上昏黄的、灵动的灯，在林雪月空荡荡的心海里沉浮。林雪月看着黄枯荣那张黑黑瘦瘦的脸："黄大哥，不管你如何恨我，讨厌我，我都要向你说对不起的。"林月雪抽了一下鼻子，"事实上，所有的事情都是因我而起。"

黄枯荣把香烟屁股往前一丢，一个红色的亮点便在那个小小的、灰暗的空间里，划出一道流星般的抛物线，瞬间飞出车外。黄枯荣拍了拍手上的灰，将自己的行军被挪到林雪月的背后，让她靠着。黄枯荣将双掌交叉着盖在头顶，酝酿片刻说："林医生，这事与你无关。请原谅我刚才对你态度不好。我刚才冲你发火，是因为你又提起了那张照片，使我又一次想起了肖白男。林医生，在五洲电机厂，对我最好的人就是肖白男，可是，我竟一枪把他给打死了……"

黄枯荣停顿了一会儿，猛抽了一下鼻子："说真的，在此之前，他们怀疑我，说我与你发生了那种事。那时候，我内心确实责怪过你，埋怨你为什么不把他说出来。我认为，当时你选择沉默，对你，对我，对洪岈秋都是不公平的。然而你最终还是没有说出来。可是，自从我打死了我最好的兄弟之后……我居然一枪打死了他。"黄枯荣的声音开始颤抖，语气开始飘忽，这使他不得不再次停顿下来，从口袋里摸出一支烟，咬在嘴上，无意间看到林雪月隆起的肚子，犹豫片刻，还是没点上，继续说，"从那以后，我铁了心了，我要远离这个悲剧，这次能离开，还真借了你的光了。所以，在我离开五洲厂这件事上，你只是一个活生生的道具，是被我利用的一个借口，所以，真正要道歉的人不是你，是我。"

黄枯荣把自己的身体挪到车子的尾部，这样，就与林雪月拉开了距离。然后，他再把咬在嘴上的香烟重新点上。借着他点烟的火光，她又看见了那双熟悉的眼睛。黄枯荣把香烟重新叼在嘴上，腾出手，从上衣口袋里取出一个蓝白格子的手帕，一层一层地揭

第
05
章

开，最后，拿出那枚与他形影不离的军帽的帽徽。此时，他把那枚红色五角星放在手心里，默默地看着。他知道，同样的五角星，肖白男也有一颗，同样用手帕包裹着，放在胸前的口袋里。借着他吸烟时的微微暖光，林雪月发现黄枯荣的脸上，正泛起一层极浅极浅的笑意，她看见他的眼睛有隐隐约约的泪光。

黄枯荣继续说："其实，关于你的事情，除了为你感到可惜，我并不介意他们有没有冤枉我，能为你承担一点，不对，其实这并不是承担，我也不知道应该怎么说，反正我离开五洲厂，是我选择的，真的不是为了你。我的好兄弟没了，我留在那里，只有痛苦，所以，说什么我也要离开那个地方的。感觉一切都没什么意义了。"

林雪月望着黄枯荣说："生活有时很坏，但一切都会过去的，都会好起来的。这是你曾经送我的一句话，现在我转送给你。"

黄枯荣回头望着林雪月说："林医生，孩子出生后，报户口的时候，让他姓黄吧。这样，可以省去许多麻烦，对孩子的伤害也小一些。"

林雪月从他脸上移开视线，望向车后不停倒退的大道，没有说话。

从南京开往上海的火车要启动了，林雪月通过车窗静静地注视着黄枯荣的眼睛。黄枯荣像他的名字一样站在站台上，站成一棵落魄的树。就要各奔东西了，想到未来的日子可能再无交集，他们感慨万千。他们就这样注视着对方，彼此的脸上，挤出一点点的笑，都是为了互相宽慰，宽慰两颗受伤的心。

火车启动了，林雪月再次泪流满面，她冲黄枯荣用力地挥着手，黄枯荣的手也久久地停在半空。

火车开远了，再也看不见对方了。就这样，他们相互告别，同时消失在彼此的视野里……

回到家乡后，黄枯荣做的第一件事情，就是去了一次茅山的脚下。在那里燃放了爆竹，在爆竹回声中的军号声里，他喊道："白男，你听见了没有，这就是茅山的军号声。这回，你相信我给你讲的故事，是真的了吧？"

喊累了，他便一屁股坐在地上，自言自语道："你一定相信的，你怎么会不信呢？说不准，你早已来到茅山了，早已与那位小号手、小英雄汇合了。也许，这会儿，你们俩早已成了最好的朋友了，就像我们以前那样。"

第二次去茅山，黄枯荣找来水泥和砖头，砌了一个坟墓，立了一块刻着"肖白男之墓"的墓碑。每到肖白男的生日、祭日，或者特别思念同厂兄弟的时候，他就会来到茅山脚下，来到肖白男的"坟墓"前，为他倒上白酒，再摆上几样水果、小菜、点心，点上三炷清香，点燃一对蜡烛。蜡烛亮了，他感觉，那是肖白男的一对含着笑意的眼睛。于是，他看着这双"眼睛"，与它们聊天，聊厂部中秋晚会上，与林雪月拍合影的话题，聊他们游泳时，子弹被林雪月藏起来的往事，聊那首《花儿为什么这样红》，聊茅山脚下的军号声……

就这样，他拿着一个土烧酒瓶，席地坐在肖白男的"坟"前，边喝着酒，边与肖白男聊天。一坐就是大半天，一聊就是好几个小时。

孩子安静地吮吸着母亲的乳汁，一双黑亮的大眼睛乖巧地盯着林雪月的脸。林雪月微笑着看着这个可爱的孩子，在这样的时刻，林雪月的笑是最自然、最幸福的。

离开五洲电机厂之后，林雪月曾写过几封信给洪峤秋，暗示刚出生的孩子是他的骨肉。可一直没收到洪峤秋的回信。最后的两封都被附上"查无此人",原封不动地退了回来。她又写信给叶昌群,询问洪峤秋的下落,得知洪峤秋调到南京工作了,听说他的父母给他安排了一门门当户对的亲事,调去南京也是女方提出来的。

林雪月回到家之后,除了父亲整天板着一张脸之外,家人对她还算是宽容的。然而,宽容归宽容,他们对她我行我素、自毁前途的做法,都表示不理解。在家里,林雪月一般很少说话,即使面对母亲,也没有向她倒一倒肚子里的苦水。两个嫂嫂倒是对她很好,尤其是小嫂嫂,月子里所需的辅食营养,几乎都是她一手置办的,对她的关心可谓是无微不至了。大嫂嫂也没闲着,林雪月肚子里的孩子胎位不好,医生说要剖腹产,大嫂嫂硬是通过娘家的关系,让她住进了长征医院,并请来了妇科最有名的"一把刀"。关心、开导的话就更别提有多温暖了。林雪月曾哽咽着感谢过她们,她们一个说:"自己家的姑娘不关心,那关心谁去?"另一个说的话更有水平,她拭去了林雪月的眼泪后,深沉地说:"乖姑娘,不哭,我们都是女人,都理解生活的不容易,何苦要谢来谢去的。"

林雪月知道街坊邻居在窃窃私语什么,对于他们的敬而远之,林雪月已经看淡,已经习惯,对偶尔听到的闲言闲语她也早已麻木,早已把它们当成耳旁风了。因为,对于这一切,林雪月早有思想准备,所以,她能做到坦然面对。她认为,对她的非议,对她的指责,甚至讽刺、挖苦和嘲笑,都不重要,重要的是她的女儿,她希望那些邻居,能尽早习惯她们母女的存在,更重要的是大家能接纳这个活泼、可爱的小生命,让她不要因为父母的过错而被迫承担不该由她承担的风言风语,甚至是冷嘲热讽。

孩子能看着她笑了。孩子能自己走路了。林雪月常领着她去公园拍照，去商店买衣服、买大白兔奶糖。因为有了孩子，林雪月的情绪好了起来，人也精神了许多，脸色也滋润了许多。大嫂子托人帮她在地段医院找了一份护士的工作，对于她而言，生活有了一个很不错的全新的开始。

初冬的黄昏，太阳西下得特别快。林雪月下班回家时，太阳已经落下，西边，只剩下一点点红色的云霞。小时候，奶奶曾经说，这是太阳的红被子，太阳下山了，太阳要睡觉了，太阳就要被蒙在被子里了。想起这些，林雪月的脸就又会生动起来，她特别喜欢奶奶带着江北口音的唠叨。

林雪月家是老式的石库门房子，本来父母和小哥家三口住，在上海市区已经算是非常宽敞了，后来林雪月回来了，全家又挤出9平方米的一间房间给了她们母女，就略显拥挤。

林雪月踏进家门时，屋里已经亮灯，母亲说家里来了客人，是专门来找她的。

"林医生，您好！"一个二十出头、个头很高的小伙子将手伸向林雪月。

"你好，你是？"

小伙子说的是那种在长江三角洲一带比较多见的南方普通话，其中夹带着浓重的江北口音，在林雪月听来，似曾相识。那个小伙子说："我是您在五洲电机厂的同事黄枯荣的弟弟，我叫黄夏。"

"黄大哥怎么了？"林雪月一下子紧张起来。黄枯荣的弟弟打老远处来找她，她的第一反应就是黄枯荣会不会出事了。

黄夏忙解释道："没事情，他没出什么大事。我今天主要是来看看我侄女的。"黄夏将脸转向正被林母抱着的林雪月的女儿，红着脸说，"这孩子，长得多漂亮，像妈妈。眼睛，你看她的眼睛，有点我哥的样子。"

　　林雪月的表情一下子复杂起来，她不知道黄夏是从什么地方得知消息的，她了解黄枯荣，她知道这个消息不可能是黄枯荣告诉黄夏的。但她没有刻意向黄夏说明，她也不知道该怎么对黄夏说，说这个孩子不是黄枯荣的？说她与黄枯荣之间存在着怎样复杂的关系？所以，她决定索性什么也不说。

　　"你哥哥他还好吗？"林雪月提起热水瓶，往黄夏的茶杯里续了点开水。

　　黄夏双手捧着晶莹剔透的玻璃杯。杯子里有少许的热气在努力地向上升腾。黄夏看着热气，似乎看到了一点来自林雪月的温暖，他知道，哥哥十分需要这种温暖。

　　"荣哥他，不好。"黄夏吹了吹浮在水面的几片茶叶，眼睛始终没有离开那个透明的杯子，"族里人都骂他，骂他犯错误，丢了那么好的工作，丢了家族人的脸。"黄夏抬眼看了一下林雪月，目光迅速回到手里的杯子上，"回来后，荣哥与父亲大吵了一架，对父亲说，你连自己的儿子都不相信，却偏偏要相信外人的话。后来，他去了一次山东，说是去看一个姓肖的同事的双亲，回来的时候，我看见他的衣服破了，脸上红一块青一块。我问他跟谁打架了，他没说什么，只是一个劲地喝酒，喝醉了就吐，吐得满地都是。"

　　黄夏又吹了吹杯子。其实，这个时候，杯子里的茶叶都已经沉到底部了，热水的温度也降下来了，已不怎么烫嘴了，不需要再吹了。可是，每说完一句话，黄夏就要习惯性地吹一下杯子的水面，好像不吹一下杯子，下一句就不知道要说什么似的。

　　黄夏抬起目光，局促地看了一下林雪月，随后，他的目光马上又回到杯子上，看着杯子里草绿色的茶水，继续说着关于黄枯荣的事情。

　　"荣哥变得越来越消沉，甚至不跟任何人说话。大多数的时间里，他把自己锁在房间里，足不出屋，一言不发。"

林雪月看见黄夏用手背抹擦着自己的鼻子，她知道他在抽泣，虽然他极力地控制着。

"许多次，我走进他的房间，看见他静静地坐在地上，手里捧着一张照片，那张你和他一起拍的照片。"黄夏喝了一口水，"也许我讲的话你不愿意听，我不知道荣哥与你之间到底发生了什么，但我看得出，荣哥很在乎你们之间的情分。我没有什么奢求，我希望你看在曾是同事的分上，去劝劝他，让他振作起来。我知道，他肯定会听你劝的。"

说到这里，黄夏的声音已经哽住了。

利用春节放假的时间，林雪月带上女儿踏上了去江苏句容的旅程。因为她的这个决定，林父把一杯白酒连杯带酒一起，摔碎在全家年夜饭饭桌下的水泥地上。林雪月的心很疼，好像摔碎在水泥地上的，不是酒杯，而是她那颗冰凉的脆弱的心。

林雪月自己也说不清楚去句容是为了什么，她知道黄枯荣对她的态度，她知道黄枯荣甚至会讨厌她，她知道她这一去，黄枯荣与她之间的关系将更加说不清楚，或者于黄枯荣而言，将会是雪上加霜的打击。然而她还是踏上了去句容的旅程。她要去看看黄枯荣到底怎么样了，她要去看看自己能为黄枯荣做点什么。

这时，雪已经停了，天空像一部老式的黑白电影。林雪月抱着芬儿一路打听着黄枯荣家的方位。她站在黄家门前的时候，摸出地址核对了一下，然后伸手去敲门。

林雪月的手突然又缩了回来，她不知道看见了黄枯荣该怎样开口，第一句该说什么。她更不知道黄枯荣会不会直接就把她们母女赶走。

林雪月听见自己的心慌乱地跳动着，"咚咚咚咚"，一阵比一阵猛烈。她已经做了二十多次的深呼吸，从她的口中哈出的热气，终于转变成一种勇气。门也终于被敲响了。

"笃笃！"林雪月用细细的指关节，敲响那扇陌生的、冰冷的门，她发现敲门之声比自己的心跳还轻。"笃笃笃"，她加大了一点力度，感觉到指关节都敲疼了，却依然没有什么反应。

她又做了一次深呼吸，这是她壮胆最有效的方式。她觉得她的胆子已经足够大了。她改变了敲门的手势，从用指关节敲，改成直接用手掌拍，而且边拍门边喊："这是黄枯荣的家吗？屋子里有人吗？"

然而，还是毫无反应。

"你是来找阿荣的吗？"背后突然响起的声音，听上去比室外的寒风更冷，让林雪月打了一个寒战。她循声转过身去，看见一个老妇站在自己身后十米的地方。见林雪月一脸迷茫，老妇用纯粹的江北话又问了一遍，"你是来找阿荣的吗？"

林雪月冲老人一笑："阿婆，这里是黄枯荣的家吗？"

"是的，没错，可是现在，他们家里没人。"咳嗽几声，老妇又道，"今天是大年初三，姓黄的族人都去祠堂祭祖了。"老妇告诉林雪月祠堂的大致方向。跟林雪月说完话，老妇摇了摇头，慢慢地离开了。老妇驼背很严重，双手撑着膝盖走路，每走一步，都显得很困难。雪地上，留下一串小脚的足印。

顺着驼背老妇指的路，林雪月终于摸到了一群样子与庙宇相似的旧式建筑，老屋子大门朝南，门前挂着一块金字黑底的牌匾，牌匾上写着"黄氏宗祠"四个大字。林雪月正欲朝里张望，里面却扔出一串话，把林雪月吓了一跳："你丢尽了黄氏祖宗的脸，还好意思来这里？立即给我滚出去，别弄脏了祖宗安息的地方。"

林雪月赶紧跨了进去。祠堂不大，却黑压压地挤满了人，令她透不过气来。

紧接着，她看见一名男子被两个壮汉拎出人群。两个壮汉均手执两尺来长的被磨出包浆的木棍。林雪月听奶奶讲过许多她老家的事情，她猜想，那木棍一定是族人的"家法"。随后，两个壮汉一人一边，驾起那名男子把他扔出门外。而男子却迅速从雪地上爬起，倔强地重新冲进祠堂，却又被两名壮汉拦住。那名男子喊着："我也是黄家子孙，凭什么赶我出去……"随后，壮汉们手里的"家法"，便毫不留情地落在那名男子的背上……

争执间，族人们纷纷围上来，当着祖宗的面，开始声讨那名男子，说他在单位里乱搞男女关系，丢尽了黄家祖宗的脸，不配当黄家子孙。男子跪在地上极力申辩："你们胡说，我没有乱搞男女关系，你们胡说！"一位看上去像族人头领的老者吼道："那你会被单位无端地开除？你还不老实，给我家法伺候，狠狠地打！"于是，那两个壮汉挥动着手里的棍棒，暴风骤雨般地落在男子身上。男子忍着疼痛，猛地从地上站起。其中的一名壮汉便上前，照着男子的左脸，啪的一声扔去一个大耳光。男子反手一拳，砸在对方的鼻子上，致使那个壮汉仰面朝天，一屁股坐倒在地，痛苦地抹着鼻血。看到"执法"吃了大亏，七八个强壮的男性族人一拥而上，把男子按倒在地，拳打脚踢。也有人不小心打在同伴身上，场面乱成一锅粥。

那名被打的男子正是黄枯荣。

"住手！"林雪月被激怒了，她的突然出现和大声怒吼，使一场激烈的群殴暂停下来。看着地上半躺着的已是鼻青脸肿的黄枯荣，林雪月是又心痛又愤怒。她抹去眼角的泪，冲着满祠堂的族人提高了声音说："你们不分青红皂白就殴打同族的亲人，还往死里打，还有人性吗？还有王法吗？这么多人欺负一个，真是给黄家祖宗长脸呀！"

林雪月大声说话惊醒了怀中的芬儿，小女孩拼命地哭闹。

管不了女儿的哭喊，林雪月继续扯开嗓子说："黄枯荣是我的爱人，是我的丈夫，是我的男人，这个被你们吓哭的孩子，就是他的女儿——黄芬，我们是五洲电机厂的同事，我们是自由恋爱的。请问一下，我们怎么丢祖宗的脸了？"林雪月转向那个看上去像族人头领的男人，"你口口声声地说黄枯荣乱搞男女关系，那么请问一下，你是怎么出来的？是石头缝里蹦出来的吗？你们这样随便打人，简直就是一群混蛋，真是丢尽了祖宗的脸。"

随后，祠堂里涌起一阵嗡嗡的议论，芬儿却哭得更起劲了，好像是帮着母亲向那些大坏蛋们示威似的。

林雪月拖起黄枯荣的一条胳膊说："枯荣，我们回家，我们回家。"

雪，为这个江南小镇穿上了银色的冬装。

春节期间，孩子们都放假了。知道黄枯荣的媳妇带着孩子来镇上找黄枯荣了，所以黄枯荣家的窗户上，经常会出现一些看热闹的孩子们的脸，贴在窗玻璃上，后面的孩子一挤，前面的几张，就会被压扁，在透明的玻璃上调皮地变形，红通通的，跟贴窗花似的。

茶水和点心是黄夏和母亲张罗着弄的。黄枯荣是被工厂开除的人，是个不争气的人，在父亲的眼里，他确实丢尽了祖宗的脸，而罪魁祸首就是眼前的这个女人，所以，面对这一对母女，面对这一大一小两个不速之客，黄枯荣的父亲，依然没有消气。他坐在客堂里，板着一张黑脸，始终没有用正眼看一看她们母女。当亲哥哥在祠堂被人殴打时，黄夏想冲出人群，去阻止打人者，去保护他的荣哥，却被严厉的父亲一把拉住了。因为，在父亲的眼里，这顿饱打，是黄枯荣应得的惩罚。

只有黄夏抱着他的"亲侄女"，开心得合不拢嘴。黄枯荣则一头钻进自己的房间，这一对母女的到来，似乎跟他一点关系也没有。他把门一关，他的小房间就像一部刚熄了火的马达，看似很安静，可摸上去却是滚烫。

林雪月冲黄夏做了个要上楼的动作，然后便主动去了黄枯荣那里。她敲了敲门。

"门没上锁。"黄枯荣的声音有点沙哑，他依着墙，坐在地上。他猛烈地抽着烟，烟是最劣质的，生产牌，八分钱一包，二十支装的。这种烟焦油含量很高，小房间又特别密闭，这些烟集中起来，在那个很小的空间里，一圈圈地弥漫开来，特别呛人。

林雪月试图以一声轻轻的咳嗽，开启与黄枯荣的谈话。然而，黄枯荣依然沉默着。趁着这种沉默，林雪月仔细地打量着黄枯荣的脸。她特别想看一看他的那双眼睛，她发现，眼睛还是曾经的那双眼睛，却再也不智慧，更不自信了。她看见他的眼睛无精打采地平视着前方，像两只丢了魂的精灵。她看见黄枯荣的脸又黑又瘦。她看见他的头发很脏很长，乱蓬蓬的，遮住了耳朵。

然而，他的确就是黄枯荣，一个真真切切的黄枯荣。

"生活有时很坏，但一切都会过去，一切都会好起来的。现在，我来了，一切都已经过去了！"林雪月尽量让自己的语气显得平静一些。

黄枯荣吸烟的时候很专注，致使夹香烟的手微微发着抖，他的话是随着喷出的烟，腾云驾雾般传进林雪月的耳朵里的："一切都过去了？既然一切都已经过去了，你还来这里干什么？来看看我应有的下场？来看看我有没有死？对吗？"

这的确是黄枯荣的声音，她觉得熟悉，觉得亲切，她瞬间想起了在她昏迷的那段日子，就是这个声音不离不弃地陪伴着她，天天为她朗读那个美丽的《睡美人》故事。就是这个声音，就像童话里说到的王子的吻一样，最终唤醒了她。

烟雾笼罩着，林雪月看不真切黄枯荣现在的表情："黄大哥，我是这种人吗？我想告诉你，生活是残酷的，有时候的确很坏，但人不是没有能力去改变生活。我们可以让一切重新开始的。"

"小林医生，你走吧，我知道你的心意，你是个好姑娘。"黄枯荣将正燃烧着的烟蒂捏在自己的手里，掐灭的过程中，黄枯荣表现出痛苦的表情，片刻后他的脸却瞬间恢复到毫无一点痛苦的状态。

"为什么要如此作践自己？"黄枯荣如此消极的状态，林雪月尽收眼底，她的语气明显加重了，她既想表达一种关心，又想表达一种失望。

"没什么，已经习惯了。"黄枯荣显得很轻松，竟冲着林雪月微微一笑，就这么淡淡的一笑，似阳光一现，让林雪月又看到了当年那个黄枯荣，又看到那双充满智慧和自信的眼睛。

黄枯荣收起那抹玩世不恭的浅笑，继续说："小林医生，如果有一天，我死了，请把我埋在茅山脚下，与肖白男埋一起。我要让他也打我一枪，这样，我便可以超生了。肖白男的枪法真不赖，可却被我一枪打死了。明明是被我打死的，他们说我没有责任。明明是洪峤秋把你害成这样，你却偏偏护着他。好吧，都离开五洲厂了，都回到家乡了，我以为一切总算都过去了。可他们还是要找我算账，不让我去祠堂祭祖，不承认我是黄氏子孙，还污蔑我，辱骂我。你说，这是啥世道？"

黄枯荣从身旁的一堆酒瓶子里随便拎起一个，在空中随便摇晃了一下，用耳朵贴着瓶壁，听液体晃动的声音，然后倒入口中。

林雪月没有阻止他喝酒，继续以尽量平静的语气说："知道我为什么会与洪峤秋闹出这么大的误会吗？"这一刻，林雪月看他时的目光是明亮的，"因为他的声音特别像你，简直是一模一样，而且，他那双眼睛也有点像你。不管你相信不相信，那天晚上你和肖白男留下来要与我拍合影的时候，我就记住了你的眼睛。我是这样评价你的眼睛的，'又智慧，又自信'。一度，我时常怀念你的这双近乎玩世不恭的眼睛，因为眼睛是一个人心灵的窗户，继而我又怀念起与你拍照时的情景。还有你为我讲故事时的声音，也像极了洪主任的声音。一度，我在恍惚间把洪峥秋当成你了，再以后，就简直完全将他当成你了。"她停顿片刻，继续说："说出来不怕你笑话，那年的中秋晚会上，你站出来给我解围的那一刻，我被你感动了，被你的声音吸引了。那晚之后，我告诉自己，一定要找到你，找到那个迷人的声音。寻找你的那段日子，我居然爱上了你的眼睛，迷上了我在苦苦寻找的声音，我感觉自己恋爱了，虽然它们虚无缥缈，但我却坚信，一定会找到的。然而，等我找到这双眼睛，找到这个嗓音的时候，我已经错把洪峥秋当成你了。"

黄枯荣沉默着，虽然他不说话，然而，林雪月知道他是在认真听她说话的。他的表情告诉她，他对她的故事很动心。他静静地听着，再点一支烟。透过烟，他看见她的脸粉扑扑的，非常红润，依然是那么好看。

"枯荣哥，无论如何，你是被我连累的人，如果你愿意，这次我就不走了，未来的日子，我们一起面对，互相搀扶着向前，好吗？"林雪月说到这里的时候，泪水无声地滑落。

"小林医生，你走吧，我知道你的心意。"黄枯荣又将正燃烧的烟蒂握在手心里，林雪月扑上去，用尽全力想掰开他的手，但她无能为力。继而，她一口向他捏烟的手咬去，黄枯荣的手还是没有松开。她无助地哭泣起来。

黄枯荣将她抱在怀里，抚摸着她因抽泣而抖动的肩膀，他感觉她的肩膀小小的，软软的，他觉得这样的肩膀同样需要保护。可是，他现在连自己都无法保护。

黄枯荣看着天花板，眼睛使劲地眨巴了几下，然后流着泪说："小林医生，你就放过我吧，你走吧，我是一个随时都会死去的废物。"

林雪月从他的怀里撑起身，揭起一层外衣的衣角，从棉衣口袋里掏出一个小本给了黄枯荣："这是我女儿的出生证明，我把她取名黄芬。他们都说她是你的女儿，只有我与你知道，她是洪峤秋的女儿。你就委屈一下吧。枯荣，让我们这些苦命的人一起抱团取暖好吗？我相信，我们是可以在一起的，一切都会好起来的。就算是可怜可怜这个孩子，让她有个名正言顺的爸爸，让她有个名正言顺的家，好吗？我求你了！"

林雪月的泪再次滴在那张照片的玻璃框上，就像是和她手里的抹布配合使用的清洁剂似的。就这样，林雪月蘸着泪水，抹拭着那张照片，一遍又一遍。她的眼泪滴在照片玻璃框上时，玻璃里面的往事变得透明起来。她的泪泊在眼眶中，让她的眼睛透彻起来。透过红尘，她看见的只有两个男人。一个是洪主任，那个她错爱的男人，那个几乎毁了她一生的男人。一个是黄枯荣，那个曾经她一直在寻找的"初恋"，那个她想通过婚姻的方式去挽救、去报答、去弥补、去爱的男人。

然而，爱情和婚姻终究演变成爱莫能助。

她觉得她的感情生活，经历过太多的悲欢离合，最后，却依然一无所有。

只有两个孩子，两个男人留给她的只有这两个孩子。她暗暗地对自己说："生活有时很坏，但一切都会过去，一切都会好起来的。重新开始吧！"她要让两个孩子好好地成长，好好地生活，至少不要像她那样。

黄芬的同学们大多考上了他们理想的高校，成了大学生、大专生。沈黎萍和刘青青仍是同班同学，她们都考上了同一所师范大学，等待她们的是灿烂的前程。而黄芬是失意的，她的分数与她理想的大学相去甚远。父亲的突然离去，过度的悲痛，让她手足无措，同时，面对家庭的变故，她不得不为这个家的未来担心。她觉得，自己长大了，是时候为这个家承担些什么了。她提醒自己，要担起这副重担。她满脑子都是如何为母亲分忧的想法和主意。她要工作，她要"寻钞票"，她要供弟弟上高中、上大学。她认为男孩子读书要比女孩子有出息得多，她自己，一个女孩子家家的，早点工作，早点把自己嫁出去，要比读书更现实。

　　事实上，自从父亲去世之后，她已经无心读书了。

　　她时常想念父亲，想他的时候，她就会从内衣的口袋里拿出那个带着体温的小布袋，再从布袋里拿出那颗五角星。看着这颗五角星，她就会想起父亲的话："生活有时很坏，但一切都会过去的，一切都会好起来的。"

　　她是不会让这颗父亲送的五角星离开她的。她要让它永远保持着自己的体温，就像爸爸还活着一样。

　　今天，黄芬对着镜子左看右看，她要打扮得漂漂亮亮，这样拍出来的集体照才会好看一些。今天，就在今天，高中毕业典礼之后，她就要与刘青青、沈黎萍，与天天在一起的同学们各奔东西了。

第05章

第 06 章

经过一个漫长的暑假，同学们碰面了，三五成群地聚集，聊着各自暑假里碰到的新鲜事。特别是女同学，叽叽喳喳的像群麻雀，她们每说一句话，都吊足了嗓子，加足了音量，生怕旁边心仪的男生听不见似的。

黄芬不属于旁边的任何一个麻雀群，与周围的热闹相比，她似乎是个旁观者，在这样一个特殊的时刻，她看上去更像观众。此刻，大概也只有她会有分别在即的伤感，想起那本同学们帮她抄的语文书，想起那次同学们帮她扫地，想起白老师、刘青青、沈黎萍来她家做客的情景，想起那一张张熟悉的脸，以及这些留给她的回忆，美好和不美好的，已经不是重点。

这样想着，黄芬的心里开始难过起来。她在心里反复哼唱着《驼铃》里的一句歌词："待到春风传佳音，我们再相逢。"

只有在此刻，她才真正体会到了康帆在雨中交给她的信中所表达的那份难分难舍：

"……现在，我被开除了，我知道我是被我自己开除的，我要离开你和同学们了，突然之间，我开始特别强烈地想念大伙。成天在一起的时候，是感觉不到同学之间的友情的，现在要走了，却真切地感受到了鼻子又酸又重的。读书也是这样，过去很讨厌读书，现在读不成了，才突然发现原来读书的感觉还是挺不错的……"

读书的感觉真的不错，黄芬开始羡慕眼前每一个无忧无虑的即将跨入新的学校的同学。可自己却要为这个家，为母亲，为弟弟，也为九泉之下的父亲，放弃学业。如果不是家里的变故，她努力一把，也能像刘青青和沈黎萍那样，考上一个师范大学，这样，她们三个就又能在一起了。黄芬抚摸着自己的课桌，心里涌动着一种说不清的难过。

"黄芬，别难过。"刘青青和沈黎萍不知何时已站在了她的面前。

"没事，我正为你们高兴呢！"黄芬任热泪淌过她那美丽的脸庞，"我真的要离开你们了，离开在这里与大家朝夕相处的三年时光，真有点舍不得。"

沈黎萍拿出自己的白手绢递上去："黄芬，为什么要放弃学业，虽然你这次没考上理想的大学，但大家都知道是因为你爸……对不起。"沈黎萍看黄芬时眼底掠过一丝歉意，"我是想说，你可以重读一年，你还有一年的时间用来改变命运，凭你的能力，一定能考入理想的大学。说不定，我们几个能被分配到同一个单位，我们这些好朋友、好姐妹仍可以在一起，实现自己的理想。"

刘青青接着班长的话头说："黄芬，我们三个不是最要好的姐妹吗？你有什么困难我们可以一起克服的。"

"谢谢你们的好意，请别说什么了，人各有志，我已经决定了。"黄芬伸出双手握住了两个同伴的手，"'我们三人是最好的姐妹。'有这句话，我已经很欣慰了。记得经常来看看我，或者可以写信给我，有什么好消息不要忘记与我同享。"

伤感与沉默笼罩着三个关系最密切的女孩，那一刻，谁都不知道，接下去要说些什么。这时，五六个女同学叽叽喳喳向她们走来，沉默才被打破。

第06章

黄芬接过沈黎萍的白手绢，擦了擦那双迷雾般的眼睛，让泪水和离愁一起从她的脸上隐去。她朝同学们灿烂一笑，洒脱地说："走！我们拍集体照去，我们要排在一起照。"

黄芬走出校门时，脚步是坚定有力的。她的人生在这里发生了转折，就像一根被脆生生折断的柳枝一样。在校门口，刘青青和沈黎萍微笑着鼓励了她几句，说休息日一定会经常去她家看望她。同学们陆续向她微笑，向她挥一挥衣袖，说着再见。每一句风轻云淡的"再会"，每一声轻描淡写的"珍重"，多么稀松平常，多么模式化，程序化，听上去和每次放学没有什么不同，而它们却一声声地击打在黄芬的心弦上，一声比一声强烈地刺激着黄芬脆弱的情感。

三年的同窗，就这么消失在她的模糊的视线里。

黄芬孤独的脚步不像是踏在路上，而是踩在自己的耳鼓上，每一步、每一声都久久地在她的脑海回荡，和同学们最后"再见""珍重"的声音掺杂在一起。她的脑海中风起云涌，校园生活的点点滴滴继续在记忆里不安分地叠加，再叠加，然后深深地刻画在她的记忆深处。同学一张张熟悉亲切的脸，不间断地在她记忆的胶卷上深情地，一股脑儿地叠加着，像一张多次曝光的底片似的。

她继续前行，眼前是那条普普通通的小石子路，路的旁边是碧绿的柳树，柳枝在轻风中低垂着摆动，像她额头前长长的刘海。一阵小风迎面吹过来，一缕刘海刺进了她的眼中，她用手快速拂开。眼前是小学美丽的风景，绿茵茵的，那么熟悉。

可是，此时此刻，黄芬的眼睛里已经没有风景了，她自己也不知道为什么会来到这里。她问自己，怎么又来这里了。现在，小学没有开学，黄方当然也不会在这里。她为什么要来到这里？她莫名其妙地笑了，莫名其妙地摇了摇头。以前，一放学，她就要奔到这里，等弟弟放学出来，或者弟弟先等在门口，然后，姐弟俩结伴回家。今天，在大脑昏昏沉沉的情况下，双腿凭记忆，又一次把她带到弟弟的学校。

她环顾着小学校门的四周，好像看到黄方匆忙跑过来，冲她一笑："姐姐，你来了？""姐姐，你迟到了，我等你快十分钟了。"而这一切都将成为过去了，她要找工作，找到工作之后，她就没有时间来接黄方回家了。再说，黄方也大了，不需要她来接送了。黄方一直说要独自上学和放学，他说，他已经长大，他要自由。

终于，阿方可以自由了，她也可以解放了，再也不需要为了接送弟弟而奔跑了。可是，想到这样的日子一去不复返了，她突然又留恋起接黄方回家这样平常的事情来。

她倚在小学门前那棵老槐树粗大的树干上，抬头看着天空。斑斓的阳光在枝叶间时隐时现，就好像一段极为熟悉的音乐在耳边若隐若现一样。树枝把蓝天和白云剪成若干不连贯的故事，其中有一部分是过去了的，还有一部分却属于未来。

音乐越来越清晰，她听出那是口琴的声音。音乐越来越近，她听出那好像是一曲老歌《花儿为什么这样红》的调子：

> 花儿为什么这样红
> 为什么这样红
> 啊，红得好像
> 红得好像天边燃烧的火
> 它象征着纯洁的友谊和爱情
> ……

这首歌曲她很熟悉，记得念小学的时候，音乐老师就教会了全班同学唱。六一儿童节全校的文艺表演，他们班的小合唱，就选择了这首歌，她还是领唱呢。现在再次听到它的旋律，使她又想起了念小学的第一天，爸爸送她的那枚红色的星星，使她留恋校园生活的情绪又一次被点燃了。她越来越激动，渐渐地，她双眼一热，眼泪再次汹涌而出。她心里说，我想爸爸了。她知道，爸爸也十分喜欢这首歌曲。

三年前，黄芬刚上高一的时候，一个刚开学不久的星期天，黄枯荣起得特别早，推着他的老坦克自行车，正欲出门，却被黄方一把抓住了自行车的后座。

"爸爸，你干吗去呀？"黄方显得有点着急。

"今天不上班，爸爸去看一个老朋友。"黄枯荣的回答听上去风轻云淡的，但是，他的脸上却笼罩着一层庄严与肃穆。

"爸爸，你忘了？你答应过我的，你说这个暑假一定要教会我游泳的。现在暑假都快结束了，你却从没带我去句容河游过一次泳。今天休息日，天气又这么好，你得带我去游一次。你不是常说，男子汉，说话要算数的！"

林雪月也在一旁说："枯荣呀，阿方长这么大了，都不会游泳，你是有责任的。"

黄枯荣看着妻子，轻轻一叹，呼出一口长气。渐渐地，他的眼睛有了变化，泪盈盈的，好像想起什么辛酸的事了。林雪月对这双眼睛太熟悉，哪怕细微的一个眼神变化，她都能看出来。所以，刚才枯荣的这一"盈眼"，又一次被她抓住了，读懂了。15年前的那个夜晚，她曾亲眼看到过他跳水时矫健的样子，游泳时潇洒的样子。她希望他把这套本领教给他们的儿子阿方。可她知道，只要一下水，他就会想起好同事、好兄弟肖白男。想到这里，她也跟着轻叹一声，舒出一口气。她走到他的自行车后面，对儿子说："小方，前几天就立秋了，句容河水变凉了，现在下水游泳，肯定会感冒发高烧的呀。明年，就明年，爸爸一定带你去句容河里游泳。

听话。"

"不嘛，我今天就要跟爸爸去游泳。"

黄芬从屋里走出来，拿着一颗奶油柚子糖递给弟弟说："阿方，看这是什么？妈妈前天分给你的糖吃光了吧？姐姐还有，如果你听话，姐姐的这颗就送给你吃。"

这次，黄方看上去是真的伤心了，他冲黄芬大吼一声道："谁稀罕你的糖衣炮弹？我要游泳！游泳！"

看到自己男人脸上的肌肉绷紧，两道粗黑的眉毛已经皱起，林雪月预感到儿子可能会有一顿皮肉之灾，她赶紧走了过去，用商量的口气对黄枯荣说："要不这样，今天，你带孩子去一次茅山吧，我也想去。"

也没征求枯荣的意见，林雪月回头便冲黄方说："阿方，你也不小了，要讲道理。虽然爸爸最近工作忙，忘记教你游泳的事，他食言了，对，错在爸爸，但是，哪有立秋过后还下河游泳的道理。今天休息，我们一家去一次茅山赏秋……"

黄枯荣打断妻子的话道："我是去看老肖，你们去，不合适。"

"哪里不合适了？老肖也是我的同事，也是我的朋友，我也想去看看他，可你总不让我去。这合适吗？"

黄枯荣犹豫片刻，把自行车调了个头，重新把它停在屋里。走出门框的时候，他的脸上居然浮起一丝笑意，一点点，像林雪月做的冬瓜汤上面漂着的几点油花，少却珍贵。他的目光轻快地在妻儿脸上扫了一遍，一挥手说："走吧，还愣着干啥？"

黄方一脸疑惑："爸爸，我们要去哪儿？"

黄枯荣摁了一下儿子的脑门说："去公共汽车站呀，怎么，要我带着你们三个，骑车去茅山呀？30多公里呢！"

黄方的脸终于阴转多云了，他冲黄枯荣说："爸爸，你不喝酒的时候，是个很好的爸爸，是个可爱的爸爸。"他兴奋地拉起黄枯荣的手说，"走，目标公共汽车站，全速前进！"黄芬也微笑着，挽起父亲的手，准备出发。

"等一下，妈去屋里拿个包。"林雪月从屋里出来，锁了门，一张难得微笑的脸沐在阳光里。黄芬从父亲身边退回来，接过母亲的包说："妈，我给你背包。"她把手伸进包里，拎出一瓶二锅头说，"妈，你拿酒做什么？"

黄方也说："刚才还说呢，爸爸不喝酒的时候，是个好爸爸。妈，你怎么又给爸爸带酒呢？"

黄枯荣摸着儿子的头，看着林雪月说："就别拿酒了。今天，我不喝酒。"

林雪月微微一笑说："第一次去看老肖，不能空着手吧，我得敬他几杯。"黄枯荣闻言，瞬间红了眼睛。他仰起脸，看着天空，猛抽了几下鼻子，极力控制自己，不在孩子们面前落泪。

从茅山客运站下车，步行半个多小时，就到了黄枯荣为肖白男修筑衣冠冢的那片很深很大的红杉林。时值9月初，红杉树的叶子还没泛红，树林一片苍翠。天特别蓝，云特别白，一家人的心情与这片天地一样，特别开阔、晴朗。

越往里走，林中的道路就越狭窄，游人就越发稀少。林子是寂静的，虽然也偶有蝉声，但在很远的地方，听上去有些缥缈。黄枯荣夫妇一点儿也不觉得安静，有姐弟俩在前面叽叽喳喳地开路，尤其是兴奋过头的黄方时不时地尖叫，让大人们觉得一刻也不得安宁。

让姐弟俩安静下来的是那些隐隐约约的琴声。越往前行，琴声就越显清丽。因一路喧闹，黄方的嗓子已经微微有些沙哑，他转身冲着家人大声感叹到："这是什么音乐？也太好听了吧。"黄芬说："好像是口琴啊，吹得真好，确实很好听。这首歌我会唱的。"黄方跳起来喊："我也会，我也会！"于是，姐弟俩就和着口琴的伴奏，和着优美的旋律，轻轻地哼唱起来。越唱越嘹亮，越唱越声情并茂。

黄方是有点艺术天赋的，虽然嗓子喊哑了，但唱起歌来却很有韵味，而且情绪投入也恰到好处。虽然黄枯荣的朗诵林雪月是知道的，也有一定的艺术天分在里面，但林雪月坚信，阿方的艺术天分更多来自她。黄芬的朗诵倒是有点黄枯荣当年读《睡美人》的味道，但夫妻俩心里都明白，这与他的遗传一点关系都没有。但是，说来也奇怪，对于一对儿女而言，从小到大，他反而更宠爱女儿多一点。阿芬的生父是黄枯荣此生最讨厌的人。而他却一心一意地疼着爱着这个女儿。林雪月觉得这是一种无私的爱。她认为这就是黄枯荣豁达、伟岸的人格使然，也是她最敬佩他、爱他的原因。

黄方始终用音量压制着姐姐，生怕一不小心让姐姐的歌声超过了他的。就这样，姐弟俩你追我赶，越唱越有感觉。直到黄枯荣的加入，让姐弟俩一下子如丈二的和尚摸不着头脑，两人的歌声和情绪也瞬间减弱下来。因为，打出娘胎到现在，听爸爸唱歌，是开天辟地第一次，何况，这是一首颇有难度的电影插曲，他怎么也会唱，而且唱得还很娴熟。然后，林雪月也加入了，还做了一个手势说："来，大家一起唱。"俨然找回了当年中秋颁奖晚会上报幕员的感觉。

全家人的合唱，让歌声更加响亮了，盖住了辽阔杉树林里的寂静，盖住了所有深藏林中的缥缈的蝉声，传得悠远。

……

花儿为什么这样鲜

为什么这样鲜

啊，鲜得使人

鲜得使人不忍离去

它是用了青春的血液来浇灌

……

黄枯荣暗想，现在，应该是五个人一起唱。这第五个人，就是他的好同事、好兄弟肖白男。

他们的歌声，与口琴的伴奏越来越近，终于，那个吹琴者出现在他们的视野中。他就在距离黄枯荣一家南边不到百米的地方，是在另一条更小的小路旁边，是一名留着长头发，戴着蛤蟆镜的青年。他依靠在一棵很粗壮的杉树上，边用口琴吹着那首《花儿为什么这样红》，边好奇地看着几个在他的音乐中唱歌的人。他的正前方是一座坟墓，坟墓的正前方有一块石碑。黄芬想，那下面一定沉睡着他最重要的人。

黄方毕竟还是小孩子，肯定是被那些非常好听的口琴声打动了，被吹口琴的人吸引了，他转身沿着林中那条更小的小路狂奔而去……

那曲《花儿为什么这样红》穿越辽阔的红杉林，穿越茅山到句容30多公里的山山水水，穿越让黄芬一想起就要流泪的高中三年，又清晰地响起在记忆里。虽然吹奏不够娴熟，不够流畅，可是，那口琴声特有的质感，让许多难忘的片段，许多亲切的画面，依次在她的脑海里涌现。瞬间，让她泪流满面。

透过泪水，黄芬情不自禁地向声源处望去，她又看见黄方从学校的大门中蹦出来，边走边吹着口琴。她用手指擦了擦眼睛，用力拍了拍自己的脸，想把自己从幻想中打醒。可是，那个越蹦越近的人，真真切切的就是黄方。

"阿方，怎么是你？"黄芬的声音传得老远。

黄方仍然吹着那首《花儿为什么这样红》，尽管并不那么熟练和连贯，但听起来依然很美，依然拨动着她的心弦。

"阿方，你怎么会在这儿？都放暑假了……"

黄方正欲发火，发现那个冲他叫喊，分散了他的注意力，影响了他吹琴连贯性的讨厌女人，居然是自己的亲姐姐。黄方无奈地摇了摇头。

"姐，你穿了件新衣服，真好看，真有点认不出你了。你怎么会突然出现在这儿呢？你不会是在跟踪我吧？"黄方看上去很高兴，"姐，你看，我终于有一把属于自己的重音口琴了。"

"哪儿来的？"黄芬一下子把脸拉长了，看上去有点严肃。

"买的呗。"黄方的得意与黄芬的严肃形成了鲜明的对比，如热空气碰上冷空气，注定会下一场雨。

"你！黄方，你哪来的钱？你不知道我们家还欠着叔叔家的钱吗？两百多块呢。"

"姐，上星期，妈说你毕业会上要拍照，没漂亮衣服穿，便向同事借了钱，和我一起到布店扯了一块布料，做了裙子。"黄方收起了笑容，怯怯地看了看黄芬的花洋布连衣裙，"在回家时，经过百货店，我在一件海军汗衫的橱窗前停下了脚步，隔着玻璃抚摸着那件汗衫。妈扯了扯我的衣服说，等发了工钱就给我买一件。今天，妈妈发工资了，她给了我五元钱，可我没有舍得买那件海军汗衫。看，多漂亮的口琴，才三块二。"

"你又去学口琴了？你又去找那个人了？你怎么又去找他了？"黄芬像吹肥皂泡似的吐出一连串的问号。

黄方低着头说："可是，他真的不是你想象的那种坏人。他喜欢和我交朋友，他说我是块学音乐的好材料，说我吹口琴一学就会。现在我真的喜欢上吹奏口琴了。"黄方抬眼看着黄芬。

"你知道他是干什么的吗？"黄芬的语气依然显得很着急，很严厉。

"他是供销社的营业员，他的口琴真的吹得很好听，他什么曲都会吹，有歌谱的和没歌谱的都会吹。"黄方的口气明显带着一种骄傲，"姐姐，今天，他还新教了我一首歌曲《童年》，最近特别流行。姐，我吹给你听。"

黄方将新买的口琴放在嘴唇间，一曲轻快的音乐，便在他还不太熟练的吹奏中荡漾开来。

"小子，吹得不赖嘛。"一个听得投入，一个吹得起劲，都陶醉在音乐中，因此黄芬姐弟没有注意到身后已经站着一个青年。青年看上去挺健壮，留着一头与康帆同款的长发，个头要比康帆稍高一些。黄芬看不真切他的眼睛，因为他的鼻梁上面架着一副蛤蟆镜。青年上身着一件黑色一字领汗衫，汗衫下面是一条很夸张的白色喇叭裤。这副打扮让黄芬冷不丁地吓了一跳。那不是在茅山杉树林子里遇见的青年吗？吹的就是那首《花儿为什么这样红》。就是他，黄芬坚信自己不会认错人的。

"师傅！"黄方走上前去，"来来，你来吹一曲给我姐听。"

青年倚着树，从黄方手里接过口琴，在肩膀处的衣服上抹擦了一下，向黄芬笑笑："吹得不好，见笑了。"

于是，《童年》便以口琴特有的效果非常动听地扩散开去。清风携起绿叶，踩着口琴乐曲的明快节奏，在半空中翩翩起舞。曲终，青年又将口琴在肩膀处抹擦了一下，还给黄方，左手摘下蛤蟆镜，右手伸向黄芬，很绅士地说："我叫杨远，木易杨，很远很远的远。其实，三年前，我们在茅山脚下的杉树林子里遇见过的。"

黄芬没有与他握手，只是出于礼貌地冲他浅浅地笑了一笑，而且笑得非常尴尬。杨远却没有感到尴尬，他依然尽量表现出绅士的风度，将原先想与黄芬握手的手在空中调整了一个方向，然后非常自然地放在黄方的肩上。

"非常感谢你的语文书！"黄芬莫名其妙地说出这样一句，她的脸迅速涨红，然后拉起黄方的手，结巴着说："阿，阿方，我，我，我们回家。"

在街道加工厂上班的林雪月，每天一下班总是急匆匆地去菜市场，买完菜又急匆匆地回家。自行车是黄枯荣生前使用的那辆，车座是黄夏帮她调低的。

林雪月回到家的时候，日头早已偏西，黄芬早已将晚饭准备好了。饭桌上只有一只装着米饭的篮子、一小缸姜茶、三只淡青色的咸鸭蛋和一碗红烧茄子。

"阿方，下楼吃饭了。"黄芬将一把筷子和几个饭碗放在桌上，冲着楼上喊了一声。

一会儿，黄方下楼，很不耐烦地扫了一下桌子，轻声嘀咕了一声："又是这点东西。"

黄芬冲着黄方一扬头，怒气冲冲地回道："这点东西怎么了，有荤有素的，天天有这点东西吃已经不错了。"

"我不吃了！"黄方倔强地转身小跑着又上了楼。

"不吃就不吃，还省了点东西呢！"黄芬的火气也一下子蹿了上来。

"今天是怎么了，都吃火药啦，连晚饭都不想吃了。"林雪月笑盈盈地说，"阿方，快下楼吃饭。明天一早，我去肉庄上给你割点新鲜猪肉回来。妈知道你正长身体呢，应该吃得好一点。"

"给他吃猪肉？"黄芬持反对意见，"没吃猪肉的时候都乱发猪猡脾气（上海方言，臭脾气），吃了猪肉，那还了得。"

"阿芬，今天你是怎么了？"林雪月朝黄芬瞪了一眼，随即又笑着说，"阿芬呀，是不是在毕业典礼上受了刺激？看你说的这些话，一句一个刺的。"

"妈，你问他怎么了。你给他钱，叫他买汗衫，汗衫没买回来，却买了一把什么重音口琴。还跟社会上不三不四的青年混在一起，说是去学口琴，谁知道在搞什么名堂？"黄芬继续数落着。

"你胡说八道！"黄方很不服气。

"这么热闹。"黄夏人高腿长，三步二步便出现在林雪月和黄芬的面前。

"哟，黄夏来啦？快坐下来一起吃晚饭吧。"林雪月热情地招呼着，"阿芬，还不给叔叔添副碗筷？我去敲两个皮蛋。"

"不用了，大嫂。阿芬，今晚叔叔要去单位值夜班，提早吃过晚饭的。"

黄芬从厨房里拿来香烟和火柴，然后抽出一支递给黄夏。黄夏接过火柴，点燃香烟，然后吸了一口。黄夏看着黄芬说："今儿个怎么了？好像脸色不太好看。"

林雪月接过话头说："真是越大越不懂事，这不，姐弟俩闹起意见来了。阿芬，是不是被读书的事闹得心里不安宁？如果真是这样，妈苦点没什么，欠叔叔的那些钱，自家人，总可以商量的。你还是去复读一年吧，明年争取考上大学，学费你别担心，等实在揭不开锅的时候，妈自会想办法的。"

"妈，谁为这事与小方计较，他实在是不学好嘛。你知道他跟谁在一起，我看学吹那玩意儿是假，跟人瞎混倒是真的。"黄芬眼皮朝下，看着自己的手指头，嘴翘得老高。

"你胡说八道！"楼上又传来黄方愤怒的声音。

黄夏夹着香烟走上楼，与黄方不知说了什么。一会儿，一脸怒气的黄方下了楼。

娘儿仨围着饭桌将咸鸭蛋在桌面上敲得啪啪响。姐弟俩依然以沉默的方式对峙着，都将目光集中在筷头上，表现出对对方不屑一顾的样子。母亲和叔叔便寻些日常生活方面的话题，说着大人们的事情。

黄夏将话题转向黄芬的工作上："大嫂，芬儿的工作，你大可放心，我托的人应该是可靠的，再说芬儿是小城镇户口，属于国家统一分配的对象。所以用不着担心，安心等通知就是了。"

"兄弟，我们家的事多亏有你挂在心上。不过，这事一拖也快一个月了，怎么还没个音讯。芬儿已经满十八岁了，够学徒工的条件了，是不是我们上次送的那点礼，太不起眼了，人家故意为难我们？"林雪月的眉头打了一个结。

"不会的，大嫂。我和供销社的吴麻子在一个生产队里插过队，就是不送礼，凭着这点旧交情，他也得帮阿芬解决的呀。"黄夏又吸了一口烟，白色烟雾从口中喷腾而出，然后回到鼻孔里，最后又从鼻孔中泄出。

林雪月拿了个铝制饭盒，一早就上班去了，家里只有姐弟俩。

黄芬完成了洗衣、打扫等家务活，在饭桌上铺开了母亲从加工厂带回的加班活。加班活还算简单，就是粘贴制作装小儿痱子粉用的包装纸袋，每完成五张，可挣到一分钱。黄芬手脚快，最多一次一天完成了两千多个包装纸袋。自从考完升学考以来，黄芬每天在家的主要任务就是粘贴包装纸袋。这项工作还是厂里为了照顾困难职工而特批给林雪月的。黄芬通过这项工作已经挣到了八十多元钱。记得第一次将纸袋送到街道加工厂时，黄芬当场拿到十六块钱，她非常激动，兴冲冲地回到家里，一头扑进林雪月的怀里，泪流满面地说："妈，我能挣到钱了。妈，以后我要挣很多很多的钱，让你和弟弟过上好日子。"林雪月也激动地说："阿芬真的长大了，能挣钱了，妈真高兴。这钱你自己保存着，这是你辛苦挣来的钱，妈哪舍得花呀！"说着说着就哭出声来了，"阿芬，谁要你挣钱？谁要花你挣的钱？阿芬，别人家的孩子都高高

第06章

131

兴兴地在学堂里读书，你却执意要帮妈挣钱，你越懂事，妈越心痛。这钱你留着用，你去买点吃的，或买件漂亮衣服，妈不要你的钱，不要。"黄芬掏出手绢帮林雪月拭泪："妈，我为自己能帮你分担困难而感到高兴，我们还欠叔叔家两百多块钱哩，你拿去吧！"黄芬破涕为笑，"妈，哪有人见了钱大哭的，快别哭了，别把我们家的财神爷给哭跑了。"

晚上，黄芬把自己关进房间，她从贴身的小布袋里拿出那颗五角星，兴奋地自言自语："爸，我挣了十六块钱。爸，我终于长大了，可以挣钱了。你一定在笑，对吗？你一定替女儿高兴，对吗？爸呀，以后我要挣很多很多的钱，给你买最好的茅台酒喝，给你买三大箱的上海烟，牡丹牌的，凤凰牌的。大前门的勉强可以，生产牌的就不要抽了，档次太低，品质太差。或者你也学着抽外国的烟，箭牌的，良友的，万宝路的。反正，以后呀，你想抽什么就抽什么，你想喝什么就喝什么。将来，我们家一定不差钱。"

黄芬熟练地做着粘贴纸袋的手工活，一丝不苟地工作着，想起当时说的那句"别把我们家的财神爷给哭跑了"的话，她就忍不住要笑。

黄方躲在自己的房间里，将暑期作业摊开在书桌上，眼睛却看着窗外，脸上掠过一丝狡猾的笑意。他轻手轻脚地从床底下取出一条约三米长的绳索，一头捆在窗闩上，另外一头抛向窗外，像猴子似的顺着绳子一溜而下。

黄芬依然忙着做她的加工活，同时想起一些在校读书时有趣的事情，心情也跟着愉快起来。当她意识到那样的趣事已经永远成为历史的时候，便又会伤感起来。走出校园后的这段日子，黄芬拼命地做加工活，除了要帮母亲多挣点钱还债之外，更重要的是要找点事情做，来打发那份寂寞和孤独。

然而，这千篇一律、枯燥乏味的加工活，并不能完全赶走她的寂寞和孤独。所以，当她的精神和身体同时感到疲累的时候，放假在家的黄方就是驱除她寂寞和孤独的唯一人选了。

黄芬上楼想去检查一下黄方的功课，看看黄方有没有做不了的题目，她喜欢帮黄方解题。然而，她非常失望，黄方又溜了。正如妈妈说的那样，黄方这个年龄的孩子，关住了他的人，关不住他的心。她原本有个计划，要凭自己的努力将弟弟送进大学，可是，弟弟的心思却不在学习上。她将那条白色的绳索从窗闩上解下，如解下了拴在自己心上对弟弟前途的那份牵挂。此时此刻，她攥紧绳子，很失望，很失落，甚至，她突然为自己放弃学业而感到不值。

夏末秋初，虽然太阳依然热烈，风儿却开始活跃起来。黄方张开双臂，感受着身边自由的阳光，自由的风。他准备去找杨远，一路上边吹着他心爱的口琴，边放飞自己的心情。

三年前，在茅山脚下，当黄方跟着父母与姐姐走在杉树林中的小路上，他便被那首用口琴演奏的《花儿为什么这样红》迷住了。那天，当一家人走过杨远所在的那条小路时，黄方情不自禁地追着音乐，一路小跑，一口气冲到杨远面前说："你吹得真好听，能收我为徒吗？"杨远停下吹奏，犹豫了一下，微笑着对黄方说："学吹口琴吗？可以啊。"随后，从背包里拿出工作手册和钢笔，要黄方写下姓名、学校和班级的名称等信息。黄方刚写完，杨远便对他说："我空了，会去找你的。快去吧，好像是你家大人在喊你过去。"黄方说："那是我姐。"杨远摘下蛤蟆镜，远远地看了一眼正冲黄方招手的黄芬说："你姐真好看！"黄方冲杨远做了个鬼脸说："如果想追她，我可以帮你，但你必须收我为徒。"杨远掀了掀黄方的帽子说，"去吧，我说话算数，一定会去找你的。"

隔了很久，好像快有一年了，杨远真的来找黄方了，居然找到了，居然真的收了黄方这个徒弟。现在，黄方吹着的那曲《童年》，就是杨远自己改编的口琴曲。现在，他觉得自己吹这首曲子非常得心应手了。吹到得意的地方，偶尔还会哼唱两句：

　　　　隔壁班的那个女孩
　　　　怎么还没经过我的窗前
　　　　……
　　　　就这么幻想
　　　　就这么好奇
　　　　这么孤单的童年

　　黄方将那份烂漫、自由的心情发挥得淋漓尽致，他时而吹时而唱的，已经完全陶醉其中。现在，他的耳朵里只有他的琴声和他的歌声了。

　　所以，当一辆黑色轿车向他驶来的时候，当那辆车子鸣着喇叭向他越靠越近的时候，他依然在马路上自由自在地跑着，跳着，陶醉着。一声刺耳的汽车刹车声传到黄方耳边的时候，他听到玻璃碎裂的声音，随后，他被带倒在滚烫的水泥地上……

　　黄方睁开眼睛，看见母亲和姐姐正用焦急和期待的目光看着他，然后他听到她们颤抖的声音："醒了，终于醒了！"

　　母女俩欣喜的呼喊惊动了急诊病房内的所有人，一名护士便走过来警告道："请保持安静，这里是医院！"母女俩欣喜的呼喊，也惊动了旁边的一名陌生男子。男子五十开外，西装革履，油亮的头发间有零星几根白发。他原本是守在黄方旁边的病床边上的，看到邻床昏迷的黄方醒了，便满脸关切地走到黄方的床前，欣喜地说："醒了就好，醒了就好！"

　　男子虽然五十多岁了，但看上去很精神，也很有修养，言行中透出儒雅的风度。他再次回到原处，看着躺在病床上头缠着纱布的儿子，眉宇间有些焦急和无奈。

见黄方醒过来了，那位女护士喊来了医生。医生是个五十左右的男人，但看上去比之前那位男子苍老一些。林雪月用期待的目光看着医生的脸，她觉得这张脸好熟悉，好像在什么地方见过似的。再细细打量一番，她便确认，肯定在什么地方见过。

医生擎起一支很小的手电，照了照黄方的眼睛，问黄方："小弟弟，你心里难受吗？是不是有一种想吐的感觉？"黄方同样缠着纱布的头左右动了下，算是表达了摇头的意思。林雪月和黄芬相视一笑，眼睛里全是泪花。林雪月走到医生旁边说："医生同志，孩子还碍事不碍事？"

医生依旧忙着给黄方检查，所以没有时间看林雪月，他边用听诊器在黄方的前胸认真地听着边回答林雪月的问题："这孩子只是被车擦了一下，摔下去的时候，大概是身体先着的地，所以头虽然在马路上跌破了，但现在看来，脑部没有受到太大的影响。不过，现在说这话还早了点，我们还得再观察观察。孩子流了不少血，现在身体非常虚弱，多亏他哥哥输给他这么多血。"

林雪月张大了嘴："哥哥？他哪来的哥哥？"

女护士接着林雪月的话说："那个输血的青年，与你儿子血型是相同的，还说是他的亲哥哥呢。"

黄芬想起一个人，那个被黄方称为师傅的人，那个叫杨远的老油条。难不成，是他为阿方抽了血，是他救了阿方吗？

"不管怎么样，这个青年看上去油腔滑调的，却真的是个好小伙。你儿子的伤，碰到了血管，失血较多，情况还是挺紧急的，幸亏有他在。这样说吧，如果不是他及时给你儿子输血，你儿子的情况还是蛮危险的。"医生站直了身体，将听诊器从耳窝子里扯了出来，指了指旁边病床上的人说，"倒是这位司机，为了避让你儿子，车子撞在树上，他的头受伤严重，到现在还昏迷不醒呢。"

林雪月愁容满面地看了一眼隔壁床边上的男人说："大哥，我真的很难过，觉得对不起你家孩子。但是，请你放心，一切都会好起来的。"男人向林雪月点了点头说："对，借您吉言，一切都会好起来的。"

林雪月转过脸对医生说："医生，我想跟你商量一下，就是……我们……今天没带钱，这医药费能不能……"

"哦，你说的是一千块钱的住院押金，这位先生已经代你们垫上了。"医生转向坐在隔壁病床边上正愁眉苦脸的中年男子说："他就是郝冬吧？"医生看中年男子点头后继续说，"从拍的片子上看，你儿子脑中没有瘀血，颅骨也没问题，应该没什么，但现在还没醒来，一切有待继续观察。"

中年男子握住医生的手说："叶医生，好药你尽管用。你要救救他呀，钱是没有问题的。"

"哦，你提到钱，让我想起了刚才的事情。"医生将中年男子叫到窗前，从白大褂口袋里拿出一个厚厚的信封交给他，轻声说，"这是你刚才给我的，点点，少了没有，郝厂长，我们都是老朋友了，再说'救死扶伤'是我们的责任，不要搞这一套嘛。"

医生拍了拍郝厂长的肩，突然放大音量说："正如刚才这位女同志说的那样，一切都会好起来的。"医生转身想走的时候，背后响起林雪月的声音。

"请等一等！"林雪月瞪大眼睛一动不动地看着他，像一个定格的电影特写镜头。

"这位女同志，你这是……我刚才说的有什么不对吗？"医生大惑不解地回头看着林雪月。

林雪月的声音有点飘忽："你姓叶？"

叶医生点了点头。

"叶大夫，你看看我是谁？"林雪月脸上的表情非常复杂，分辨不出是哭是笑。

"是你？小林？"叶医生转过身来，走到林雪月的面前，惊喜地看着林雪月，"真的是你吗？"

林雪月拼命地点着头，眼泪瞬间就滑了出来，喉咙似乎被什么东西哽住了，竟说不出一句话。

"醒了，我的郝冬醒了！"郝厂长冲到叶昌群的面前，拉着他的手说，"叶医生，我儿子醒了，他也醒过来了！你赶紧过来看看吧。"

叶昌群将听诊器按在郝冬的胸前听了一会儿，然后说："情况不错，要比我预计的好。"

郝厂长跨上一步，先握了握叶昌群的手，再握了握林雪月的手，激动地说："谢谢，谢谢你们。正如你们说的那样，一切都会好起来的。事实上，一切正在好起来，一切必须好起来。"

急诊室的门基本上是被人撞开的，一个卷发妇女冲到黄方的病床前，一副上气接不上下气的样子："儿子，你怎么啦？你怎么变成这个样子啦？"

郝厂长急步走到她面前，扳过她的双肩道："老伴，这个是人家的儿子，你的儿子在这儿呢！他刚醒来，麻烦你说话轻着点。"

卷发妇女在郝厂长的搀扶下，在郝冬的病床前坐下："儿子，你这是怎么了？哎呀，说多少遍了，小卧车不能玩的。这不，玩车玩车，怎么还玩起命来了？"郝冬的眼微睁着，看着他的双亲，欲言又止。

"请大家安静一点，病人刚刚醒来，身体极为虚弱，尽量不要打扰他们的休息和恢复。"叶昌群是看着卷发妇女说这些话的，"本来医院有规定，一个病床只能留下一个陪护家属。你们一位是我的好朋友，一位是我老单位的老同事，所以请你们给我一点面子，安静一点。"叶医生向林雪月笑笑说："小林啊，我先查病房去。

等我有空，我们约个时间，我要与你好好叙叙旧。"

叶昌群刚走出病房，迎面与一名长头发的青年撞了个满怀，"哐当"一声，那个青年手里的一网兜东西掉在地上。叶医生刚想说他几句，青年顾不得掉落一地的东西，朝他弯腰鞠躬："对不起，对不起，医生。"还没等叶昌群反应过来，那个青年已经架起他的胳膊，眼睛透过乌黑的蛤蟆镜，在叶昌群的身上上上下下地快速检查着，CT 扫描似的，边扫描边念叨着："医生，我撞伤您了吗？身上有特别疼痛的地方吗？"

叶昌群说："哟，小伙子，你还给医生诊断上啦？"

"对不起，我没想到会在门口突然撞到人……"

"怎么，不撞到人还能撞到鬼？"

青年想都没想，冲着叶昌群拼命点头。叶昌群反诘道："你才是鬼呢，是个冒失鬼。"其实，这会儿，叶昌群已经认出来人是谁了。所以，当那个"冒失鬼"还想说些什么时，被叶昌群打断道："进去吧，他醒了。你的血抽得及时，他应该没什么事了。"他从地上拾起那个装着营养品的网兜，塞给冒失鬼说："进去吧，还杵着干吗？电线杆子似的。""冒失鬼"一时语塞，不知所措了几秒钟，突然冲叶昌群又鞠一躬，转身走进病房。

这名冒失鬼便是黄方的口琴师傅——杨远。

因为郝冬的床位正对着病房的门口，杨远就直接冲了过去。直到黄方虚弱的声音在他身后响起："师傅，我在这儿呢。"他才回过头来，冲林雪月和黄芬浅浅一笑，回身坐到黄方病床的床沿，解开网兜，他边把两听麦乳精和一袋红富士苹果放在床头柜上，边询问着黄方的伤情，全然没把林雪月和黄芬母女当回事。有两个苹果在刚才掉落时，摔破了皮，杨远笑笑说："阿方，一会把这两个有皮外伤的苹果先削了吃了。"

林雪月扯了扯杨远的衣袖，注视着他说："是你救的阿方？"

看到杨远，黄方似乎突然想起了什么，绷着脸问林雪月："妈，我的口琴呢？"林雪月看了一眼黄芬问："我不知道呀，阿芬，你有没有看见阿方的口琴？"

黄芬迷茫地看着母亲说："没看见呢，我接到楼下的电话，就直接赶来医院了。口琴是阿方的命根子，随身带着的。嗯，肯定落在事故现场了。"她转眼看着黄方说，"阿方，别着急，姐这就去找。"说完，就转身朝门外走。

当她走到杨远旁边时，被他一把拉住了："不用去找了。"随后，他松开手，神秘兮兮地看着黄芬，缓缓地站起身子，右手伸入牛仔裤的裤兜里，说了一声"变"，拿出一把闪闪发光的重音口琴。然后，杨远爽朗地笑着，把口琴交给黄方说："阿方，难道你真忘记了，是谁把你送进医院的？口琴当然在送你来医院的人的手里了。"

林雪月把手指放在嘴边，"嘘"了一声，示意杨远小声一点，并学着杨远的语气，轻声说道："你真的忘记了，那时阿方昏迷着呢。"

杨远涨红着脸，狼狈地回道："就是呀，当时，阿方昏迷着呢。"他有意无意地看了一眼黄芬，见她正捂着嘴笑他呢，于是，脸就更红了。

林雪月继续说："对呀，他当时昏迷着呢，他哪会知道是你送他进的医院，还给他输了血。"她收起笑容，朝杨远真诚地鞠了一躬，说："小伙子，谢谢你！"

杨远赶忙扶起林雪月："阿姨，正好遇上了，又是自己的爱徒，必须的，必须的。"

旁边的郝厂长，边吹着妻子带来的滚烫的八宝粥，边过来插话说："听叶医生说，黄方虽没伤到要害，但伤到头部的小血管，流了很多血，送到医院时，他的脸惨白惨白的，如果不及时送到急诊室，或者不及时输血，一样会危及生命的。所以，刚才阿方妈妈感谢你，也是真诚的！这次，幸亏有你，第一时间拨通了急救电话，同时也把我们家郝冬第一时间送来医院，我也要真诚地感谢你。"说完，放下八宝粥，携起妻子，一同朝杨远作揖。

听了郝厂长的表扬，杨远的脸更红了。他慌里慌张，双手合十，结巴着道："吉，吉，吉人自有天相，自有天相……"随后，他又坐回黄方的床沿，从衬衣口袋里拿出一块蓝格子手帕，认真地擦拭着黄方的那只口琴，对他说："那天，按约定，我在正春和布料店的门口等你。等了半个多小时，仍不见你出现，我就想，肯定是因为你姐看得紧，你可能出不来了。"说到此处，杨远自然而然地停下来，用眼睛的余光扫了一下黄芬的脸，果然，黄芬正瞪着他。杨远用一声咳嗽驱走一点怯意，继续说，"我正要离开，看见许多路人朝东跑，我也跟着他们跑。跑了大约 300 米，看见那里围着很多人，我钻进包围圈，看见你就躺在马路中间，旁边还有血，于是，就拨打了急救电话。"

杨远把口琴交给黄方，说："琴没坏，就是漆面有几道伤痕，跟那两个苹果一样，属于皮外伤，不影响吹奏。"

这几天，黄芬忙于照顾弟弟，她用自己做手工挣的钱，买了一些食补的东西，煮了鸡汤和鱼汤给弟弟喝。在她的悉心照顾下，黄方的伤好得很快。林雪月每天下班后来替黄芬的班。

白天，黄芬给阿方陪护的时候，大多数的时间都是干坐着的，很是无聊。自从上次批评过黄方与社会上的不良青年瞎混后，她们姐弟变得生分了许多，两人独处时，基本上没有什么可聊的话题。倒是来自隔壁病床上的那双眼睛，不知道是有意还是无意，总是围着她转悠，驱之不去，让她觉得很难受，让她又情不自禁地想起了高中时在她背后的康帆的眼睛。于是，她便咬牙切齿，暗自在心里骂上一句："该死的郝冬。"

病房的门被重重地推开，一阵风随着一句很大声的说话，朝着坐在病床间过道里的黄芬扑面而来："阿方，师傅给你带了一大杯黑鱼汤，给你补补身子。我趁着调休，特意让奶奶炖的，赶紧坐起来喝了吧，还有点烫手呢。"那个被黄芬称为社会上的不良青年的杨远，灵巧地绕过黄芬，来到黄方病床前，把一个大号的搪瓷杯重重地放在床头柜上，回头看了黄芬一眼说，"哈，今天姐姐陪护……"

黄芬压着嗓子打断他："说话能不能轻点？这里是医院。"

杨远学着黄芬的样子，同样压着嗓子回应她说："好好好，我说话轻点，说话轻点。"

黄芬白了杨远一眼，对这个上身穿白底碎花圆角领衬衣，下身穿一条裤管口八寸多的白色紧身大喇叭裤的社会不良青年，表现得不屑一顾。她故意把椅子往外挪了挪，显现出一副尽可能与杨远保持距离的样子。

看到师傅来了，黄方一骨碌从床上坐起，一双大眼睛像换了大功率灯泡似的，瞬间明朗起来，炯炯有神地看着杨远说："师傅，我就知道你会来看我的。"他从床头柜上端起搪瓷杯，揭开盖子闻了闻，闭上眼，陶醉地说，"奶奶做的黑鱼汤，肯定很鲜。"

黄方双手捧起鱼汤，咕咚咕咚地喝起来。杨远微笑着看他喝汤，咽了一口口水，似乎被黄方的狼吞虎咽给馋着了。黄方一口气就干了一小半，用手背抹了抹嘴巴说："师傅，这黑鱼汤也太好喝了吧，回去代我好好谢谢奶奶。"他打了一个饱嗝，盖上杯子说："师傅，好久没有听你吹口琴了。不如吹一曲吧，正好解解闷。"

黄芬冲弟弟一瞪眼说："这里是病房，吹口琴，像话吗？"

杨远弯起嘴角笑着，他看了看黄芬，把一个斜挎着的棕色软皮包，从背后移到膝盖上，右手伸进皮包内。黄芬以为杨远要从皮包里取口琴，站起来冲到杨远面前，严肃地说："我说过了，这里是病房，不许吹口琴。"

对面病床的郝冬附和道："是呀，病房里怎么可以吹口琴呢，吹口哨也不行。"他先横了杨远一眼，随后用讨好的眼神看了看黄芬，笑得挺得意。黄芬没有给这个同盟者好脸色，同样白了郝冬一眼，意思是"我们的事，不用你管"，随后转眼又严肃地盯着杨远，仿佛在说："只要你拿出口琴我就没收。"

杨远始终弯着的嘴角扬起一抹微笑，当他的右手从皮包里探出来时，手里多了两本厚厚的书。然后他冲黄芬点了一下头，转头对黄方说："师傅怕你在医院无聊，特意从单位图书馆借来一套《玉娇龙》，武侠小说，我看过，很好看的。"说完，他站起身来，把书放在床头柜上，"阿方，你好好养伤。师傅今天要去茅山脚下看我爷爷，先告辞了。"说完，又微笑着环视一遍黄芬、郝冬等人，微微点头告辞，快速走了出去。

阿方瞪了姐姐一眼，把两本书放在床头柜的抽屉里，没好气地冲她说："书放里面了，要看的话，自己拿。"

实在无聊的时候，黄芬也会翻开那两本《玉娇龙》，算是打发时间，但也没有觉得像杨远说的那样好看。再一想，像杨远这样的人，应该喜欢看这种打打杀杀、英雄气概之类的小说，所以他才会觉得好看。想到杨远，她微笑着叹了一口气，心里说："唉，价值观不同。"不看吧，坐着也是无聊，于是，又对自己说："还是看下去吧，就当打发时间。"

看书看累了，她会从衬衣口袋里拿出那颗五角星，看着它，默默地在心里说："五角星呀五角星，我们家所有的苦难，你和爸爸一起都吃光了，尝尽了，剩下的，应该都是大把大把的好日子，应该都是充满阳光的好生活，对吗？你呀，肯定是一颗幸运星，那么，你一定要保佑阿方，大难不死必有后福。"

病房里的日光灯打开了,乳白色的光线洒了一屋。黄芬与母亲、弟弟打了招呼,回家去了。隔壁床的郝冬妈妈看着黄芬出门的背影,对林雪月说:"你真有福气,养的女儿多好啊,文文静静的,长得又好看。"林雪月只是朝她笑笑,没有说什么。这几天,同在一个病房,连她也觉得,郝冬看女儿的眼神有问题,但又不好戳穿他。现在,郝妈妈又直接提起黄芬,林雪月突然觉得,莫非,连她也看上自己的女儿了?母子俩串通一气,打上芬儿的主意了?

郝冬这几天也恢复得很快,独自一人闷在床上,整天摆弄着一个名叫"俄罗斯方块"的手掌式游戏机。黄芬在病房的时候,她忙碌的身影绕来绕去的,绕得他的心如一团乱麻。或者,在黄芬看书的时候,他的视线总是被她坐着看书的背影牢牢地吸引着,仿佛她是磁铁一般。现在,黄芬走了,他觉得心里突然空荡荡的。而他母亲总是唠唠叨叨,他觉得心里特别烦。

郝冬将手掌式游戏机往枕边一扔,侧过身子佯装要睡觉。

叶昌群走进病房的时候,林雪月和郝妈妈都站起来向他问候。叶昌群在林雪月对面的方凳子上坐下,说:"那天,阿方的叔叔黄夏来看阿方,正好碰上我查病房,他跟我说起了你和黄枯荣的事。"

林雪月倒了杯水给他。他接过杯子,抬眼看了一眼林雪月继续说:"枯荣太可惜了。在五洲厂制造车间的时候,我一直看好他的前途。他聪明,自信,各方面能力超群,而且学习也不放松。我还经常为有这么一位优秀的小老乡而感到自豪呢。他这人,就一点不好,死要面子,有点钻牛角尖。唉,实在可惜。"

一阵透不过气的沉默之后。林雪月搓了搓手说:"唉,都过去了,不说那些不愉快的事了。叶大夫,说说您吧。"

"我?平平凡凡呀,真的是没什么好说的,在五洲厂待了整整六年,就调回老家了,还干老本行。怎么,枯荣不会没告诉过你吧?我、他,还有洪主任,我们仨都是句容人,是老乡。"叶昌群用满眼笑意，温暖地看着林雪月。

"没有，如果我知道您也生活在这个县城，我早就找您来了。"林雪月叹了一口气，"我们快二十年没见面了，我都老成什么样了，那天，你都认不出我了。"

"怎么能认不出来呢？一起共过事的同事，光听声音就八九不离十了。那天主要是因为注意力都集中在病人身上了。"谈话的氛围开始欢快起来，病房里时不时地传出些笑声。

叶昌群问林雪月："现在生活怎么样？"

林雪月收起笑容说："还能怎么样，一天天过下去呗。生活有时很坏，但一切都会过去的，一切都会好起来的。现在阿芬高中毕业了，正等分配工作呢，我想，我们家的生活正在好起来。"

"阿芬的工作，有没有问题？"叶昌群语气中带着真诚与关切。

"枯荣的弟弟黄夏托了人了，礼也送了，阿芬又是城镇户口，属于包分配的。我想，让她在供销社找碗饭吃，应该没有什么大问题的。"林雪月停顿片刻，皱了皱眉头继续说，"但是，一个暑假快过去了，还没有什么音讯。"

叶昌群也紧了紧眉头，好像是在考虑什么。随后，他的目光重新回到林雪月的脸上说："是县供销社吗？不如这样吧，明天把户口本交给我，我帮阿芬去问问。"林雪月非常感激地看着叶昌群，高兴地说："太好了，可是，会不会太麻烦您了，叶大夫？"

叶昌群爽朗一笑："小林，别这样说，你我可是在一条山沟沟里共过事的呀。"

黄方出院的那天，是叶昌群亲自送他回家的。这天晚上，黄芬买了鱼和猪肉，和林雪月一起做了五菜一汤，硬留叶昌群在家里吃了晚饭。黄芬还叫来了黄夏一家，一桌人将那张红漆八仙桌围了个满满当当。

黄方看着满桌子的菜，心里很高兴。黄夏一语道破他的心事："这回桌上有硬菜了吧？不会再和姐姐闹别扭了吧？"

　　"不会啦，再也不会啦。"黄方微笑着看了看叔叔，又不好意思地看了看姐姐。

　　叶昌群轻轻抚摸着黄方的头，开玩笑说："阿方，我跟你说，大难不死必有后福。这回，叶伯伯剃光了你的头发，你会不会记恨我呀？"

　　黄芬笑着接过叶医生的话说："这样反倒好看了，像聪明的一休，人见人爱呢。"黄芬故意看了看黄方的光头，还有上面那道像蜈蚣一样的疤痕，冲叶昌群笑笑说，"叶伯伯，您的针线活还真不错嘛，比我妈的水平高。"

　　黄芬的话如春风般吹开了一桌子人的笑脸。

　　一会儿，因为高粱酒的作用，叶昌群的脸快成红高粱了，他望着黄芬说："今天还有好消息要告诉大家。"

　　黄方兴奋地问："叶伯伯，快说，是啥好消息？"

　　"阿芬的工作有着落了。"叶昌群喝了一口酒，从上衣口袋里掏出一张折叠着的纸，"这是一张通知书，阿芬，拿去，你自己念念吧。"

　　黄芬的脸因为激动涨得红通通的，她站起身来，接过那张通知。她站着，能听见自己心跳的声音。她站着，像站在教室里朗读课文那样，念着那张通知上的每一个字。

　　念完了，黄方带头鼓起了掌。叶昌群对黄芬说："阿芬，供销社是个好单位，现在营业员的名额很紧张，单位领导之所以把名额给了你，一是考虑到你们家现在确实困难，二是因为你本人各方面条件都不错。不过，这次你被分配在离县城较远的方园小镇，可能一个星期只能星期天休息，一星期只能回家一次，其余时间都要在集体宿舍里艰苦一下。你要暂时克服克服，将来有机会，叶伯伯再想办法帮你调回县城。"

"谢谢，谢谢叶伯伯，远一点没问题的，我一定会努力工作的。"黄芬看着母亲激动的脸，冲上前去，从后面一把将正坐在饭桌前的林雪月紧紧抱住，"妈，我要上班了，下周就要去报到了。妈，黄方这根老油条就正式交给你了。"

九月的傍晚，还是有点暑气的，所以，林雪月家异常热闹的客堂的门是敞开着的。

"怎么这么热闹呀！"这时，一个四十来岁干部模样的女同志，突然出现在敞开着的门口，身后紧随着一名穿着公安制服的中年男子。

林雪月忙从饭桌上站起说："是秦书记呀，快请进。"林雪月急忙从边上搬来两把竹子做的靠背椅子，"秦书记，你们请坐。"

黄芬把一个小木方凳放在刚刚坐下的居委会秦书记和那名公安同志的中间，随后从碗柜里取出两个玻璃杯放在方凳上，放进茶叶，冲上热水说："请用茶。"

秦书记谢过黄芬，转向林雪月说："雪月呀，不知道您家里来了客人，多有打扰。"

黄夏接过秦书记的话头，开玩笑说："秦书记呀，您今晚带了个民警同志，难不成是来查户口的吗？"

秦书记却收起笑容回道："不瞒您说，我们今天来，是为枯荣兄弟……"一句话，让客堂的空气瞬间凝固。沉默片刻，秦书记继续说："忘记介绍了，这位是派出所新调来的指导员朱警官，具体情况，还是让朱警官跟大家说吧！"

朱警官把玻璃杯捧在手里，可能太烫手了，又放回到方凳上，他轻咳了一声说："首先，请允许我代表公安局，代表我们派出所，对枯荣同志的英勇牺牲表示沉痛的哀悼……"

正如朱警官所说，黄枯荣不是酒后失足意外死亡的。他是在与偷路灯电缆线的小偷搏斗的过程中，被歹徒从桥上推下去不幸牺牲的。

事情还得从去年9月7日说起。9月6日晚上临睡前，黄枯荣对林雪月说："明天又是9月7日了，又到白男的祭日了，我请了一天假，要去茅山看看他。"

林雪月犹豫一会儿说："每次你看望白男回来，整个人就又不对劲了，那种颓废的样子，总是令人提心吊胆的。枯荣，听我一句劝，人死不能复生，你再怎么折磨自己，白男他也活不回来了。其实，白男如果在天有灵，他肯定早已原谅你了，肯定也希望你好好保重身体，好好地生活下去。"

黄枯荣拍了一下妻子的肩膀，"嗯"了一声，表示接受。正如黄方说的那样，爸爸不喝酒的时候，是个好爸爸。林雪月更知道，黄枯荣清醒的时候，是个很棒、很有魅力的男人。比如现在，这么一声轻轻的"嗯"，就能让林雪月感到很欣慰，很满足。她情不自禁地扑向黄枯荣，从他宽阔的后背紧紧地抱着他，缠着他，把自己的脸紧紧地贴在他伟岸的身体上。

可是，当黄枯荣独自坐在肖白男的"坟墓"前，与曾经最贴心的好兄弟"面对面"的时候，他有说不完的话要对好兄弟说，他必须一杯接一杯地给好兄弟敬酒。即使明知道自己又违背了林雪月的意愿，可这些酒，再怎么着，他也必须喝下去的。

"白男呀，又是好几个月没来看你了，你坟头的草呀又长高了。虽然，我已经拔得一根不剩了，但大哥还是要自罚一杯的。

"白男呀，你得帮哥托个梦，对你爹说一声，好好劝劝他，叫他收我做儿子吧。我曾去过你老家，去看望过他老人家，双膝跪地，向他磕头，不是求他原谅我，你是知道我的，我是没脸求他原谅的，我是没有资格求他原谅的，我求他，是要他收下我这个儿子，

第06章

147

我可以改成你的名字，从此，由我代你赡养他们，给他们养老送终。你相信我，我一定尽心尽力地伺候好两位老人，一定比你做得还要好，还要周到。可我把头都磕破了，磕出血来了，老人家始终只会说一句话——你给我滚。我为自己嘴笨，没有说服老人家，自罚一杯。

"还有你弟弟白人。他不让我说半句话，一见到我，就挥拳头打我。一不小心，他一拳头打在房柱子上了，手都流血了，还不收手，继续打我，我都蒙了，都不知道我脸上是我的血还是他的血。他的手受伤了，不能打我了，你弟媳帮他包扎好了手上的伤口，他又操起扁担继续打我。白男啊，他打我，痛快的是我啊。挨他打，虽然我的身体受了点小伤，但我心里痛快啊，他是在给我疗伤啊，白男，疗的是我心里的伤啊！白男啊，先说好，你不能怪你弟的，换作我，看到杀哥的仇人，会打得比他更起劲，更咬牙切齿。我知道他心里痛呀，他的哥哥，他心目中的神枪手，他所崇拜的大英雄，却被我一枪给打死了。面对这样的弟弟，我对不起他，我必须自罚三杯。"

很快，黄枯荣又把一整瓶白酒喝了个一滴不剩。每次都这样，喝够了，哭痛快了，才依依不舍地离开肖白男的"坟头"，跟跟跄跄地赶去茅山公交客运站，搭上公共汽车回句容。到了句容客运站下车，再骑上那辆"老坦克"自行车，独自摇摇晃晃地回家。这一次，可能喝酒的状态不好，还没回到家里，便醉倒在半路上，连人带自行车横在一个僻静的巷子中。

他坐在巷子的石板上，背靠着剥落了石灰的砖墙，墙壁和石板把他的身体折成90度。他睡得很深，呼噜打得脆响，传得挺远。他醒来的时候，发现自行车不见了。他揉了揉醉红的双眼，四处看了看，确定自行车不见了。他甩了甩依然浑浊的脑袋，一下子从地上弹起，开始慌乱地四处寻找。他前前后后找遍了附近的三条巷子，依然没有找到曾与他形影不离的那辆"老坦克"。

这是黄枯荣去茅山看望肖白男回家最早的一次。林雪月正围着煤炉做晚饭。一大篮子的卷心菜刚倒进油镬，正在油镬里喳喳地闹腾。黄枯荣一声不响地站着看着，难掩一脸的沮丧。林雪月提眼瞄了瞄黄枯荣，觉得他今天的行为举止有点怪异，一脸急需安抚的表情，是她平时难得一见的。她往正翻炒着卷心菜的镬子里注入半勺水，终于让它们完全地安静下来。

林雪月故作轻松地笑道："我知道，去看白男，你总要喝酒的。"黄枯荣沉默，像镬子里淋了冷水的卷心菜。林雪月又瞄了黄枯荣一眼，继续微笑着说，"看上去还好啊，人挺清醒的呢。"

黄枯荣干搓着满是老茧的手掌，叹了一口气说："我把自行车弄丢了。"

林雪月整整静止了三秒钟。随后她用抹布擦了擦手，俯身观察一下煤炉上的火苗，拾起地上的那柄破蒲扇，往炉子下方通风口里扇着风，每扇一次，炉上的火苗便往上蹿一次。借着煤炉的火光，黄枯荣看见妻子看似毫无表情的脸上，闪着泪光。

黄枯荣知道妻子不是一个小气的人，按照她的性格，一辆骑了快 20 年的破旧不堪的自行车，丢就丢了，没什么大不了的。按照阿方的说法，旧的不去，新的不来。可是，他也知道，这辆永久牌自行车，是岳父托关系好不容易搞到的自行车票子，是林雪月嫁过来一年后，专门买来送给女儿的；是他大舅哥搭了单位去南京进原材料的四轮卡车，回程时专门绕道捎过来的。如今，快20 年过去了，这辆自行车破虽破点，却是妻子唯一的"嫁妆"，也可以理解为是岳父终于原谅自己女儿的见证之物。

而他，却把它弄丢了。

那顿晚饭，谁也不说话，只有筷子碰到饭碗和汤匙碰上汤盆的声音，而且是刻意收着的，显得很低调，生怕一不小心，又会引发一场吵闹。就像此时响在门外的敲门声一样，漏雨似的，想敲，却不敢敲太响。

林雪月朝门的方向张望着说："是他叔叔吗？门开着的，进来吧。"

来人却不是黄夏，而是留着一头长发、穿着尖领子碎花白衬衣和白色喇叭裤的杨远。黄方把碗筷往前一推，用手背抹了把嘴说："师傅，是你呀。"黄芬见来人就是那个送她语文课本的社会上的混混，自然而然地白了对方一眼，狠狠地扒了两口干饭。

"你是？对，是上次在茅山脚下红杉林里碰见的吹口琴的小伙子。"林雪月从饭桌上站起时，黄枯荣已经把一张椅子搬到杨远的身后，简单地说了一个"坐"字。

杨远赶紧摆了摆手说："叔叔，阿姨，我不坐了，正好经过你们家门口，有件事想告诉阿方。"他转脸冲着黄方说："阿方啊，师傅下周起不在新华书店上班了，调去东街的正春和布料店了。下次学口琴，去洋布店找我就行。"随后，他退后两步行着拱手礼说："叔叔阿姨，黄芬，阿方，打搅你们吃饭了。"说完，慌里慌张地退出门去。

一周后的某个清晨，黄枯荣背起一袋粽子，正准备去饮食店上早班。一出门，便碰上了两个穿警服的人，说是特意来请他去派出所配合调查。

黄昏了，太阳都落山了，仍不见黄枯荣回来。林雪月对黄夏说："他叔叔，孩子他爸不会真出什么事了吧？都关一天了，这派出所的同志，怎么还不放人呢？"

黄夏抬头看了看稀疏的星星说："大嫂，先别着急，我这就去趟派出所，看看到底是怎么回事。"林雪月摘下蓝布袖套，随便往椅子上一扔说："走，我跟你一起去。"

接待他们的是派出所分管刑侦的王副所长。见林雪月满脸焦急的样子，王副所长说："大姐，先别着急，黄枯荣同志只是配合调查。"他从办公室东墙的柜子里取出两个玻璃杯，倒上白开水，放在已经在靠背长椅上落座的林月雪和黄夏面前的茶几上。"事情是这样的，近来，正春和布料店已经连续发生了四起盗窃洋布的案件。而黄枯荣同志的自行车，却出现在案发现场。"

"可是，所长同志，我家的自行车，一周前就丢了。"林雪月焦急地打断王副所长。

"对不起，请叫我王副所长。"王副所长用右手的拇指和食指捏了一下自己的鼻子说，"上周就丢了？哎呀，自行车丢失了，你们怎么也不来报个案呀？"

黄夏看了看嫂嫂，轻声嘀咕道："完了，这回说不清楚了。"

"应该是能说清楚的，就是需要点时间。"王副所长从办公桌上翻开一本像笔录一样的本子继续说，"昨天夜里，盗窃团伙再次翻进洋布店仓库，被值班人员发现了。这里要说明一点，前三次被盗，'正春和'也是有责任的，他们居然安排一个已经快退休的老员工值夜班。每次发生盗窃，那老师傅都睡得死，什么也不知道。所以呢，从上周起，他们吸取教训，从其他单位调来个年轻小伙值夜班。这次，终于有所突破了。"

黄夏打断王副所长说："照你这样说，那小伙子肯定是抓到窃贼了，那你们赶紧把我哥放了吧。"

王副所长打了个哈哈继续说："同志，耐心点嘛，听我说嘛。那名值班的小伙到底不是警察，哪能抓得住一伙盗贼呢？他在与盗贼搏斗的过程中，被打晕了……"林雪月又一次焦急地打断了王副所长的话："所长，哦不，王副所长，你讲的这一切，跟我家枯荣有什么关系呢？"

"当然有关系，那位被打晕的小伙，倒在一辆盗贼留下的自行车上，也许当时盗贼急于逃跑，也顾不上这辆自行车了，就把那位值班小伙和自行车一起留在了作案现场。而这辆自行车恰恰就是你们家的。"

林雪月的眉头锁得更紧了:"那你们赶紧问一下那小伙,偷洋布的人里,有没有我们家枯荣?反正啊,打死我也不会相信,枯荣会去干这种勾当!"

王副所长摇了摇头说:"小伙子被打晕在仓库后门,是第二天被同事发现的。他还在昏迷,还躺在医院。"

"完了,完了,说不清楚了。"黄夏冷不丁地又冒出一句。

王副所长正要向黄夏说些什么,办公桌上电话铃响了,王副所长拎起电话听筒:"什么,他醒了?还能自己走路?没大碍了?"电话那头说话声很大,林雪月和黄夏都能清楚地听见。"对呀,他说,昨天夜里,凌晨一点多,他听到门外有动静,便起床察看。他看到三名盗贼翻进院内,便偷偷地下楼,慢慢地靠近他们。他看见盗贼敲掉了仓库的铜锁,每人扛着一大捆毛料洋布,当盗贼打算翻出围墙时。小伙机敏地从前门绕去后门,他看见四辆自行车停在那里。三名盗贼翻出围墙,把布料捆扎在自行车后座上,正想骑车逃离时,不想被那位值班的小伙子拦住了去路。但他毕竟不是警察,缺乏经验,放松了警惕,他哪知外面还有望风的盗窃同伙。他还没来得及采取任何行动,就被望风的一砖头给拍晕了。不过,他说他与其中的三名窃贼照过面的,印象最深的就是骑那辆留在现场的自行车的盗贼,被打晕前,他曾一把抓住那辆自行车的车把,双眼死盯着那个想骑车逃跑的盗贼。"

"那太好了。你马上请他过来。"王副所长兴奋地冲林雪月和黄夏说,"我刚才怎么说的?我说,说得清楚就是说得清楚,只是需要点时间。刚才,是在医院看护那个受伤小伙子的翁侦察员打来的电话。你们可能也听清楚了,那位值班的小伙子醒了,他与那个骑你家自行车的盗贼照过面的。一会儿,让他来派出所指认一下，那个人到底是不是黄枯荣同志，不就水落石出了吗？"

不到半小时，一个留着一头长发，上着一件碎花尖领子白衬衫，下穿一条紧身白色喇叭裤的小伙子，一瘸一拐地走进王副所长办公室，旁边扶着他的估计就是那个翁侦察员，后面紧随着的，就是黄枯荣。

"开什么玩笑，我徒弟他爸怎么可能是盗贼呢？他的自行车是被盗贼偷去的，他也是受害者。"一进门，小伙就敞开嗓门大声说话，被打的头也没见有纱布包扎，一点也看不出是刚从昏迷中醒来的样子，"那个盗贼又瘦又矮，长得贼眉鼠眼的，怎么可能是高大俊朗的枯荣叔叔呢？"

那小伙子就是阿方的口琴老师——杨远。林雪月抬头仰视着面前的这位洗清黄枯荣嫌疑的时尚青年，两行热泪滚滚而下。触碰她泪点的，除了杨远为她家解围，还有夸自己丈夫俊朗的那句话。这句话又让她想起在五洲厂工作时期的黄枯荣，对，那时的他就是俊朗的。她暗自责怪自己，当时怎么没有想到这样妥帖的一个词语，准确地概括自己暗恋的那个充满智慧和自信的男人。

她抹了抹眼睛，用被眼泪打湿了的微笑，迎向那个穿着打扮有点新潮却依然俊朗的小伙子，冲他真诚地道谢："谢谢你，小伙子，你是我家的贵人。"杨远激动地伸手，欲与林雪月握手，又觉得和一位年长的异性握手，有点不好意思，便又缩了回来。缩回的手又显得无处可放，只得让双臂在空气中尴尬地荡着秋千。

杨远的回复有点延迟："阿姨，我哪是什么贵人，最多就是一个与你们家有缘的人。"

林雪月父亲送的那辆"嫁妆"，跟随偷洋布的盗贼，在犯罪的道路上迷失了几天之后，终于又回来了，又回归黄枯荣的工作和生活中。可是，黄枯荣却一点也高兴不起来。在同一条街的邻居眼里，黄枯荣是被警察带走的，而且在派出所的临时拘留室内被关了一天。虽然，杨远的指认，让派出所的办案人员排除了黄枯荣参与盗窃的嫌疑；虽然，黄枯荣当天就被派出所放出来了。但在街坊邻居们看来，只要那帮偷洋布的盗贼一天不归案，黄枯荣就值得怀疑，就与那帮偷布贼脱不了干系。甚至还有人背后议论，说不定，黄枯荣就是背后偷袭杨远的那个望风的盗贼，说不定，他就是团伙的头。

谣言越传越离谱，越说越难听，就像嗡嗡飞着的苍蝇，只要你不拍死它，它就到处制造麻烦。黄枯荣最忌惮被人无中生有，让他蒙受不白之冤了。在五洲厂时，他就认为，是洪峤秋千方百计地要把林雪月怀孕的锅甩给他，让他蒙受不白之冤，导致他在射击场上分心走神，竟然一枪把最要好的兄弟打死了。要不是那个足以令他伤心欲绝的事故，要不是为了逃避那种无休止的自责，想尽快离开那个足以令他伤心欲绝的地方，他是不会心甘情愿地从洪峤秋手里，接下这口"黑锅"，主动承认洪峤秋嫁祸于他的不白之冤的。所以，这次，当街坊邻居的闲言碎语又几乎让他蒙受盗窃正春和洋布的不白之冤的时候，他暗自决定，一定要想办法拍死这只到处嗡嗡飞的臭"苍蝇"。

而拍死苍蝇的最好办法，就是抓到真正的窃布贼，让谣言止于事实。只有这样，他才能真正地彻底地洗清自己。他想，既然派出所一时半会抓不到他们，只能靠自己了。

夜深了，林雪月的鼾声纤细而悠长，如月光底下的湖面，微风一吹，泛起一丝银白色的涟漪。这让黄枯荣又想起五洲电机厂后山的那条清澈的小河，想起曾经与肖白男一起夜游时的情景。于是，他便在心里默念："白男兄弟，请你保佑我，早日抓到窃布贼，好吗？"

黄枯荣从床上坐起，轻轻地穿上衣服，穿上军绿色的球鞋，把鞋带扎得很紧，这样，在追击窃布贼时，能更快地奔跑，方便擒拿格斗。他轻得像一个影子，紧贴着与影子同一个色系的漫漫长夜，悄无声息地移动。移到门口的时候，他稍停片刻。他听到妻子鼾声依旧，便放心地大踏步地走向夜的深处。但他并不知道，每次他起床，林雪月都是假装深睡。她是知道丈夫要去做什么的。她更知道，捉到窃布贼，对他而言，意味着什么。

连续几天，天天如此。

天天深夜，他潜伏在正春和布料店四周的夜色之中，或正门方向的一棵很大的柳树上，或侧前方的一个公共厕所里，或后门十点钟方向的一间距离布料店800米的废弃轧米厂的二楼阳台上……

那一天，天气预报说，晚间阴转小雨，他也没有丝毫的懈怠，照样在林雪月均匀的鼾声里悄然出门，照样在路灯照耀下焊花般闪亮着的小雨里踽踽独行，照样在那间轧米厂的二楼阳台上潜伏着，守候着，双目炯炯有神地紧盯着布料店的方向，如同一个没有带枪的狙击手。

可能那伙窃布贼早已意识到正春和布料店库房换了一个年轻、壮实的员工值夜班，给他们的盗窃行动增加了不小的难度，不敢贸然作案，让黄枯荣的潜伏行动变成了守株待兔……

所以，那夜也与往常一样，没见"猎物"。待到凌晨三点，黄枯荣就会准时撤返。

雨停了，路灯照亮的世界变得格外宁静，清新，借一句肖白男曾经说过的话——清澈得就像小林医生的眼睛。想起这句话，黄枯荣情不自禁地咧嘴一笑，想起这个名字，他又沉重地叹出一口浊气。他打了个呵欠，继续往前走。

当他走过黄芬就读的高中，再往前走大约一百米，他发现前面有一段路是黑的，那里，路灯关闭着。摸黑往前，他看见两个黑影从两根相邻的路灯电杆上迅速滑落，随后，拼命地往前跑……

来不及多想，黄枯荣紧盯着逃跑的黑影，拼尽全力，追了过去。他的思维与他追击的速度同步。他暗想："莫非，这伙窃贼改变主意了？改偷路灯杆上的架空导线了？下雨天呢，他们不怕被电死吗？"

这样的思考，一点也没有影响黄枯荣追击窃贼的速度。很快，他就追到了句容河的一座偏僻的桥上。可能见黄枯荣形单影只，窃贼想：两个弄一个，对付得了。也可能是那两个家伙确实也跑不动了，毕竟，黄枯荣是个退伍军人，曾经训练过的底子还在，两个窃贼哪跑得过他。

窃贼停下了，倚着桥上的水泥栏杆，双掌撑膝喘着粗气。其中一个边喘边问黄枯荣："你想做啥？"黄枯荣说："陪你们去派出所走一趟。"

突然，那个不说话的，使尽全力扑向黄枯荣。黄枯荣只一愣神，那窃贼的左臂已经锁紧了他的脖子，另一手中雪亮的匕首已经指在他的喉咙。黄枯荣不慌不忙，趁两名窃贼讲话分神的时机，用后脑勺狠狠地撞向正控制着他的窃贼的面门，右手迅速抓住了窃贼握着匕首的手腕。

俗话说："一犬难追两兔。"正当黄枯荣的力量渐占上风，马上要实现反控制的瞬间，另外一个窃贼扑上来，使出浑身的力气，一把操起黄枯荣的两条腿，同时，冲着他的同伙大喊一声"快闪开"，毫无防备的黄枯荣被一股强大的蛮力推出栏杆，头朝下，栽了下去，倒在桥下的河岸边……

第 07 章

公安局交通支队的事故处理办公室小小的屋子里挤了不少人，林雪月和黄方坐在走廊里的长椅上等着，里面时常传出粗鲁的吵闹声。郝厂长从门框子里探出半张笑脸，冲林雪月母子招招手，示意娘俩可以进去了。

林雪月和黄方走进一间很大的办公室，里面的警察各自忙碌着。郝厂长示意母子在一条长木板凳上坐下，他发了一圈香烟后，也在黄方的边上坐下。那位交警点上郝厂长递上的香烟，深深地吸了一口道："关于今年 7 月 13 日的交通事故，经我们现场勘察，情况是这样的，郝冬开车速度在 60 码左右，而黄方确实在公路的机动车道上边跑边跳，郝冬按了喇叭他都没有让开，所以黄方要负一定的责任。但是，郝冬无证驾车负有主要责任。好在后果并不严重，黄方一方可以向郝冬提出经济赔偿要求，双方可以协商解决。"

郝厂长看了看林雪月说："林同志，听警察同志的，你有什么要求尽管说吧。"

林雪月看了看郝厂长和郝冬，然后将脸转向民警说："我儿子的医疗费用都是郝厂长垫着的，我知道，郝厂长修车也花了不少钱。现在，两个孩子都好好的，没有留下后遗症，这比什么都重要。就是，我只提一个小小的要求，就是，就是，这 500 多块由郝厂长垫付的阿方的医药费，现在手头紧，等到年底发了年终奖，我手头够数了，再还给郝厂长，行不？其他就没什么要求了。警察同志，这修车的钱，该我们承担的，你也说个数。"

郝厂长急了，他严肃地向交警提出："警察同志，我不同意林同志的意见。"他随即又转过脸来对林雪月说："林同志，修车的钱你不必费心的，还有保险公司呢。500多块阿方的医药费，本该由事故的主要责任方承担的，你更不必放在心上。除此之外，你不能什么条件都不提呀！"

交警笑着对他们说："我处理过许许多多交通事故纠纷，都是为了要对方多一点赔偿而争得面红耳赤的。现在你们的态度我真的有点看不懂。既然这样，你们自己协商解决吧。"

星期六傍晚，黄芬回到家里已经是开灯的时间。母亲从厨房里端出了两碟菜，见女儿回家，兴冲冲地说："阿芬，回来啦。快坐下。"

阿芬看了看桌上的菜："哇，我的妈呀，做这么多菜，你这是要招待贵客吗？"

"傻丫头，哪儿学的油腔滑调，你上了一个星期的班，难得回家一次，妈总要慰劳慰劳你的。"林雪月抬头向楼上喊道，"阿方，快下楼吃饭，你姐姐回来了。"

黄芬从背包里拿出一个信封，兴奋地冲母亲说："妈，这是预支的工资，四十八块六毛，我留了八块六毛。明天青青和沈黎萍约我出去玩，我寻思着，我已工作了，总得请这两个穷学生吃一顿饭吧。剩下四十块都上交给你！"说完，调皮的把信封双手举过头顶，恭敬地把它呈献给母亲。

林雪月笑了，笑着笑着就一脸泪水了。她推了推女儿的手说："阿芬，你也不小了，留着吧，买件时髦的衣服穿，别让人家看不起。"

黄芬用手绢擦了擦母亲脸上的泪说："妈，单位发工作服了，我有衣服穿的，我知道家里目前的情况。你就先收着吧，别再推来推去的了，我今天还真累了，都没力气与你推来推去的呢。"林雪月犹豫片刻，还是接过了信封。她从里面抽出一张"大团结"，冲女儿说："身边多带点钱，同学聚会，大方一点。"

　　黄方下楼的同时，家里的门被郝厂长他们敲开了。

　　林雪月将郝厂长一家三口迎进了客堂，然后从八仙桌旁边抽出两条长板凳让他们坐下，涨红着脸说："不知贵客到访，什么都没准备，今晚正好多做了几道菜，不如一起吃顿便饭吧。"

　　"你别忙，我们是吃了晚饭过来的，也没什么事，只是来看看阿方，看看他身体恢复得怎么样了，有没有后遗症。"郝冬妈妈边说着话边挨着林雪月坐下，"都晚上七点半了，你们还没吃晚饭呀？真是不好意思，打扰你们吃饭了。"

　　郝冬将两大袋东西交给母亲。郝冬妈妈将东西往桌子边上的方凳子上一放道："初次登门，也不知要办点啥礼物，随便给孩子们买了点吃的、穿的，不成敬意，不成敬意。"

　　林雪月看着方凳上硕大的两个包裹，脸涨得更红了，不好意思地说："太多了，太多了，你们这么客气，叫我们怎么受得起？唉，这可怎么办呢？叫我该说些什么好呢？"

　　郝冬妈妈接过话头说："快别这么说，一点心意，实在是不成敬意，难为情，难为情的。"

　　郝厂长走到黄方身后，抚了抚黄方的头道："阿方，上学了吧，头还痛吗？"黄方有点不好意思，向郝厂长友好地笑一笑说："好了，一点也不痛了。"

　　"阿方，真没礼貌，快叫郝伯伯。"林雪月半带笑容半严肃地说。阿方机械地叫了声伯伯，然后大概是因为难为情了，便低下头去。

　　黄芬从里屋拿出香烟，递一支给了郝厂长，看了郝冬一眼后，也递了一支给郝冬。她原以为郝冬会谢绝她敬烟的，她认为小青年抽烟毕竟是不太好的。然而，很意外，他毫不犹豫地从她手中接过烟，把烟横过来，放在鼻子底下闻了闻，然后看着黄芬红扑扑的脸，说了声"谢谢"。

郝冬从口袋里掏出一只亮森森的煤油打火机，按出一条油味十足的火舌，潇洒地点上烟。做这一整套连贯动作的时候，他的眼睛始终没有离开过黄芬。黄芬从郝冬胶水一样的视线中逃离之后，擦亮了一根火柴，为郝厂长点上香烟。郝厂长大大方方地向黄芬笑了笑，同时，很不满意地瞥了郝冬一眼。

因为有三个外人在旁边"观摩"着，林雪月他们的这顿晚饭吃得有点心不在焉。本来，林雪月烧了一桌较平时丰盛得多的菜，想与女儿、儿子一起好好享受一下家庭难得奢侈的一顿晚餐。可是现在，家里突降这么三位不速之客，这种难得轻松的家庭气氛便自然而然地被收起来了。他们只能草草地打发了肚子，草草地收了碗筷，擦净了桌子，把晚餐吃成了快餐。

黄芬给郝家三人倒了红糖蜜枣茶。黄方则出去了一会儿，去附近商店买了点瓜子水果什么的回来。六人便围在一张八仙桌子四周，却没有太多的话可说。

郝夫人无话找话地与林雪月东扯一句西扯一句地聊着，聊得也是些琐碎的话题。郝厂长将一支烟夹在手指间，也不去点燃，一如他想说些什么却又不知道该说些什么的心情。郝冬的视线，基本上以黄芬为中心，或左或右的，这使黄芬很容易就想起高二时背后的那双神秘兮兮地看着她的眼睛。因为讨厌这样的眼睛，黄芬根本没有正眼看过郝冬一眼。尽管这样，郝冬却依旧尽其所能地让自己在黄芬面前表现得完美一点，他将香烟抽得一亮一亮的，不间断地向空中一个接一个地吐着烟圈。黄芬一向讨厌抽香烟的男孩子，认为那就是"不学好"，但这一个个浑圆的烟圈，却让盯着它们欣赏的黄方，佩服得五体投地。

初秋的黄昏依旧是闷热的。不久蚊子便悄无声息地开始向围在八仙桌四周的六人发起偷袭。黄芬点了两盘蚊香放在桌子下面。郝冬的烟圈已经一定程度上影响了空气的透明度，现在又加上蚊香的袅袅之烟，客堂里的空气便更加浑浊起来了。不久，围坐在一起的六个人中陆续响起拍打蚊子的啪啪声。这使林雪月渐渐地不安起来。

"真不好意思，我们家条件不好，让你们受罪了。"林雪月边说着话，边在桌底下又加了一盘蚊香。

郝厂长从皮包里拿出两个厚厚的信封，看了一眼林雪月，将信封放在黄方的面前说："真的很难为情，这点钱只是让阿方随便买点营养品，好好补一补身体的。"

林雪月见状，猛地站起，快步从黄芬背后绕过，从桌子上拿起那两个鼓鼓囊囊的信封，走到郝厂长面前交还给他说："郝厂长，你们的心意我和阿方心领了。但是，这钱我们不能要的。孩子们的事大家都有责任，重要的是两个孩子现在都好好的。"林雪月看着阿方继续说："虽然，我们家暂时还困难，但是，我一直认为日子会好起来的。现在阿芬也工作了，事实上我们已经在好起来了。"

郝厂长使了个眼色给郝夫人，郝夫人便从郝厂长的手中接过那两个信封，把它们双手呈给林雪月说："这是我们的一点小小心意，你可千万要收下的。"

林雪月沉默了片刻，推开郝夫人递过来的信封说："这样，你们拿来的这两大包礼物我们就收下了，可是，这么多的钱，我们真的不会收的，真的不可以收下的。"说这话的时候，林雪月显得非常坚定，似乎没有一点商量的余地。

无奈，郝夫人只好将两个信封交回给了丈夫。郝厂长站起身来对林雪月说："我是生意人，东奔西跑的，见过不少的人，你是我所见的人之中最为高尚的。"郝厂长向林雪月伸出手,"林女士,你这个朋友我郝某人交定了,如果你当我们是朋友的话,困难的时候别忘来找我们。"郝厂长掏出一张名片给林雪月,"时候不早了,我们就不打扰了。"

郝家三口人礼貌地同林雪月一家告别。临走时,郝冬又向黄芬看了一眼,看得黄芬心里很不是滋味。

南京师范大学并不遥远,离句容县城只有一个小时的车程,所以,刘青青和沈黎萍几乎每个周末都能回家。根据信上的约定,这个星期天,她们约上高中好友黄芬,去茅山镇一日游。

早上七点不到,当黄芬走到约定的出发地点——母校门口的时候,沈黎萍正在金色的朝阳里冲她招手。虽然只分开了一个暑期多一点的时间,可黄芬感觉已经好长时间没见自己最要好的同学了。她加快脚步冲向沈班长,用一个紧紧的拥抱表达重逢的喜悦。两人的真情拥抱还没来得及松开,刘青青就已经冲上来,把她俩紧紧地揽在怀中。三人都傻笑着,抱在一起,激动得好像有千言万语要说,却又说不出一句话。其中,最激动的自然就是黄芬,她始终热泪盈眶。

三个正值花季的姑娘,手拉着手,有说有笑地朝着汽车站的方向走去。黄芬说:"青青,沈班长,说说你们的大学生活吧!你们一个中文系,一个数学系,真是羡慕死我了。"

一说起大学,刘青青的笑容就更灿烂了。当她正想说点最让她心潮澎湃的大学生活时,沈黎萍立即横插一杠子,制止她道:"大学有什么可说的,读书嘛,与高中没啥两样。"说完,她朝着青青挤了挤眼。

刘青青会意了,她略显尴尬地说:"哦,哦,对对对!学校嘛就是读书的地方。大学嘛,比中学大一点而已,没什么可说的。"

黄芬说："你们两个机灵鬼，又怕刺激到我，故意不说是吗？其实，大可不必。我呀，现在有班可上，有钱可挣，开心得很呢。"

沈黎萍接过话说："大学生活嘛，你下次来我们学校玩，自己感受就好了。不如跟我们说说你的工作，你的单位吧。"

刘青青也挤进来说："你们单位一定有很多帅哥吧！有人追你吗？有没有心仪的帅小伙？"

黄芬冲青青瞪了一眼说："哪有什么帅哥嘛，都是些歪瓜裂枣，没一个赶得上康帆十分之一的。"黄芬的玩笑像一层从天而降的霜冻，瞬间凝结在青青的脸上。她强忍着眼泪长长地舒了一口气说："这个康帆呀，像一只断了线的风筝。唉，不说他了，扫兴。"

沈黎萍说："快跑吧，姑娘们，公共汽车快开了。"刘青青抬头一看，前方200多米处，那辆开往茅山的闪着双跳灯的公共汽车上客完毕，刚关上了车门，一副马上要启动的样子。她冲着前方边挥手边喊："师傅，等等我们。"随后，拉起黄芬和沈黎萍奔跑过去。

"噗"一声，公共汽车的后门重新关上。刚上车的黄芬她们仨，都捂着胸口、倚着车上的扶手急促喘气。一车的人都盯着看上去有点狼狈的她们。

汽车启动时，有一个加速，使背靠着后座扶杆的黄芬一个趔趄，身体就不由自主地往后倒去。就在她即将一屁股坐在后座乘客身上的一刹那，只见那位乘客瞬间站起，双手在她腰间一托，一个借力，电光石火间完成了黄芬和他的位置互换。黄芬囧得满脸通红，边站起边道歉。对方轻轻一按她的肩膀说："你坐着吧，黄芬同学。"黄芬抬眼看的时候，对方摘下蛤蟆镜，冲她咧嘴一笑，然后又重新戴上。

刘青青朝沈黎萍挤挤眼，沈黎萍就会意了，两人学着"蛤蟆镜"的样子冲黄芬说道："你坐着吧，黄芬同学！"黄芬仍保持着不知所措的状态，经两位同伴一闹腾，她如梦初醒，迅速站起来冲"蛤蟆镜"说："谢谢你，还是你坐吧，我站着就可以了。"

售票员懒散地打了个哈欠，冲黄芬她们瞄了一眼，有点不耐烦地说："上车请买票，月票请出示。"黄芬愣了一下，赶紧从背包里拿出皮夹子，被沈黎萍一把按住说："我来吧。"刘青青把手里的一张两元纸币，在她俩眼前晃了晃说："这次活动，我是发起人，今天的所有支出，都得算在我的头上，你们谁也别跟我争。"

正当三人为买车票一事推来搡去的时候，售票员又不耐烦地冲着她们说："你们仨真够闹腾的，能不能安静些，车票有人帮你们买了。真是的。"不知何时，那个"蛤蟆镜"已挤到售票员那里，悄悄地帮她们买了票，再挤开人群，摇摇晃晃地回到黄芬她们那里，把三张车票交给黄芬，微笑着说："我请客。"黄芬说："那怎么行？"说完要把两元钱塞给他。"蛤蟆镜"挡住了她的手，冲着售票员的方向挤了挤眼，学着她的语调轻声说："能不能别争了，安静，安静。"黄芬环视一圈，见一车人都盯着她看，便涨红着脸，怯生生接过"蛤蟆镜"手里的车票，连同两元钱一起放进皮夹子里了。

那个戴"蛤蟆镜"的就是杨远。杨远继续站着，与黄芬同扶着一根扶手。他打量了黄芬旁边的刘青青和沈黎萍，冲她俩微笑着点了点头，算是打过招呼了。随后，便自然而然地看向窗外，欣赏起风景来。后车窗的风吹着他的脸，一头长发显得飘逸、洒脱。直到下一站，上来几个农人，才把杨远原本要让给黄芬的座位给坐上了。

汽车每经一站，总要下去几个客人，又会上来几个，总体上上多下少，所以，再无空座，四人便在原来的位置上站着，沉默着。杨远本想与黄芬聊上几句的，但碍于边上还有两个他并不认识的黄芬的朋友而放弃了。从她们看他与黄芬的眼神，他就猜到她们可能误会他与黄芬了。他想，如果这时跟她们解释，他只是黄芬弟弟的口琴老师，他与黄芬连普通朋友都算不上，只是认识而已……肯定会越描越黑。于是，他只能沉默。而他刚才说的那一句"你坐着吧，黄芬同学"让刘青青和沈黎萍心头冒出一百个问号，急于要拷问黄芬。无奈，杨远离她们那么近，近得能听见彼此的呼吸，所以，她们也只能忍着，只能笑盈盈地看着黄芬。

公共汽车经过了五六个站点，突然在一个前不着村后不着店的荒郊抛锚了。司机忙乎半天，冲售票员摇了摇头。售票员是个四十多岁的妇女，她轻描淡写地说了一句："车暂时修不好了，大家拿好各自的物品，下车等下一班吧。"又懒散地抬起手腕看了一眼手表，"下一班车，估计45分钟到一个小时经过此地。大家保留好车票，凭票可免费坐下一班车。现在请大家排好队下车等吧。"

"这里不是车站呀，下一班经过此地，能停车吗？"

"今天是星期天，天气又那么好，去茅山的游客很多哦。下一班车经过这里时，肯定是满的，能带走几个乘客呀？"

"要命了，如果下一班挤不上去，这一班班地等下去，啥时候能到茅山呀？"

"你们得想办法打电话给客运总站，叫领导派一辆空车过来才行。"

乘客们七嘴八舌地与售票员理论着。售票员倒也沉得住气，屁股粘贴在座位上似的一动不动。她自顾自地喝着杯子里的水，一副天塌下来也不关她的事似的，对众人的提问充耳不闻、置之不理。

无奈，几分钟后，一众人都下得车来，在马路边上，站成一道五颜六色的风景。有嗡嗡地议论着的，有时不时地抬腕看表的，有冲来车的方向皱眉张望着的，还有脾气差一点的，仍指着车上的售票员骂骂咧咧的。

刘青青扯着黄芬的衣袖，把她拉到一个距离杨远较远的地方，酸不拉几地说："挺时髦呀，超一米八，长头发，花衬衣，大喇叭裤。"黄芬一脸迷茫地说："跟我有什么关系？"沈黎萍早就凑过来，加上一把火："还说没关系，一看就知道，那就是黄芬同学的白马王子。"刘青青紧接着说："就是嘛，傻子都看出来了。"沈黎萍说："对呀。"她思考片刻，突然在刘青青的肩膀上重重地打了一下说："小丫头片子，你骂谁是傻子呢？"紧接着，黄芬在沈黎萍肩膀上重重地打了一下说："小丫头片子，你说谁是我白马王子？再叫你胡说。"

正当三位姑娘叽叽喳喳闹成一锅粥的当口，白马王子突然出现了："黄芬，你们仨跟我来。"三人一下安静了。沉默片刻，黄芬横了杨远一眼说："为什么要跟你走？凭什么要跟你走？跟你去做什么？"刘青青扯了扯黄芬的衣袖，同时冲沈黎萍使了使眼色，沈黎萍白了黄芬一眼说："这位大哥的话，我信，走吧。"

杨远吹着口哨，是流行歌曲《童年》的曲调，带着三人朝公共汽车的反方向走了大约两分钟。那里，一辆装满货物的蓝颜色卡车停在马路边上，没熄火，发动机叽里咕噜的，仿佛在埋怨着什么。司机是一位 40 多岁的淳朴汉子，老远便在招手："上来，上来吧。"

黄芬仨不约而同地看着杨远，杨远停下口哨，摘下蛤蟆镜说："我算准了老罗今天去茅山送货，寻思着应该会经过这里的。公共汽车抛锚那会儿，我马上下车，拦在这儿，生怕错过了老罗的车。果然，天助我也，等不到 5 分钟，老罗的货车果然来了。"说着说着，就走到了卡车的面前，"货车正好五座，我坐副驾驶座，你们仨坐后排吧。"

黄芬看杨远油嘴滑舌地说着，还在犹豫，刘青青说："芬，快上吧，人家是一片好意。难不成，你真想挤下一班公共汽车呀？"沈黎萍补充道："看你这小胳膊小腿的，你挤得过人家吗？"说完，一人一边，架着黄芬上了卡车。

"你小子，我说搭我车吧，你硬是不听，硬要坐什么公共汽车，得，抛锚了吧？"

"不是的，老罗，我寻思着，秋高气爽的，坐大巴去茅山，一路看看窗外的风景，不是挺好？"

"小子，还不老实，是因为约了人吧？坐我的破货车，不太方便，是吗？"

"真不是，老罗，我与她们只是偶遇，偶遇。"

黄芬想，必须要撇清自己，就忍不住插话道："罗师傅，我们仨是高中同学，约好今天一起去茅山玩，不想，与杨远同坐了一辆公共汽车，仅此而已。他是我弟的口琴老师，仅此而已。"黄芬故意放大了音量说话，一方面，她是说给罗师傅听的，另一方面，也是说给她的两个同伴听的。

罗师傅说："你就是杨远那个口琴徒弟的姐姐？那杨远托我去新华书店仓库找高二语文课本，就是送给你的吧？"

沈黎萍横了黄芬一眼嘀咕一句："早知道有人搞得到语文课本，我们就不帮你抄了。唉！白辛苦一场。"

黄芬慌忙辩白："当时，我真不知道。哎呀，说不清楚了都。"

刘青青就坐在司机正后面，她往前凑了凑说："罗师傅，刚才说话的叫黄芬，我们仨，只有她与杨大哥认识。我们也不清楚，她与杨大哥之间，是不是'仅此而已'的关系。"沈黎萍接着说："不管怎样，今天能搭上顺风车，真的太感谢杨大哥和罗师傅了。"

罗师傅从后视镜里打量了一眼黄芬，酸不拉几地呢喃一句："小子，眼光不错嘛。"黄芬涨红着脸，狠狠地瞪了右前方的杨远一眼。刘青青与沈黎萍忍不住捂着嘴巴偷笑，一副幸灾乐祸的样子。青青学着罗师傅的口吻说："小丫头，眼光不错嘛。"说完，看着黄芬朝杨远处努了努嘴。

老罗要在山顶的旅游区商店卸货。黄芬她们便在那里与老罗和杨远告别。借杨远的光，她们上到山顶才上午8点半，阳光还很温柔，游客还很少，正是游玩的最佳时间。尽管这样，黄芬对杨远仍然很生气，而不是心怀感恩，她还是觉得自己被老罗、刘青青和沈黎萍误会了，冤枉了，心里暗自骂道："该死的杨远！"

游山，还是很过瘾。她们从九霄万福宫开始，一路向下，元符万宁宫、红庙、苏南抗战胜利纪念碑、新四军纪念馆等一站一站地游览。她们观赏了茅山的全景，拜会了老子的神像，了解了新四军抗日斗争可歌可泣的真实故事。除此之外，刘青青对山上的野猴子情有独钟，把包里自己都舍不得吃的奶油饼干拿出来，填了它们的肚子。

中午，她们下到山脚。经过一家馄饨店的时候，沈黎萍说："肚子饿了，我们进去吃饭吧。"刘青青一把拉住了她说："姐姐，今天妹做东，给点面子，我们吃顿好的。"黄芬附和道："对对对，该吃顿好的。不过，你们两个穷学生做什么东呀，还是……"

刘青青打断黄芬，兴奋地说："看，看前面拐弯处，茅山供销社饭店。我爸带我来吃过，长江鮰鱼、下蜀肉圆子、金蝉花鸡汤等等等等，都做得特别好。"说着说着，还忍不住舔了舔嘴唇。

沈黎萍急忙说："啊呀，你别再'等等等等'了，我等不及了，饿得胃都快穿孔了。"话没说完，拉着两姐妹的手，闻着金蝉花鸡汤的香味撒腿往前跑。

这一顿，刘青青点的都是硬菜，可以说是黄芬有生以来吃得最美味、最奢侈的。她捏了捏包里的皮夹，其实，不捏她也知道，她兜里就18块多一点。菜是刘青青点的，黄芬不知道菜价。虽不知道，但她估摸着，这桌菜，怎么也得超出30块。可她已经把大话说出去了，这顿饭，是她执意要请两个"穷学生"的。她有点不知所措了。

刘青青趁假装上卫生间的机会，来到饭店前台，想悄悄地把饭钱结了。服务员认真查了查登记簿说："哦，301包房吗？已经结过账了。"

刘青青问他："同志，你确认301结过账了？"

服务员很肯定地朝她点了点头。

"请问，结账的是男是女，长什么样子？"

"实在不好意思，对方一再嘱咐，一切保密。还说，如果泄密，他会对我不客气的。"

刘青青急匆匆地跑上三楼，急匆匆冲进301包房，指责黄芬道："黄芬，说好我付账的，你怎么悄悄地把账给结了？"

黄芬被问得一头雾水："没有呀，从坐下来吃饭到现在，我都没怎么站起来过，更不要说出去付账了。"停顿片刻，她又补了一句："今天，你们谁也别跟我争，这一顿，肯定是我结账的。"

沈黎萍也觉得奇怪："对呀，黄芬确实没有出去过。"

刘青青紧盯着黄芬的脸，认真想了一会儿，突然一拍桌子说："肯定是杨大哥。黄芬啊黄芬，这一大桌子的饭菜可不便宜呀，你别不承认了，你与杨远之间，肯定有情况。"

黄芬眉头一皱，一嘟嘴说："青青，你尽胡说八道，自己偷偷把饭钱付了，怕我们与你争，故意在我们面前演戏。"

刘青青举起右手，三指指天道："我刘青青对天发誓，绝没说谎。"

黄芬一把拉下青青的右手，抓住她的三个手指，握着它们说："发什么誓嘛，相信你，行了吧。"她相信，这顿饭十有八九就是杨远结的账，心想，"难不成，他真的对我有意思？该死的杨远。"不过，她内心挺感激杨远的，默无声息地为她们的大餐结了账，无意中为她的囊中羞涩解了围。她深舒一口气，冲另两位说，"账结了便结了，既然吃饱喝足了，那就走吧。"

时间尚早，在去往公共汽车客运站的途中，刘青青建议道："你们知道吗？茅山脚下的墓东水库那里，有好大一片杉树林。下午，我们要不要去看看？"黄芬知道那个地方，父母年轻时曾在五洲电机厂工作，他们的一位好同事的衣冠冢就坐落在林子深处。父亲生前经常去那里，她也跟随父亲去过那里。她怕自己触景生情，徒增伤感，便想找个理由说服青青，那里也就这样，不如去别的地方看看。沈黎萍却激动地说："杉树林吗？听上去很诱人呀。"她挎起黄芬的胳膊，"走，一起去林子里走走吧。"

走着走着，远处隐隐约约地传来音乐声，是口琴的声音，是《花儿为什么这样红》的调子。黄芬知道，那一定是杨远吹的。和着音乐，沈黎萍首先唱了起来。然后是刘青青。

黄芬没有唱，她只是静静地听着她俩唱。听着听着，两行热泪滚滚而下。

清晨，阳光是新的，空气是新的，蓝天是新的，白云是新的。只有黄芬骑的永久牌自行车不是新的，而是破旧不堪的。她知道，这是母亲唯一的嫁妆，是母亲的父亲留给她的。她更知道，它曾经与自己的父亲形影不离。与那枚五角星一样，也是父亲留给她的，她理应倍加珍惜。

从黄芬家里出发到方园镇供销社，骑自行车一般需要一个小时左右。但是，按照黄芬的骑法，起码要一个半小时。今天是星期一，黄芬起床的时候天还没有亮尽，她烧好了一锅米粥，就着半根黄瓜条，胡乱填了点肚底，便告别了母亲和弟弟，骑车走了。

黄芬回头的时候，远远看见母亲站在路口望着她。黄芬停下自行车，远远地向母亲挥着手喊道："妈，你快进屋去吧……"

然而，不管她如何喊，林雪月依然站在路口。黄芬发现母亲好像在抹泪……

因为时间还早，所以公路上的车和行人寥寥无几。因为刚学会骑车，所以黄芬骑车慢而谨慎。当有人骑着自行车从她身边呼啸而过的时候，她尽量不去分心，不去留意他们的样子。

今天，黄芬穿一身崭新的牛仔服，是郝家的两包礼物中的一件。刚穿上的时候，林雪月说："阿芬，这身衣服还挺不错的，是劳动布的，你穿着并不十分难看，像工人阶级的一分子。"黄方在一旁说："妈，你真老土了，这是最近流行的牛仔服。美国西部牛仔，你懂吗？这样一身，估计要好几十块呢。"

"黄芬？穿了一身美国'风'牌牛仔服，真有点不敢认了。"呼啸而过的自行车不知何时放慢了速度，现在正好骑在她左边，与黄芬并肩前行，"怎么？不认得我了？"

黄芬打量了一下那个骑车人，留一头长发，黄芬看不真切他的眼睛，因为鼻梁上架着一副蛤蟆镜，右镜片的右上角还贴着一个椭圆形的外国商标。那人上身着一件黑色一字领汗衫，汗衫下面是条很夸张的白色喇叭裤。

"怎么又是他？"黄芬在心里嘀咕了一句，迅速收回目光，没有一点要理睬他的意思。

那人用一只手把着自行车的方向，另一只手摘下蛤蟆镜冲黄芬潇洒一笑说："我是杨远呀！怎么？这么快就把我忘了？"

黄芬依然没有理睬杨远，她从骨子里就看不惯穿紧身喇叭裤、留长头发的男青年。何况，他当着刘青青和沈黎萍的面，向她献殷勤，让她们误以为他是她的男朋友。尽管，"献殷勤"中包括他为她们付饭钱之举，无意中解了她的囊中羞涩之围，但，功不足抵过。总之，她内心依然是很讨厌他的。所以，当他又突然冒出的时候，她只顾着不紧不慢地踩着她的"老人家"匀速向前，根本就不想理睬他，把他当作空气了。

"黄芬，今天这么早，上哪儿去？"杨远又将蛤蟆镜扣在脸上，

第07章

171

一副热情依旧的样子。

黄芬没理他，依然只顾着不紧不慢地踩着"老人家"匀速向前。

无奈，杨远只好沉默着，与黄芬肩并着肩枯燥地踩着自行车。偶尔，他将嘴唇括成一个"O"字形，吹几曲欢快的口哨。那张戴着蛤蟆镜的脸，时不时地转向她。那种十足的社会上小混混才具备的死样怪气的样子，让黄芬越发讨厌他，讨厌得牙根发痒。

她咬紧了牙关，拼命地蹬车，蹬得"老人家"的一把老骨头吱嘎作响，目的只有一个，不想与他并排而行。

也许因为杨远总是朝着黄芬看，所以他根本没法注意马路上的状况。他突然感觉到自己撞上什么东西了，果然，马路上的一小堆乱砖，让他连人带车全撞在那儿了。这可把黄芬乐坏了，她高兴得脱口而出——恶有恶报。事实上，她自己都不知道，为什么要说出这样充满"恶意"的四个字。她只是觉得，说出这四个字，特别解气。

黄芬停下"老人家"，笑着回过头去，看着杨远与他的自行车"人仰马翻"的样子。他雪白的喇叭裤，此时黄一块黑一块的。她暗自高兴着再次骑上"老人家"，继续向前。

再次回过头去的时候，黄芬收起了笑容。她看见杨远依然坐在地上，双手捂着膝盖。这使她非常担心，而此时此刻，路上别无他人，能帮到他的，只有她了。黄芬调转自行车的车把，回到了杨远摔倒的地方。

"怎么样了？伤着了吧！"黄芬的神情异常焦急。

这时，杨远突然从地上一跃而起，神采奕奕地说："没事！我只是骑累了，趁着你幸灾乐祸的机会，好好休息了一会儿。"杨远拍了拍手掌，"效果还真不错，这不，你终于开口跟我说话了。"

黄芬愤愤然地跨上自行车，愤愤然地用力猛踩自行车的脚踏。杨远见黄芬这么生气，马上追着喊："黄芬，我真的不是存心让你生气的，真的。我只想和你说说话，一路上也好有个伴。"

大概是用力过猛，大概是"老人家"实在是太破旧不堪了，终于还是断了链子，彻底哑了。杨远追上去，在黄芬那里停下车，看了看黄芬受了伤的"老人家"，再看了看黄芬无助的表情道："黄芬，你掉链子了。"

黄芬冲他怒道："谁掉链子了？你这人怎么说话的？"

杨远摘下蛤蟆镜，对黄芬尴尬一笑说："对不起，我是说，你的自行车的链条断了。你看，这地方前不着村后不着店的，一时半会还真修不了。"

黄芬抬腕看表，一副异常焦急的样子。今天是新调来的唐经理第一天上班，她却要迟到了。这是上天安排好的吗？非要让自己留给领导迟到的第一"坏"印象吗？那可是违反劳动纪律的行为。

她咬了咬牙，在心里暗骂了一句："讨厌的杨远！与康帆一样，你也是灾星。"

"黄芬，看你着急的样子，不如你先骑我的车。你的车让我来处理。"杨远看着面前一脸着急的黄芬，等待着她的决定。

黄芬犹豫了一下，很快做出了决定："这可是你说的，我上班要迟到了，借用一下你的自行车。"话音刚落，黄芬便向杨远做了个鬼脸，跨上他的自行车，头也不回地骑走了。

杨远被惨兮兮地抛在原地，挥着手在黄芬后面喊着："哎！你还没告诉我你要去哪里。我帮你修好车以后，到哪儿去找你换车呀？"

黄芬依然头也不回地向前而去，骑惯了"老人家"，一下子换成杨远那辆时尚的跑车自行车，心情突然好起来了。她知道杨远是黄方的口琴老师，知道杨远有办法找到她。她越想越得意，居然学着杨远的样子，将嘴唇括成一个"O"字形，也想潇洒地吹一段欢快的口哨。

第
07
章

显然，她吹出的不是口哨，而是口水。

黄芬再回过头去的时候，看见杨远傻傻地站在原地，像一只霜打的茄子。

黄芬骑着杨远的自行车到达百货公司的时候，公司还没开门。因为店堂的门钥匙是由唐经理专门保管的，所以黄芬只得等在门口。这时，黄芬开始自责起来，觉得自己真的有点过分，她开始担心起杨远来了。然后，她对自己说，杨远那么活络，一定会去找黄方的，即使杨远笨到不找黄方，她也可以委托黄方去完成交换自行车的任务的。这样想着，黄芬的担心才稍微平息了一点。

唐经理是个五十出头的"老供销"，一手珠算打得潇洒，是系统里出了名的。唐经理做事和做人一样认真，一板一眼的，就像他的珠算一样，一是一，二是二，毫无差错。所以当他看见黄芬已经等在店门口的时候，在表扬了黄芬的工作态度的同时，对自己比员工迟来的行为，向黄芬说了抱歉，弄得黄芬怪不好意思的。但作为一个新员工，得到新领导的表扬，她的心里是很高兴的。因此，尽管她依旧讨厌杨远，可对今晨杨远果断与她换车的行为，她内心还是十分感恩的。

黄芬站在柜台前，心里却总想着杨远无奈地站在公路旁边看她远去的情形，一连串的问题像放烟火似的在黄芬的脑海里噼里啪啦地闪现。他现在怎么样了？他推着自行车步行到他要去的地方得走多少路？要花两小时还是半天？在那个偏远的郊野，他找得到修理自行车的摊位吗？

唐经理来到店堂里，走过黄芬面前时，向黄芬一笑道："县社又要调人来本公司了，与你一样，是'新鲜血液'，今天就报到。"

"是吗？那太好了，都是新同志，我可以有个伴了。"黄芬说这话的时候，并不显得特别高兴，因为，她内心仍然为杨远担心着。

"可是，上班时间已经过了一个半小时了。这位新同志怎么还没来报到。"唐经理不断地看表，然后不断地向外焦急地张望。

一会儿，一辆拖拉机"嘭嘭嘭嘭"地向百货公司开过来，然后停在公司门前。杨远从拖拉机的后面跳下来，然后将一辆"老坦克"自行车从拖拉机上提下来。

黄芬看见杨远跟开拖拉机的人说着话，握着手。黄芬目瞪口呆了。她看见杨远将"老人家"停在一边，然后目送拖拉机"嘭嘭嘭嘭"地远去。她看见杨远很潇洒地与唐经理握手，然后说："路上碰上点麻烦，所以迟到了，非常抱歉，不管怎么样，迟到就是迟到，请领导罚我。"黄芬继续目瞪口呆着，她一下子全明白了。

杨远是在拍白色喇叭裤裤管上的污迹时，无意中看见黄芬的。四目相对时，他们都笑了。杨远自己也不知道为什么要笑。他继续拍着裤管，看着也在傻笑的黄芬，然后，指了指黄一块黑一块的白裤子，冲黄芬做了个鬼脸。

唐经理是最后一个介绍杨远和黄芬认识的。杨远仍然微笑着，用与认识别的同事一样的方式向黄芬伸出手："杨远，木易杨，很远很远的远，请多关照。"黄芬终于被他的油腔滑调给逗乐了。之前，面对杨远的油腔滑调，她是厌恶的，可是今天，她觉得他的油腔滑调已经不那么令人生厌了。两个人面对面地又笑了起来。唐经理和其他同事都被他们的傻笑弄得有点莫名其妙，有几个笑点低的同事便也跟着他们，莫名其妙地笑了起来。

唐经理很重地咳嗽了一声说："原来你们早就认识。小杨同志，今天你第一天上班，就在柜台熟悉熟悉环境吧。"唐经理看了一眼仍挂着笑意的杨远说："哦对了，宿舍也安排好了。你的行李呢？"

杨远收起笑容道："我打听过了，今天县社要送商品到本公司，所以，我的行李会有人托运过来的。谢谢领导关心。"唐经理拍了一下杨远的肩膀道："小杨同志，够机灵。"

　　唐经理走后不久，杨远问黄芬："我还是搞不明白，你是如何知道我被调到这里来的。"

　　黄芬向他吐了吐舌头，然后悄声对他说："天机不可泄露。不过，我已经来这里上班一阵子了，论资排辈，我肯定是你的前辈了。"

　　方园镇小得就像一个集市，黄芬上班的地方叫方园百货公司，由于紧挨着镇上最大的企业——方园通用风机厂，该厂拥有员工千余。平时，厂里员工的生活必需品均要去百货公司购买，所以百货公司的生意还算兴隆。

　　很快，百货公司新来一位漂亮女售货员的消息，犹如一股风，瞬间传遍了整个风机厂。就在黄芬上班的第一周，厂里的那些急着找对象的小青年，一有空闲，就爱往百货店里跑，就爱聚在黄芬的柜台前买东西。有的不断地买纽扣，只买三分钱一粒的。有的只买两分钱一个的热水瓶瓶塞，每次只买一个，说瓶塞容易掉，平均每天掉一个。开始几次，黄芬总是信以为真，之后，老是这几张熟面孔频繁地轮换着出现，黄芬便会好奇地问，为什么要买这么多纽扣？为什么不一次多买点？面对黄芬的提问，他们大多会盯着黄芬傻笑，答非所问地说："照顾一下你的生意嘛。反正，闲着也是闲着。"

　　有种不科学的说法，叫"眼大的女人不聪明"。黄芬那双雾蒙蒙的大眼睛大家有目共睹，但是，她的脑袋瓜子还是挺灵的。一开始，她就觉察到了这些"坏料"醉翁之意不在酒，但她却依旧笑迎每一位顾客。他们天天买纽扣、买瓶塞的意图，黄芬心知肚明。她先是有点讨厌他们，后来渐渐习惯了，便故意装出一副无知无觉的样子。她心想，他们喜欢就让他们买去，我的任务是销售商品，而且态度要好，一定要保持微笑服务。可到盘点的时候，唐经理犯愁了，抱怨道："最近的热水瓶瓶塞销售量有点奇怪，生意好得很不正常，可热水瓶的内胆卖不出去。我们的采购员是按照一只瓶胆配一个塞子的量进货的，现在，塞子的销量远远超过了瓶胆，该不会最近进的热水瓶塞质量不好吧！可余下那么多没有木塞的内胆，怎么卖？"

进入校门口后，从路两旁粗壮高大的法国梧桐树上，就能粗略了解到，商学院的历史有多悠久了。看那些浪漫的法国梧桐，树干似伟岸的男人，枝叶则似女性窈窕的身影在空中摇曳。郝冬就走在这样的梧桐树下，走在这样的夕阳下。夕阳火红火红的，将密密麻麻的梧桐树叶照成半透明，于是，那些涂上太阳颜色的金枝玉叶，便更加妩媚起来了。

郝冬走在通向校门口的路上，轻风吹过他的头发的时候，偶尔也会吹起那些枯黄的落叶，轻轻地跟着他走一小段路。郝冬蹲下来，拾起一片来，像看一个人的手相那样看着叶子上的纹路。他把那片叶子安静地放回到了梧桐树的根部，情不自禁地想起了那首《绿叶对根的情意》，并轻轻地哼唱：

不要问我到哪里去……

他这样哼唱的时候，就会想起一个人，一个让他魂牵梦绕的女孩子。无论他走得多远，他的思念仿佛生了根，就生长在了那个女孩的身边。

"郝冬，"骑着一辆单车的汤玉莲，像是突然从梧桐落叶丛中飘出来的一样，出现在他的身旁，轻得就像一片落叶，"咋一个人在这里散步呀？"

郝冬打量了一下汤玉莲说："你不也是一个人吗？"

"郝冬，这几天，我总觉得你对我不冷不热的，以前不是这样的。

过了一个暑假，你好像换了个人似的。"汤玉莲说这话的时候，眼眶里泪盈盈的。

"什么不冷不热？你说的是天气吗？的确有点不冷不热。"郝冬的脸泛起一种玩世不恭的笑意，而这种笑意，在汤玉莲的眼里变成了一种男朋友的幽默。

郝冬抬起头，看着高处的梧桐叶，仍自顾自地独步而行。汤玉莲只好推着车跟在他的后面。片刻的沉默将脚踩枯叶、车碾枯叶的声音放大了。

"郝冬，你一个人，我也是一个人，我们何苦呢？不如与以前一样来个二合一。"汤玉莲看了看旁边的郝冬继续说，"今晚放映印度电影《奴里》，据说很好看的，不如我们一起去看电影，我请你还不成吗？"

郝冬斜着眼看了看汤玉莲的脸，试图寻找一种感觉，一种在黄芬身上能够找到的感觉。然而，他很失望。他失望地重新抬起头，看见树上有只麻雀，似乎像汤玉莲那样说着他听不懂也不想听懂的话，然后冷漠地说："今天晚上，我只想一个人静一静。所以，你找别人去看《奴里》吧。"

"那就对不起了，打扰你散步了。"汤玉莲将单车骑成一阵风，走了。几片流浪在路上的梧桐枯叶，便在这样一种不欢而散的气氛里，翻滚着，像丢了魂似的。

望着汤玉莲的背影，郝冬自言自语道："你不能怪我的，真的，如果你有黄芬一半的美丽。或者，四分之一也行……"郝冬捡起一片树叶，挡在眼前，挡住了汤玉莲骑着单车的背影，然后，又把它放在原处。

一阵风吹过，那片树叶又被吹到远处。

黄芬拿着碗，从百货公司搭伙的方园通用风机厂食堂走出。

夕阳将西边的云彩打扮得格外漂亮。黄芬眯着眼望着西边的云彩，心情很愉快。她走在映着红色霞光的路上，收回视线看着自己投射在地上的浅浅的影子，心里想着今晚该以什么样的方式，向杨远赔礼道歉。

"黄芬，在找什么东西呢？我帮你找。"杨远从黄芬的身后边敲着饭碗边夸张地喊她，他三步并作两步走到黄芬面前，然后边嚼着泡泡糖边看着地面，假装仔细地寻找着什么，"掉饭菜票啦？"

"不是饭菜票，但确实掉东西了。请你和我一起找，找到了拾起来还给我。"黄芬假装寻找起来。

"到底掉啥了？"杨远比刚才更仔细、更认真地继续在地上寻找着，甚至暂停了咀嚼泡泡糖的动作。

黄芬终于还是装不下去了，掩着嘴咯咯咯地笑着说："我一不小心把自己的影子掉地上了，你能帮我拾起来吗？"因为使了劲地笑，黄芬说出的话有点断断续续的。好不容易说完这两句，便在洒满夕阳的水泥路上向前跑动起来。

杨远保持着刚才弯着身体找东西的造型，双手撑在膝盖上，歪着脑袋远远望着黄芬跳跃向前的身影，然后喊："你别走呀，你走了我怎么能够拾起你的影子呢？"见黄芬依然笑着跑着，杨远便将右手括成半个括号，围在嘴沿，扯开嗓子唱道：

妹妹你大胆地往前走呀，往前走，莫回呀头……

从风机厂食堂里吃了晚饭正准备回宿舍的工人们仍三三两两地骑车从这里经过，看见百货公司的一对年轻男女一个羞涩地笑着跑着，一个在后面唱着情歌，觉得非常有趣，纷纷停下自行车看着他们。这时，黄芬的脸一下子涨得如西天的霞光，她收起笑，远远地冲着杨远道："快给我住嘴，你瞎唱什么？你神经病呀！"

不管黄芬如何地指手画脚，杨远却好像什么也没听见，什么也没看见似的，仍扯开喉咙唱着，而且还手舞足蹈着跳着当下最为时尚的霹雳舞。黄芬着急了，恼羞成怒了，她回过身来冲到杨远面前，然后，拖起杨远的衣袖向着单位集体宿舍的方向跑，像一阵风似的。杨远则任她拖着，嘴里仍唱着：

　　……往前走，莫回呀头，通天的大路九千九百，九千

九百九呀……

到了宿舍的楼梯前，黄芬一甩手，将杨远一个人晾在一边，自顾自地上楼了。

杨远就住在黄芬宿舍的楼下。唐经理是个细心的人，他说男同志要保护好女同志，所以男同志一律被安排在楼下，女同志则一律被安排在楼上。宿舍楼共有两层八间，就建在商店的后面，一般只供离商店远一点的单身职工寄宿，还有一个用途就是供行政值班的同志过夜。由于供销系统职工待遇不错，成婚的职工一般会分配住房，所以，如今，常住宿舍的只有三个人，一个是黄芬，一个是杨远，还有一个叫李静静的女同事。李静静的男朋友是方园镇当地的，谈火热了，便很少回宿舍过夜了。所以，今天，黄芬的宿舍又只留下她一个人了。

黄芬以为杨远一定会上楼，向她赔不是，想方设法地讨好她，死皮赖脸地逗她笑。黄芬还是有点讨厌这样脸皮厚又油腔滑调的男子，她警告自己，一会儿杨远来敲门，得好好招待他，让他饱饱地吃上一顿闭门羹。

出乎意料的是，黄芬等了很久，杨远始终没有上楼来。她感到这回是自己被他晾在一边了。杨远越是这样，她越是希望杨远能上来，越是希望看到杨远死皮赖脸的样子。然而她没能如愿。

她拿起了一本琼瑶的爱情小说《彩霞满天》，无聊地翻看起来。

也许是心中有事，书上的字变成一行行蚂蚁阵形，在她的眼前威武地变幻着，一会儿，又变成一张杨远死样怪气的脸。黄芬的心颤动了一下，这使她又想起了康帆，想起高二时的那种女性的直觉。现在，屋子里只有黄芬一个人，黄芬听到了自己真实的心跳声，她感到自己的脸在燃烧，感到自己脸上的汗毛都被烧着了。

她把那本《彩霞满天》往床上一扔，随口冒出一句："该死的杨远。"

一会儿，仿佛一潭平静的水域，突然起了波澜。楼下传来口琴的吹奏声，像水上的涟漪一圈圈地扩散。还是那首她所熟悉的台湾校园歌曲《童年》。当这样的涟漪一阵阵荡漾开来的时候，黄芬脸上的红潮却退了下去。

黄芬感觉到一种难以抗拒的激动，这样的激动使她情不自禁地站起来，循着音乐走向窗前，继而打开窗，用湿润的目光看着楼下的杨远。

杨远看见黄芬终于出现在她宿舍的窗口，更加动情地吹着他的口琴。在黄芬的眼中，他吹奏时仰望她的眼神，不再是不正经的了，而是自然、沉稳、投入和洒脱。

曲终，杨远冲着二楼黄芬的窗口道："黄芬，你的自行车我已经修好了，你说该不该好好谢我，我们应该可以交换车钥匙了吧。"见黄芬仍表情复杂地看着他，杨远便恢复了油腔滑调的样子，"怎么，真的看上我的跑车了？不是？我的妈呀！该不会看上跑车的主人了吧？"

"讨厌！你真该死！乱讲。"黄芬是笑着说这些话的，"有种的你不要逃，看我怎么收拾你。"

黄芬跑下楼去，来到杨远跟前。杨远仍站在原地，张开双臂说："来吧，我看你如何收拾我？"黄芬跨前一步，轻轻地用小拳头在杨远的胸前捅了一下。

"好了，现在人都被你收拾过了，该到了你谢我的时候了。"杨远从裤袋子里拿出黄芬自行车的钥匙，在黄芬面前扬了扬。

黄芬一把夺过杨远手中的钥匙，然后突然发力，向着楼梯口狂奔，边跑边说："想要你的自行车钥匙，自己到楼上来拿。"

杨远在后面追赶着，边追边说："你给我等着，你不怕我一口把你给吃了？"

黄芬回头还嘴："我怕，我怎么会不怕？我以前不知道，现在才明白，原来，杨远是个地痞流氓。哈哈……"

到宿舍门口时，黄芬比杨远领先了三四步路，便以迅雷不及掩耳之势，关上了门，将杨远关在了门外。

杨远绕到黄芬宿舍的窗外，从口袋里掏出泡泡糖，将泡泡糖扔进窗户。泡泡糖落在黄芬的脚下。黄芬听见杨远说："我来了，你却要关门，真的不打算谢我啦？"

黄芬收起笑容，走到门前，打开门道："杨大哥同志，你请进。"

黄芬的举动是出乎杨远意料的，而且叫他"杨大哥"，这让他想起她的同学刘青青也这样叫过他，而黄芬却是第一次。杨远怀疑她又在设计什么圈套了，他木然地站在门外，一时半会竟不知道如何是好。

"杨大哥，我知道今天上班的路上，我的玩笑开大了。"现在，黄芬说话时的确非常认真了，不再胡闹了，"其实，我真的不知道你今天要去哪里。还以为你安排好了要与我见上一面，特意守在路上，要来讨好讨好我。我以为，那次我约了刘青青、沈黎萍一起去茅山游玩，是阿方把消息透露给了你。你给我们买车票，你给我们的大餐悄悄地结账，我以为你偷偷地跟踪我，一切都是你安排好的，为的是要讨好我，追求我。直到那天下午，我们在杉树林又听见你的口琴声，吹的是那曲《花儿为什么这样红》，我才知道，你那天的确是去看你爷爷的，的确是一次偶遇。一切都是老天的安排，而不是你。"

杨远定神地看着黄芬，随后说："爷爷是天底下最好最好的男人。"说完，长舒一口气，继续咀嚼他的泡泡糖。黄芬感到他咀嚼泡泡糖的表情很耐看，她在渐渐改变自己一直以来对他的看法和偏见。现在，她冲他说话，已经带了一点柔情："杨大哥，想不到我们竟成为同事，你送我语文书的时候，我以为你真的是小混混一个，然后一直提心吊胆的。现在，不说这些了，无论如何，你借我自行车，自己却迟到了，而且还帮我修好了'老人家'，真的很感谢你。"

"老人家？"

"对，老人家。那是我给我的坐骑起的雅号。"

"老人家，有意思。我修好了'老人家'，现在，你老人家拿什么来谢我呢？"杨远突然恢复了他一贯的油腔滑调，他微笑着看着黄芬，嘴巴不停地咀嚼着泡泡糖。

"你说吧，你说该怎样谢就怎样谢。"

"真的吗？那么，让我想想，找一个浪漫一点的方式。"杨远隔着他的一头厚厚的长发，拍了拍自己的脑袋，然后说："看电影，对了，你得答应陪我去看电影，最近放映的印度故事片《奴里》，据说非常非常好看，特别是电影里的歌舞，特别棒。"

"好啊，原来你早有预谋。"黄芬笑着白了他一眼，"那么走吧。"

方园小镇的电影院很破旧，却很大，足有三四百个座位。电影院里的灯光很暗淡，黑压压的人头，杂乱的人声，给人一种非常压抑的感觉。杨远和黄芬是靠半盒火柴找到座位的。杨远示意黄芬抬起头来，指了指电影院破碎的房顶说："这里不错吧，既可以看上电影，又可以看到天上的星星。"黄芬说："怎么瓦片碎成这样，如果下雨可怎么办？"杨远说："打伞呀，如果谈朋友，边打着伞边看电影，多浪漫。"因为没有厕所，所以在电影院的一角，摆放着四五个男人的小便桶，也没有盖盖子，于是，那种难闻的尿酸味便四处弥漫开来。

电影还没散场，杨远和黄芬就逃出了电影院。刚走出电影院门口，两人便觉得有一股清新的空气扑面而来。黄芬长长地舒了一口气对杨远说："好了，我终于不欠你什么了……"

"不好意思。"杨远拆着泡泡糖的包装纸，递了一块给黄芬，"在这样恶劣的环境里请你看电影，真是难为你了。"

"没有关系啦，毕竟，这里不能与县城比嘛。这样的小地方，有个电影院，已经是很不错的了。都是我自己不好，总想着如何对付你。"黄芬看了杨远一眼，学着他的样子咀嚼着泡泡糖，"所以，在这样艰苦的地方陪你看电影，我只能把它理解成是一种报应吧。"

这是一条狭窄而古老的小巷，两边是砖木结构的老式民居，像一种暗淡的回忆。两人便沿着这条古巷，边谈着话边慢慢散着步。巷子是他们回百货公司集体宿舍必经的路。话题似乎要比回去的路短些。本来，他们可以谈那部电影，但是，电影留给他们的东西实在不值一谈。于是，两人时常无话可说，很多时候，两人都觉得该说的都说过了，不知道接下去该说些什么，沉默又显得格外怪异。渐渐地，只能听见两人的脚步声。

月光明朗、皎洁。云很轻，很稀少，淡淡的，看上去很安静。黄芬看着天空，觉得周围太过安静了，安静得只剩下两人的脚步声了。对黄芬而言，这样的安静令她感到很不自在，毕竟是一男一女，在这样的月光下并肩走着。她一下子觉得这种方式好像很熟悉，觉得这样并肩而行，像在演爱情电影一样。

轻风从她的脸上拂过，此时，黄芬觉得风灼灼的，脸灼灼的。

从小巷的尽头走来两个人影，高唱着某首流行歌曲，都唱走调了，却很大声。来人越走越近了，他们是勾肩搭背走过来的，走得摇摇晃晃，脚步似草书，十分写意。听那些含糊不清的歌声，杨远判断来人多半是喝醉了酒的。

醉汉晃到杨远和黄芬面前的时候，突然停下来了。因为月光很明亮，加上巷子里路灯灯光，所以他们都看到了黄芬的脸。其中较胖的一人指了指黄芬，大着舌头对边上的瘦高个说："看见了吧，看见了吧，又一朵鲜花,插……插在牛粪上了。"另一个说："对，这是鲜花，这是牛粪。这一回，总该轮到我负责采摘鲜花，你负责铲除牛粪了吧。"说着，两人不怀好意地凑上前。

杨远向黄芬使了一个眼色,牵着她的手，想绕过他们快速离去。正走到靠醉汉两三米的地方时，瘦高个一个跟跄冲过来，一把抓住了黄芬的手臂："美人，我眼中的鲜花，心中的玫瑰，来，去哥哥那里，陪哥哥说说话……"说着话，另一只手便伸向黄芬俊俏的脸。黄芬吓得惊叫一声，声音在暗淡的空气中发颤。

杨远上前抓紧了瘦高个的右手腕，反手一拧，迫使他松开黄芬，随后迅速转身，跨步，拦在黄芬的面前。瘦高个冲他扑来，杨远一把揪住瘦高个胸前的衣服，顺势一拉，瘦高个便一个跟跄，疾步前冲。如果不是后头的胖子拉他一把，估计早已扑倒在地上了。

胖子从高个那里脱出手来，朝杨远胸前推了一把："小牛粪，没听清楚我兄弟、你爷爷刚才分的工吗？铲除你这小牛粪，那是我负责的，是我的活儿。"

瘦高个在一旁发言了："胖子，你说谁是这小牛粪的爷爷？你不会是绕着圈子在骂我是老牛粪吧？"

胖子还没反应过来，鼻子上早已挨上杨远的重拳。胖子一扬脸，一个仰面朝天倒了下去。趁胖子与杨远说话之际，瘦高个早已一步步向黄芬逼过来了，见自己兄弟吃了大亏，便调转"枪头"，又一次向杨远扑来："小牛粪，果然有点牛力气，先吃我一脚再说。"

说话间，抬脚便向杨远的脸部扫去。

　　杨远一闪身躲过了来势凶猛的这一脚，一矮身，一个扫堂腿，顺势扫向瘦高个的另外一条支撑腿，将瘦高个扫倒在地。本来，胖子半个身体已经爬起来了，瘦高个的倒下，正巧压住了他，胖子便又倒下了，被瘦高个压得"哇哇"叫疼。杨远冲上去，照着瘦高个的肚子一脚踩下去，然后拉起黄芬的手，在月光下拼命奔逃……

第 08 章

商 学院出门向右拐第一个十字路口处，有一家叫"勿忘我"的小店。小店分两个角，一个是咖啡角，另一个角是酒吧。平时，"勿忘我"的主要顾客是商学院里的学生。今天是星期天，汤玉莲约了郝冬，说要和郝冬正儿八经地谈谈。邀请的时候，郝冬既没答应，也没有拒绝。

汤玉莲透过玻璃窗向外张望，由近而远，满目都是高大的法国梧桐。初冬明媚的阳光，透过梧桐枝叶间的空隙，像软绵绵的雨一样漏下来，斑驳、零碎，像欲言又止的情话，又像特意为汤玉莲设计的一样。比如在上学期的许多个周末，阳光也是透着梧桐枝叶筛下来，洒满了这条斑驳而充满温情的水泥路，汤玉莲从这样的水泥路上急匆匆走向"勿忘我"，总会看到坐在咖啡角窗玻璃内的郝冬，向她招手示意……

想起这些，汤玉莲笑了。可是，她马上收起了笑容，因为近来她发现郝冬改变了对她的态度，人也消瘦了许多。仅过了一个暑假，他突然对她很冷淡，明明失恋的人是她，为何他反而瘦成这样。她想知道为什么。她想，即便自己是郝冬的一个普通朋友，或者是一个他比较要好的同学，也有责任去关心一下他吧，至少应该弄清楚，他为什么如此躲着她，不想看见她。

时间在汤玉莲漫无边际的遐想中一分一秒地过去。有时，她抬头望向外头，期待的目光里总幻现出郝冬的身影。汤玉莲依然等着，咖啡杯里冒出的热气随着背景音乐袅袅地舞动，一切都是那样熟悉，一切都是那样陌生，一切都是那样遥远。

郝冬走到汤玉莲面前的时候，汤玉莲还望着窗外。郝冬拉开椅子在她对面坐下，椅子在地上拖出一个很响的声音，像是抗议。汤玉莲如梦方醒："来啦。"汤玉莲微笑着，非常温柔地看着郝冬，然后弹出一个响指，示意服务生过来："一杯奶咖，不要放糖。"

郝冬向服务生更正道："不，给我来杯清咖，不要放奶，放一块方糖。"汤玉莲的笑容便起了一点变化。

"你是怎么进来的？我怎么没看见？"汤玉莲觉得对面的男孩好像不再是曾经那个男孩了。

郝冬用亮森森的打火机点上香烟，那种软壳中华，他呼出一口浑浊的烟雾说："你进来的时候我就看见你了。你穿得很漂亮，可是你没走向我，我便去了酒吧，一个人喝了一杯。"

服务生走过来说："同学，不好意思，我们这里禁烟。"郝冬木然地把香烟掐灭在托盘里。

郝冬看了一眼托盘里仍在冒烟的烟蒂："今天怎么有空请我喝咖啡？"

"我想找你谈谈。"

"好啊，谈什么呢？"

"我觉得你对我的态度改变了许多。"

"是吗？可是，我没有啊！我还是郝冬。你对面的男孩。"

"我是说，你原本对我很好的，可是，经过一个暑期，感觉，你突然对我冷淡了许多，这使我内心非常疑惑。你心里明白的，我们上学期不是这样的，不是的。"

郝冬看了看汤玉莲，双手离开下巴，十指交叉着靠在桌面，说："玉莲，明年我们都要毕业了，面临毕业考试、分配等一系列的现实问题。我想，这学期，我们主要的精力应投入到学习中去，至少，要给打分的老师们一个好的印象。我想，这对大家都有好处。"

汤玉莲瞪着郝冬喊了一声："你说这些有意思吗？傻子也明白，你说的这些都是借口！"女人的直觉告诉汤玉莲，郝冬真的不一样了。上学期，她与他之间的那种恋人般的感觉，现在，早已荡然无存了。一个念头迅速闪入了她的脑海，莫非，某人取代了她？郝冬有了新的目标？想到这里，汤玉莲喉咙一哽，眼睛开始湿润。

汤玉莲从桌上的瓷碟里，拿起一块仍还温热的雪白的面巾，印了印自己的眼部。服务生端来了郝冬的咖啡，咖啡杯里冒出的热气随着背景音乐袅袅地舞动，郝冬看着咖啡杯里的热气不知该说些什么。其实，他最清楚汤玉莲所问的问题，唯一的答案就是黄芬。

汤玉莲埋着头，断断续续地用面巾印吸着眼泪。其实，她很不情愿在自己喜欢的男孩子面前流泪，可是，想到自己的爱情刚刚萌出新芽，便要面临风霜雪雨，她就忍不住伤心流泪。她已经尽力控制着自己的情绪，可是，她控制不住，她的胸脯因抽泣而明显地起伏着。

接着是一段空白而漫长的沉默。这样的沉默，像刚搅拌好的新鲜水泥，在慢慢地凝固，令人透不过气来。

夜深了，黄芬一个人在宿舍内，满脑子都是《彩霞满天》里的故事情节和那些煽情的、美丽的语言，毫无睡意。在看书的时候，她眼前浮现的男主人公的形象几乎与杨远一模一样，连同男主人公说话的声音也与杨远一模一样。夜已经很深了，窗外的冬雨仿佛为小说里凄美的爱情故事而低泣着。

屋子里的灯熄灭了，雨打在窗玻璃上发出沙沙沙的声音，很清脆，很单一，很孤寂。今天，杨远说要回家一次，问她搭不搭便车一起回去。原本她是决定要回家的，还向李静静请了假。李静静说，今天晚上她有事，她也不睡宿舍了。然而下班的时候突然下起了雨，而且越下越大。这场雨来得突然，超出了天气预报的估测。若坚持骑车回县城，非淋成落汤鸡不可。杨远看了看雨，又看了看黄芬，无奈地摊了摊手，潇洒地摇了摇头说："今天不能回去了。晚上我请客。"说完，将一叠食堂的饭菜票大方地扔给黄芬。

夜应该是很深了，窗外单调的雨声，像一把拙劣的吉他，越弹越来劲了。黄芬却越来越没有睡意，满脑子全是《彩霞满天》里的浪漫爱情，像极了杨远的小说男主人公潇洒的一举一动不断闪现，分不清谁是谁。她想知道，在这个世界上，真的会有像书中写到的那样凄美而令人神往的爱情故事吗？

黄芬正欲继续披衣夜读《彩霞满天》，正想起来开灯的时候，门口却响起了钥匙开门的声音。透过棉帐，黄芬依稀看到进来了两个人影。

两人都默不作声地坐在李静静的床沿上。由于黄芬的床位被安排在宿舍的最北面，而李静静的却靠着南窗，中间还隔着两个床铺，所以黄芬和进来的两个黑影之间起码保持着四五米的距离。

黄芬正想开灯探个究竟，其中一人却呜呜地哭起来了，是故意压抑着的，声音很小，像是从水泥地缝中漏出来的，听上去阴冷、潮湿、黑暗，在这样万籁俱寂的深夜，显得异常阴森可怕。

来人进到宿舍却始终没有开灯，四周依旧黑暗。黄芬知道，来人肯定就是李静静和她的男朋友。他们之所以不开灯，可能是担心楼下行政值班的老王发现她带男朋友在单位的女职工宿舍过夜，这样的事情一旦传出去，后果还是挺严重的。因为白天自己对静静请假说，晚上要搭杨远的车回家，所以，李静静一定以为晚上宿舍里是没有人的，不然她也不会半夜三更把一个男的往单位宿舍里带。

"静静，我们还是分手吧！"黄芬听得见那男人也在轻轻地抽泣，"你父亲的态度已经很明朗了。我知道让你在我和你父亲之间进行选择，太残酷了。"黄芬觉得，静静男友的语言和她正在阅读的《彩霞满天》很相似，甚至感觉他好像是在背诵小说中的对白。

李静静依然在呜呜地低泣。

"我不知道，社会进步到今天，爱情依然要为名利和地位做出让步。"男人居然也激动着哭出了声音。

沉默片刻，黄芬听见一声沉闷的撞击。

李静静激动地喊道："你干什么？"静静的这一声喊音量较大，她马上意识到不能惊动楼下的老王，就压低着声音责备男友，"你干什么？我看看，手有没有出血。"

接着是撕裂织物的声音。黄芬猜想，应该是李静静在帮她的男友包扎伤口。黄芬很想起床，去安慰一下李静静，可是现在，李静静和男友都很伤心，黄芬想，自己贸然出现，一定让他们很难堪。何况，一个男生半夜偷偷进入女工宿舍，肯定也不愿意被人发现。

黄芬一时之间不知所措，她半坐在床上，一动都不敢动。她的呼吸如李静静的哭声一样是压抑的，生怕闹出动静的那种。最难受的是想咳嗽，哽在咽喉的出口，就是不敢释放。

渐渐地，李静静和男友停止了哭泣，像她的名字一样安静下来了。

李静静说："疼吗？"

"已经麻木了，但是，心在流血。"

黄芬心想，必须得起来了，过去安慰安慰他们。

就在黄芬准备把那声咳嗽彻底释放的时候，她却听到李静静说："这场战斗最后无论是我们赢还是我爸赢，不管以后会怎么样，就在今晚，就在这里，我要把我的一切都交给我的真爱，交给你！"

　　一切都安静下来，安静得如抽去了所有的空气，令黄芬感到窒息。渐渐地，黄芬清晰地听见李静静和男友粗重而急切的呼吸，听到李静静的床架子在这个潮湿的夜里不停地晃动着。

　　黄芬用力咽下那声哽在喉咙的咳嗽，她感觉自己的心跳很沉闷，她的脸像是被点着了，烧得难受。夜依旧黑暗，窗外的雨声继续，夹杂着李静静他们弥漫在黑夜里的那种痛苦却欢悦的轻响……

　　黄芬更无睡意了。

　　黄芬不知道自己有没有睡着，意识朦胧中，她听到李静静说话的声音："快起来吧，我们该走了。"

　　"静静，我好累。让我在你身边再躺会吧，让我再抱你一会吧，天还黑着呢。"

　　李静静似乎要说些什么，却被男友的亲吻全部盖住了。在这片黑得如铁的空间里，哪怕一点点接吻的声音，也被无限地放大了，喧响在黄芬的脑海中。黄芬再次轻抚着自己滚烫的脸，觉得自己的整个脑袋都晕乎乎的。

　　"阿文，别，别这样了，我们赶紧起来，该撤退了。毕竟是单位的职工宿舍，万一被同事发现就不好了。以后，我们亲热的时间还长着呢！"

　　"以后，我们还有多少以后。"男友轻叹一声，继续恳求，"静静，我还要……我要把这一次的欢乐永远留在心里，留在我的回忆里。"

　　"阿文，我已经是你的女人了，请相信我……"

　　"静静，求你了，就一次……"

　　李静静的床架子再次有节奏地响起，尽管声音不太大，可传到一个还不太明白男女之事的少女的耳朵里，那就是大风大浪，那就是狂风暴雨。黄芬的心快要跳出嗓子眼了，无奈，她又被动地聆听了一遍两个痛苦灵魂的疯狂律动。

　　在这样的律动里，不知道为什么，她的脑海竟情不自禁地浮现出杨远的样子，连那个男人发出的轻哼，都好像是杨远的，且继续潜伏在这个无眠的黑暗的空间里。

于是，她又暗自骂了一句："该死的杨远！"

收到父亲来信的时候，林雪月的眼泪像泄了洪似的。十八年对于人的一生，已经不短了。十八年前，当那个决定在脑海里一掠而过的时候，她知道，掠过脑海的是一股寒流，甚至她料想到了父亲的态度。

当她抱着黄芬，背起行李向父亲告别的时候，她的眼泪同样是泄了洪似的。她伤心欲绝地向父亲深深地鞠了一躬。这一鞠躬，换来的是父亲的一句"你决意要去江苏，那就再不要回来"。那句话，已经在她的耳边断断续续地回响了十八个年头。

而十八年后的这封信，这封轻得像一丝柔弱的春风一样的信，却沉甸甸地压迫着她。思念瞬间涌出眼眶。她又想起了父亲，想起了亲人，想起了故乡。此时此刻，她又一次扪心自问，这十八年，自己到底为什么还活着。

这十八年里，她真的没有再回上海，回她魂牵梦萦的家。她不敢回去，不敢面对父亲的目光。她的兄嫂一次次地来信要她回家，说父亲已经为那句话后悔了很多年了。可是她依然没有回去，她害怕回去面对父母。她的父亲对儿子媳妇们说："你们不要劝了，她不会回来了，这孩子硬气，跟我一样硬气……"

林雪月在回兄嫂的信中说："我不是硬气，而是无脸见家人，更无脸面对双亲。我知道父亲是为了我好。事实上，这许多年我过得并不好。爸爸他老人家是对的，后悔的应该是我。可这一切都是我自己选择的，一切都只能由我自己承受。"

现在，父亲的信在林雪月的手里颤抖：

雪月吾儿：

　　十八年了，爸爸每天都在想念你和你的孩子们。如果有空，你就原谅爸爸，就回来一次吧。你给嫂嫂们的信爸爸每封都要看上几十遍，你是爸爸唯一的女儿……

林雪月已经看不下去了，泪打在信纸上，打在父亲写的钢笔字上，字迹在泪水中溶化，扩散，淡化，如这十八年的人生。

"妈，你怎么了？"黄方放学回到家，站在林雪月的身后，"是谁的来信？"

林雪月擦去了泪，匆忙地收起信，抽了抽鼻子说："没什么。"

"妈，这里还有封信呢，应该是写给你的吧，可信封上什么也没写，连邮票也没贴一张。"

林雪月从黄方的手里接过信："阿方，这信你在哪里拿到的？"

"就插在我们家的窗子缝隙里。"

林雪月一脸的疑问，匆忙地撕开封口：

林雪月：

　　你好！

　　你不会认识我的。可是，我却早就认识你。今天写信，只是想告诉你一个事实：黄桔荣是被我杀死的。

　　告诉你，只是因为这个秘密你有权知道，我认为也有必要让你知道的。至于报不报公安，你就看着办吧！

陌生人

林雪月脸上的疑问越发浓重，然后是恐惧，两个问题几乎同时闪现在她的脑中，"陌生人"是谁？谁杀了桔荣？派出所的同志不是说，枯荣是在追赶偷电线的小偷时，被那个小偷从桥上推下河岸，光荣牺牲的吗？街道干部还追发了他的见义勇为奖。一开始她还以为丈夫是喝醉酒，不小心失足掉下桥去摔死的。后来，民警说，派出所抓到一个盗窃犯，听说举报可以立功，可以少吃几年官司，便咬出了另外一个害死黄枯荣的同伙。那人不是已经被捕了，已经被判了20年徒刑了吗？怎么又冒出一个自称害死枯荣的神秘人？

为了解答这两个问题，林雪月请来了黄夏、郝厂长和叶昌群。

然而，对于这封奇怪的信，他们都觉得毫无头绪。于是，在三个男人的建议下，这封信终于还是到了公安局刑侦科科长的办公桌上。

夕阳洒在黄芬的脸上，洒在公路两边的麦田和油菜田里。因为没有风，一切看上去都是静止的，一切都显得格外美好。

看着近在咫尺的田园风光，黄芬坐在杨远的自行车后座上面舒了口气说："这天气哪像是冬天呀？天气预报说，长江三角洲今年可能又是个暖冬。"

杨远停下了口哨说："暖冬不好吗？至少我们上下班骑车，不会太寒冷，太辛苦。"

"唉，今年的冬天，可能又看不到雪了。"

"我看你，不像那种喜欢打雪仗的女孩子呀。"为了与黄芬聊天，杨远的口哨时断时续。

"我喜欢下雪的，我妈的名字里就有'雪'字，事实上，她的人生就是一场雪。"

"这话有水平，像歌词。对了，那封匿名信公安部门查出点眉目了没有？"

黄芬重重地叹了一口气，自言自语："林雪月呀林雪月，看来，你又要面临一场暴风雪了。"

因为是周末，黄芬回家的时候，黄方早已放学。此时，他正坐在自家前门的门槛上。

"姐姐，太可怕了，又一封没贴邮票的信，插在我们家的窗缝里。"黄方把一封信递给黄芬，"写信的这小子，如果被我逮到，我非要打他个半死不可。"

黄芬捏着那封未启封的信，一双眼睛像是被突然点着了的两团怒火。

林雪月打开信的时候，双手颤抖得比第一次更厉害：

林雪月：

你好！

我说过，你报不报公安我无所谓，因为我这里不归公安管。但是，你报了案，非但报不了黄枯荣的仇，反而又树我为敌。树我为敌不要紧，当心，你还有两个孩子。你保护不了他们，公安也保护不了他们。

陌生人

灯一如以前那样昏黄。

黄晕晕的灯，将偌大一个客堂的上上下下都刷了一层暖色。黄夏和林雪月、黄芬静静地坐在灯下的那张八仙桌边上，八仙桌上放着"陌生人"发给林雪月的第二封信。

三人都沉默着。时间像按下了暂停按钮，凝重，静止。林雪月静静地看着那封信发呆，她的目光，忧郁，无精打采。在惨淡的灯光下，在林雪月的眼睛里，那张信纸上的每一个字都显得异常得意。透过它们，如同看到了写信人扭曲的丑恶的嘴脸，如同看到了他诡异的坏笑。

黄芬看见，妈妈的双眼布满血丝，她的脸上流过泪的地方，痕迹很明显，像泥泞的路上碾过的两道车辙。黄芬知道，妈妈是在向那封信求饶。她心疼妈妈，她觉得妈妈这辆饱经风霜的老车，实在是太累了，已经快要开不动了，快要散架了。就像那辆"老人家"一样，稍微施加点压力，就会掉链子，就会失去前进的动力，就会随时倒下。

半截点着的香烟，停在黄夏的手指间，白色的烟雾在昏黄的灯光下弥漫着一种令人窒息的气氛。空气是安静的。黄夏咳嗽两声说："大嫂，我们还是去派出所说道说道吧，听听他们的意思。"

"报了公安局，孩子们的安全怎么办？按信上的说法，他已经把你哥给害了，现在，他又盯上了两个孩子。这个恶魔到底是谁？他到底想干什么？"林雪月趴在桌上，把脸贴在八仙桌的桌面上，一副欲哭无泪的样子。"他是谁，为什么要这样对我？我什么地方开罪他了……"

有一段较长的时间，林雪月就这样一动不动地趴在桌面上，一双浑浊的眼睛看上去很空洞。黄夏早已熄了香烟，把十根手指插进乱蓬蓬的头发里，胡乱地抓着，仿佛要从一大堆杂乱无章的头绪里，抓出一个正确的答案似的。

黄芬知道妈妈内心的苦闷，她没有任何要劝母亲的意思，她知道让母亲哭出来的好处，可是，母亲就是不哭，天大的委屈都憋在心里。她只能抚着母亲单薄的肩膀，给她一点点依靠和安全感。

"大嫂，还是暂时把第二封信的事情保密起来，别告诉公安的同志，防止犯罪分子狗急跳墙，做出不可收拾的事情来，还有，我们大家都要格外地当心，特别是你们姐弟俩。"黄夏将目光移向黄芬，"明天开始，大嫂和黄方搬到我家去住，大家在一起就比较安全了。黄方上学、放学的时间和我上下班的时间差不多，反正我也要接送黄成亮的，就由我一起接送吧。就是黄芬……"

"我的安全完全没有问题。"黄芬朝叔叔坚定地点了点头，"县城，我有同事，就是黄方的口琴师傅杨远，也住在公司的宿舍里，我可以搭他的自行车上下班。他很强健，我亲眼看到过他打流氓时的样子，一两个大汉还真近不了他的身呢。他完全可以免费做我的保镖，所以请叔叔和妈妈尽管放心。"

听到杨远这个名字，林雪月的目光似乎比之前温暖了一些。她抬眼看着女儿说："杨远是个好小伙子，他隔壁邻居是妈一个车间的同事，妈侧面打听过他的情况。那个同事说，别看小杨穿戴挺奇怪，其实，他是个热情、善良、勇敢、开朗、乐于助人的好青年。他曾经帮你爸洗脱过偷洋布的罪名，他是我们家的贵人，妈信得过他。"

"好，这件事就这么决定了，大嫂，你收拾一下，我们今晚就搬家。"黄夏将烟头扔在地上，再狠狠地踩了一脚，转动脚尖，把它碾碎，像碾碎一个仇人。

星期一的早上，天还没亮透，黄夏和林雪月都说要亲自把黄芬送到她同事的手里。

冬天日短，墨色的东方才刚刚泛红。三个人走在一条煤渣路上，一路上谁也没有说什么，只有鞋子踩在路面发出的单调的吱吱嘎嘎的声响。杨远从一条弄堂里冒出。一声清脆的自行车铃声，算是向黄芬她们三人打过招呼了。

黄夏拍了一下杨远的肩："你就是黄芬的同事小杨吧？"

"不，除了同事，我们还是很好的朋友。"杨远更正道。他习惯性地咀嚼着泡泡糖，看黄芬冲她瞪眼，又更正道："哈哈，叔叔，阿姨，你们可别误会，不是你们想的那种朋友，是我们年轻人都喜欢称彼此为朋友的那种朋友。"

黄芬又坐在杨远的自行车后座上，看着杨远宽阔的肩膀和长发，心中涌现出一种难言的激动："杨远，谢谢你！"

　　"无功不受禄，怎么突然想起要谢我？"

　　黄芬的脑海掠过许多往事，她看着杨远宽阔的肩膀，想起了自己的父亲，想起了自己失去的那份依靠，想起了那两封莫名其妙的信，她的鼻子一酸，泪便滚落下来："真的，真的很感谢你！"想起父亲，坐在自行车后座的她空出右手，又抚摸了一下内衣口袋中的那颗五角星，每次摸一下它，黄芬感觉自己会变得强大一些。

　　自行车一路向东，沿路的风景在黄芬的视野中模糊着。

　　杨远发现黄芬有点异常，便没话找话说："今天怎么不穿那套'风'牌牛仔服了？你穿那套服装还是很时尚、很好看的呢。"

　　黄芬抽了一下鼻子，喉咙似乎被什么东西哽住了。

　　杨远停了片刻，继续说："那套衣服很贵吧，有一次我出差到南京，在一个外贸商厦里看到过这个牌子的牛仔服，标价556元，想买，但还是没舍得，到底是要开销掉我大半年的工资呢。"

　　"这套牛仔衣服要五百多？这么贵？"黄芬显得很惊讶。

　　"你不知道这衣服的价钱？虽然女式的要比男式的便宜一点，但五百元肯定只多不少的。我也曾纳闷过，按照你们家的条件，好像不太会买这么贵的衣服的。"

　　"这衣服是人家送的，我以为十几块钱而已。"

　　杨远笑着说："你可要当心了，人家有可能要追你了，才舍得送你这么贵重的东西。俗话说，舍不得孩子，套不到狼。"

　　"你胡说八道些什么呀！"黄芬抽了一下鼻子，用右拳的外侧敲了一下杨远的后肩。

　　杨远并没防备黄芬的这一着，自行车车把一阵打花，车便稍稍改变了方向，碰上了旁边的一辆自行车。

第08章

"小子,怎么骑车的呢？"旁边的男子停下自行车,说话的时候,一双愤怒的眼睛瞬间从杨远脸上移向黄芬。

黄芬感觉到有一束锋利的寒光笼罩了她。

杨远也停下车来,向那男子连说了好几声"对不起"。然后又踩车向前。黄芬打趣道："你这么没用？软声软气的,全然没有了那天晚上与两醉汉打架的样子。"

"那天晚上,要不是为了保护你,我早就拔腿而逃,毕竟强龙难压地头蛇嘛。"

"还以为,你是一个英雄呢,现在我终于知道了,原来,杨远也是一只纸老虎。"说完便咯咯咯地笑了起来。

黄芬的笑突然中止,因为她发现那个男子从后面渐渐跟了上来,边蹬着自行车,边用一双愤怒的眼睛紧盯着黄芬,眼睛里似乎充满了一种怨毒和仇恨。黄芬想,不应该呀,只不过是碰了一下自行车的车把而已,没有摔倒,没什么损失,有必要那样目露凶光吗？这样想着,黄芬在杨远车后座上打了一个寒战,而杨远的自行车车把又随之晃荡了一下,黄芬的心也随之晃荡了一下。

月光如霜,从窗口照进来。因为睡在黄夏的家里,环境的改变,使林雪月很难安静地入睡,加上这几天紧张的神经难以放松,林雪月更无睡意了。睡不着的时候,她的脑子就会像机器一样无时无刻不在自动运转,转到从前的五洲电机厂那里,转到黄枯荣那里,转到上海的石库门老家那里,甚至还转到了未来,自己当了奶奶、外婆……

面对窗外如霜的冷月,林雪月触景生情,想起了一首唐诗,她用自己孤独的声音轻轻吟诵道："床前明月光,疑是地上霜。举头望明月,低头思故乡。"吟着吟着,林雪月想起了父母,她披衫而起,走向那一片从南窗洒进来的雪白的月光,想把自己沐在月光里，沐在那一片思乡的凄美情绪中。

她慢慢地靠向窗口。

她看见一个人影从窗前一闪而过。

她大吼一声："谁！"

窗外再无声响……

林雪月推门而出，来到阳台上。阳台上除了一层如霜的月光，什么也没有。林雪月转身，正欲回屋休息时，身后却响起了急匆匆的脚步声。她转身冲去阳台，看见楼下有一团黑影向着远方跑得飞快……

林雪月倒抽了一口凉气。

灯亮了，黄方进屋，手里操着一把明晃晃的菜刀："妈，出什么事了？"黄夏夫妇闻声也赶了过来："大嫂，什么事情？"林雪月的嘴唇在微微颤抖："我，看见有人站在我的窗前，然后顺着栏杆跳到楼下逃走了！"

方园镇镇小人稀，在平时大多数时间里，百货商店并不是很忙。黄芬站在柜台前，一脸忧郁，若有所思。这几天，家里发生的事情，使黄芬整天为母亲和弟弟提心吊胆，加上杨远被安排去了供应科，仿佛一把得天独厚的保护伞，忽然离开了自己的天空，使她重新披上盔甲，时刻戒备着。

在黄芬的心里，父亲曾经是她的安全港湾，是她的靠山。现在，父亲不在了，杨远便是她的安全港湾，是她的一座坚固的靠山。通过这段日子与杨远的接触，与他一起工作，一起去通风机厂的食堂吃饭，一起挤一辆自行车往返各自远在县城的家……黄芬突然感觉自己已经离不开他了。尤其那天母亲说杨远是个"热情、善良、勇敢、开朗、乐于助人的好青年"，说他"曾经帮黄枯荣洗脱过偷洋布的罪名"，说他"是我们家的贵人"之后，她觉得杨远如果真的成了她的男朋友，母亲起码是不会反对的。有时候，当她面红耳赤地想起李静静与她男朋友在那个雨夜里的纠结和缠绵，她就会情不自禁地想起杨远。她知道，其实那晚的事情根本与杨远无关，可是，她就是会把这件事情与杨远扯上关系，为此，她自己都觉得自己的想法很奇怪。

她问自己，难道，这就是人们常说的恋爱？

李静静很沉重地咳嗽着，近来，她看上去比以前消瘦了许多。黄芬走到李静静的跟前："静静姐，怎么？身体不舒服吗？"

李静静摆摆手，向黄芬挤出一点笑："没事，大概是感冒了。"

沉默片刻，黄芬突然问她："静静姐，给我说说你的男朋友吧。"

李静静仍微笑着看着黄芬，眼睛却瞬间亮了起来。

这时，从门外进来一个男人，慢慢地走向黄芬所站的柜台，一双眼睛死死地盯着黄芬。李静静向黄芬使了一个眼色说："大概是找你的。"

黄芬看见来人的时候，先是吓了一跳，然后觉得来人似曾相识，又是倒抽了一口凉气。

来人仍在慢慢地走向黄芬，慢慢地靠近她，与她对视着。黄芬的嘴唇由于害怕而微微张开着，她看见那人一双愤怒的眼睛里充满了怨毒和仇恨……

李静静看出来人好像对黄芬不怀好意，便走到那人的面前说："同志，是要买东西吗？"

来人瞥了李静静一眼，继续用充满怨毒的眼光看了看黄芬，然后转身沿着原路慢慢离去。李静静说："黄芬，这人好奇怪，眼睛好恶毒。他好像认识你的，看上去，好像非常痛恨你，像是在警告你什么。他的眼神太可怕了。有病吧？"

旁边有位同事接过李静静的话说："都说人的眼睛会说话，我看，那男人的眼睛会骂人。"一句话引得同事们都笑了。

黄芬暗想，这样的凶光，何止可以骂人，简直可以杀人的。那两道直指着她的凶狠的目光，像在磨刀石上磨过的一样，异常锋利，狼眼似的闪着寒光。

黄芬打了一个冷战，她在努力地回忆，这个莫名其妙的陌生男人到底是谁？难道就是那个给妈妈写信的自称是"陌生人"的神秘人？而此时此刻，这个可怕的人，继续在向她逼近，她不知道接下来，他会对她怎么样。她摸了一下内衣口袋里的那颗红五星，咬了咬牙，准备迎战。

这时，门口突然出现一个青年，冲着那个奇怪的男人怒声吼道："站住，你想干什么？"那声吼，像一声霹雳炸响，把那目露凶光的男子吓得一颤，他转过身来，朝着门口的杨远怒目而视。

杨远走到他面前，盯着他说："至于吗？不就是自行车车把碰了你一下嘛。我碰的，你找我呀。"

那男子没理睬他，狠狠地看了一眼杨远，便快步走出门口，头也不回地消失在大街上。

或许是天冷，或许是李静静的恋爱出现了曲折，最近一段时间，李静静不怎么回家了，成为女宿舍的"常住户口"。这是黄芬所希望的。

那晚，李静静的那个两喇叭录音机一直工作到很晚。邓丽君也为她们俩演唱了几十首歌曲了。两人的话题也已经换了几十个了。李静静将正编织着的男朋友的毛裤往旁边一扔，打了个呵欠说："睡吧，明天还要上班呢。"

日光灯灭了，远处的路灯将一点点白光无力地投射在宿舍的窗玻璃上。于是，那些被风吹起的树影，会在玻璃上无休止地婆娑、摇曳。黄芬的眼睛无意间掠过窗口的时候，她的心开始狂乱地跳动。

黄芬轻声说："静静姐，窗上有人影。"

李静静拉亮了日光灯，她们看见有个黑影顺着窗外的电线杆一路而下，然后消失在漫漫夜色中。

第二天，李静静将昨晚发生的可怕的事情报告了经理，经理却用疑惑的目光看着一旁的黄芬，黄芬向他坚定地点了点头。下午，经理做出了一个决定，命令杨远，晚上以去女宿舍打扑克牌的借口暗中保护她们，并告诉杨远道："如果真的发现流氓分子骚扰，可以即刻报警。"

录音机仍唱着邓丽君的歌。打牌"三缺一"，总有点遗憾。

"打三缺一的牌，也太没意思了，但是，这是经理的命令，我可是忍辱负重呀。"杨远边洗着扑克牌，边咀嚼着泡泡糖，还一脸轻松地说着一些不怎么好笑的笑话。每讲完一个笑话，他总是带头笑着，末了，还补上一句："这么好笑的笑话，都不能逗笑你们？你们冷血吗？"

李静静瞟了一眼杨远说："小杨，经理可全是为你好，你看黄芬多好看，多温柔，多善良。经理是怕肥水流了外人田，是帮着你创造机会呢。"

黄芬的脸"唰"一下红了，瞪了一眼李静静说："静静姐，你瞎说什么呀？你再胡说，我不理你了。"

"瞧，被我说中了吧？心虚了吧？不然我亲爱的芬怎么会突然脸红了呢？"李静静用很复杂的眼神打量着黄芬和杨远，还指着杨远说，"看，小杨的脸也红了，你们两个肯定是好上了。今晚，咱们宿舍真亮，多了我这样一盏两百瓦的电灯泡。"

黄芬把手里的牌一丢，冲到李静静那边，李静静笑着逃跑，黄芬便在后面追打着她，杨远被她俩围在中间，拉来扯去的。一个平时非常潇洒的小伙子，在两个年轻女同事的玩笑里，突然显得有点不知所措，像一个没用的木桩。无奈，他同时抓住了两名姑娘的手臂说："好了，好了，别闹了，吵得我头都大了。"随后，把牌往桌子上一拍，"还是干点正事吧，完成领导交办的任务要紧。"

李静静是抹着笑泪回到座位上的，渐渐地，黄芬脸上的红潮也退下去了。杨远依然以很潇洒很熟练的动作分发着扑克牌，李静静的玩笑话，他当作没听见。黄芬则专注地盯着杨远的双手，在她的眼睛里，杨远这一整套熟练的发牌动作，一点也不输在舞台上表演的那些专业魔术师。

李静静好像没闹够，觉得还意犹未尽。她突然提议，打牌应该加点刺激，谁输牌就自己打自己一个耳光。

时间在这样的欢笑声中过得很快。这次，当李静静换完磁带回到座位时，脸上表情突变，异常严肃，轻声说："窗外有情况。"

杨远朝两人挤了挤眼睛，示意继续打扑克牌，不要打草惊蛇。他是背对着窗口而坐的，看不到窗外的情况。他悄悄地把桌上一面有铁丝架子的镜子，用肘子移动一个方向，看上去是无意间碰到的。从镜子里观察了一下李静静说的窗外的情况，随后，他故意大声说了一句："这次轮到你们理牌了噢，我水喝多了，要去楼下上个小号。"他向两位女同事挤了一下右眼角，意思是，我这是故意要说给屋外的神秘人听的，然后，故意油腔滑调地吹着口哨出门而去。

一会儿，楼下传来了杨远的声音："你这个流氓，爬这么高，偷看女宿舍上瘾了是吗？"两位女生循声俯视，见杨远和值班室的老王已经守在电线杆下，老王手握一柄手电筒，把杆上那个踩在一对登杆专用脚扣上的人照得雪白。

李静静和黄芬悄然来到底楼的值班室，打了报警电话。那个神秘男人仍高高在上，不管杨远和老王如何痛骂，如何威慑，他依然一声不响。直到派出所的同志来了，那个神秘男子才借着脚扣猴子似的一溜而下。

钻进警车的一刹那，男人狠狠地瞪了黄芬一眼。借着微弱的路灯光，黄芬一下子认出了这个人。她拉了拉杨远的衣袖，颤抖着声音说："杨远，你看，又是那个家伙，太可怕了！这个变态狂到底要干什么？"

杨远说："黄芬，他是谁？他始终背对着我，故意不让我看到他，天又这么黑，所以，我没看清楚。"

黄芬的声音继续在寒夜里颤抖着，像在冰面上打滑似的："就是那个来门市部，被你吼退的怪人。啊呀，就是那个在上班路上，你不小心碰了他的车把一下，他停下车狠狠地骂你。就是那个人。"

李静静接着说："我也看见他的脸了。那天，他来商店，什么东西都不买，那双可怕的眼睛死死地盯着黄芬的脸。这个神经病，脑子肯定有问题，也搞不清楚他到底要干什么。"

周末，黄芬仍然搭杨远的自行车回家。那天，天阴沉沉的，杨远说："这种天，阴阴的，黄黄的，看上去是要下雪的样子。"

黄芬一下乐了："太好了，终于要下雪了。"

"我是说看上去要下雪，下不下，老天爷还要考虑考虑呢，你不要高兴得太早。"

黄芬问杨远："你知不知道，上次我们抓到的那个变态狂后来是怎么处理的？"

"具体我不太清楚，听老王说，联防队问他话了，但他像个哑巴葫芦，一问三不知，三板斧劈不出一个闷屁。据说第二天一早就给放了。"

黄芬倒抽一口凉气，说："这不是放虎归山吗？"

"别害怕，经理不是换了一间没有电线杆子的宿舍给你们了吗？再说，还有你老哥我在暗中保护着你呢。"

"杨远，我好像又看到他了，他也骑着自行车，现在就跟在我们后面。"

“是呀，我背上也长眼睛的，也看得一清二楚，不止一个了，是一群，一大群的变态狂。”

黄芬颤抖着声音继续说：“杨远，是真的，没开玩笑。”

杨远回头核实了一下情况，停下自行车，稳稳地扶着黄芬下车，咬牙切齿地冲黄芬说：“黄芬，你别害怕。这老小子大白天的还装神弄鬼，看来，我必须得好好管教管教他了！”

那男人的自行车慢慢地跟了上来，离他们越来越近了。杨远走上前，一把按住来人的自行车车把，怒气冲冲地说：“老小子，你一路跟着我们，到底想干什么？我告诉你，别给脸不要脸，老虎不发威，你是把我当病猫了？”杨远凶巴巴地瞪着那男人的眼睛，突然大声地学了一声猫叫——“喵呜”，冷不丁地，吓得那中年男子整个人往上一蹿，逗得边上的黄芬情不自禁地扑哧一笑。

那人转眼又盯着黄芬看了一会儿，然后用力一推，挣开杨远抓着他车把的手，骑着自行车一声不响地往前走了……

回到叔叔家，婶婶热情地将黄芬迎进屋：“阿芬啊，今晚你妈我就不陪她了，你多劝劝你妈妈。为了那几封恐吓信，她时常暗自落眼泪，时常担心你和阿方的安全。”

一会儿，林雪月回来了，她拉着黄芬的手，仔细地看着黄芬，从头看到脚，像是在检查一件托运回来的玻璃制品有没有碎裂一样。

“阿芬，这个星期没发生什么吧？那个写恐吓信的坏蛋，有没有去找你麻烦？”

黄芬怕母亲担心，所以没多说什么，只轻松一笑道：“哪会有什么事，我们单位这么多人，谁敢欺负你的宝贝女儿？”

黄夏从里屋走出来，客气了几句后，对黄芬说：“阿芬，你过来一下，叔叔要问你一件事。”黄芬便跟着叔叔走进了厨房。

"阿芬，昨天，我去你家里拿被子，在窗的夹缝里又收到了一封信，怕给你妈雪上加霜，我就自作主张打开了信，看到了这么一张照片。"

黄芬看罢照片，眼睛都发直了。照片上，母亲和一个军人微笑着看着前方。而那个军人，正是爬在电线杆上偷看女生宿舍的那个变态狂，尽管那个变态狂比照片上那男的老了许多，但黄芬还是认出他了，特别是他的那双小而锐利的眼睛，令黄芬一眼就认出来了，确信无疑。

"叔叔，我妈和我爸也有一张几乎是一模一样的照片。这个人妈妈肯定认得，而近来发生的事和爸爸的死一定与这个人有关系。现在，只要妈妈说出这个人是谁，这个案子不就水落石出了吗？"

晚饭后，黄芬拿着那张照片交给母亲看。林雪月一看照片，惊恐着脱口而出："肖白男？"

黄芬接着说："这张照片是那个自称是陌生人的人寄给你的第三封信。所有发生的事都应该与他有关！所以，只要找到他，以后的事都交给公安局，就万事大吉了。"

林雪月双眼看着那张照片，两个眼珠子一动不动地盯着照片里那个男的，她整个人像凝固了一样，如一座雕塑。

"没用的，我们已经找不到他了，他叫肖白男，是你爸爸在五洲电机厂工作时最要好的同事，最亲密的兄弟。"

黄夏接着说："你是说，他就是那个在靶场上被我哥误伤的肖白男？"

"他死了？不！绝不可能！我今天还看到过他呢！"黄芬的眼神里重现了恐惧，"他今天一直跟在我和杨远的自行车后面。前天晚上因为爬上电线杆偷看我们女职工宿舍，被我们报警了，扭送派出所了的。他还来过我们商场，用恶狠狠的目光盯着我看了好一会儿呢。"

"不，不！绝不可能，他在你没生出来的时候就已经死了……"林雪月的眼光直直地看着黄芬，好像要在她的脸上找到一点说谎的痕迹。可眼前的女儿一脸的坚定，一脸的诚恳，她相信女儿没有骗她，而且，都到这个节骨眼上了，也没必要骗她。

可这个肖白男到底是怎么回事？

第**09**章

别墅像是建在公园里的，环境很优雅、恬静。弯曲的小径是由各种颜色的鹅卵石铺就的，拼搭出各种图案，充满艺术性和童趣。小径在各种好看的花草树木间灵动地延伸着，仿佛为散心漫步的人规划好的。有几种树木已经长得很高大了，在微微的寒风中居高临下，傲气十足。

林雪月手里捏着郝厂长的名片，在那幢美丽的别墅前已经徘徊很久了。那幢别墅像那些高大的树木一样，屹立在寒风中，在寒风中很绅士、很有修养地站立着，却同样傲气十足。

林雪月看着那张名片，耳边一次次地回响着郝厂长的话："如果你当我是你朋友，遇到困难的时候就来找我。"然而，她知道，家里发生这样奇怪的事，即使来找郝厂长也是没用的。可是，她不知道为什么还是要来这里，她甚至想，郝厂长是有本事的男人，有什么事是他没办法解决的？

林雪月满怀希望地望着那幢漂亮的小别墅，就是眼前的那一幢，她是对过地址的，不会有错。她转身踏上那条弯曲着的、非常富有诗意的小路，踩在那些由鹅卵石铺出来的小动物的造型上。可能这样的路更适合那些穿皮鞋的人走，而她穿着一双磨薄了鞋底的破布鞋。她觉得，这些浮雕感十足的鹅卵石十分硌脚，走得久了，脚底心就会隐隐作痛。可是，她依然往前走着。

然而，她又改了主意，转了个身。这条路，便变成了回家的路。

家，当这个温暖的字眼，在林雪月的心里再次涌现的时候，却丝毫感觉不到它的温暖，反而，这个字眼此刻带给她的是忧心忡忡。她渴望着的那个家，应该能平平静静的，给她一点温暖，给孩子们一点温暖。

她自言自语道："枯荣呀，我的这个要求过分吗？你说说看，我的这个小小的愿望过分了吗？"

林雪月的耳边响起汽车的喇叭声，回头间，一辆黑色奥迪轿车已经停在她的身后。林雪月加快了脚步。

"阿姨，真的是您吗？到了我家门口，怎么不进去坐坐？"

林雪月看见车上下来一个青年，黑色风衣在风中飘得异常醒目。青年向她走过来，同时摘下墨镜，向她礼貌地微笑着。他就是郝冬。

林雪月上下打量着郝冬，觉得与之前她看到的那个郝冬相比，眼前的这个显得更洋气。

"阿姨，是不是还在担心我无证驾驶？放心好了，我早已考到驾照了。"

"我是正好路过这里……"林雪月的神色显得有点慌乱不安，"你们家就在这里吗？真漂亮！真好！"可能，她不善于说谎，一说谎，脸就涨红了。

郝冬妈妈从她的大别墅里小跑着出来："郝冬，累坏了吧？快进屋呀。"

郝冬妈妈看见林雪月的时候，冲过去拉着她的手说："怎么是你？屋里坐，屋里坐。"林雪月将捏着名片的手藏进上衣口袋里，在郝家母子的恳切邀请下，走进了那幢大房子。

林雪月坐在郝家宽敞的客厅里，感觉就像坐在王母娘娘的宝座上了。周围豪华的装饰应接不暇，那气派的大吊灯，那华丽的丝绣窗帘和毛茸茸的编织着各种图案的羊毛地毯，还有各种好看的摆设，宽大的、暗红色的皮沙发，古朴的树桩盆景，比人还高的红木落地钟，晃荡着它高傲的钟摆，正在清脆的滴答声里，走着宝贵的时间。

林雪月置身于这样一个完全陌生的环境中，感觉自己好像一下子缺氧了似的，连大气都不敢喘。她是第一次亲身感受到一部分先富起来的人的生活状态，眼前的这一切，对她来说，完全是另外一个世界。

郝冬妈妈从里屋出来，奉上一杯果汁。郝冬打开皮箱，拿出一袋小吃说："这是我从上海带回来的大白兔奶糖，林阿姨，快打开尝尝。"娘俩在林雪月的两边坐下，看着林雪月，一时不知该说些什么。

沉默是被郝冬打破的："林阿姨，听说黄芬上班了，她还好吗？"

林雪月垂下眼皮说："她在乡下的一个商店里当营业员，平常住集体宿舍，星期天才回来。郝冬，你大学放假了吧？"

"没有。要期末考试了，我怕在学校分心，所以请了半个月的假，因为我习惯在家里复习功课。"郝冬的目光掠过一丝不易察觉的不安，为自己的口是心非而不安。其实，他自己最清楚了，他回家的目的有两个，一是要尽可能地摆脱汤玉莲，二是想抽空去黄芬上班的地方看看她。

郝冬妈妈拿了一颗奶糖，递给林雪月说："快吃糖。对了，阿方还好吗？好久没见他了，还真有点想他了呢。"

"他挺好的，在学校读书，就是调皮。"林雪月咀嚼着大白兔奶糖，一股久违的香甜从她的牙齿缝里弥漫开来，的确是小时候的味道。她品尝着来自上海的家乡特产，眼前又浮现出小时候跟着父母和哥哥们闲逛南京路和城隍庙的快乐时光。

坐了一会儿，林雪月站起身来说："大姐，郝冬，我还有点事，我要走了，你们有空到我家来玩。"

郝冬妈妈也站起身来："再坐会儿，吃了饭再走吧！一会儿，老赫就要回来了。"林雪月说："不了，来日方长，郝冬，有空来玩哦。"

郝冬把一声"哎"的尾音拖得很长，好像是在朗诵一句诗歌。他冲林雪月温暖一笑，然后快步走向门外，向司机耳语一番，转身说："林阿姨，我叫司机送你一程。"林雪月推辞不了，就钻进郝家的私家汽车。

黄方刚走出校门口，就有人喊他的名字。他以为是叔叔接他来了，就笑盈盈地迎向喊声。然而，黄方的笑容一下子就凝固了。

那人也笑盈盈地走过来，笑是笑着的，可那种笑挂在他脸上，看上去就有点诡异。他走到黄方面前的时候，蹲下身体说："你是黄枯荣的儿子对吗？我是你叔叔黄夏的同事。你叔今儿个有事，脱不开身，所以叫我来接你回家。"

一听来人是外地口音，黄方便皱起眉头，叔叔的话又在他耳畔响起："记住，不是叔叔来接你，你就不许离开校门一步！"黄方松开眉头，看着那人说："那么，黄成亮呢？"

"谁是黄成亮？你叔叔拜托我来接你的，所以，我们就不麻烦黄成亮叔叔了？"那人的眼神很奇怪，令黄方有点害怕。

"黄成亮是我堂弟，是我叔叔的儿子，也是小孩，不是大人。我叔叔既然要你来接我，为什么没让你把黄成亮也一起接了？你是冒充的吧？我不跟你去！"黄方将双臂交叉在胸前，坚定地打了一个死叉，用血气方刚的、凶巴巴的目光，死盯着那个陌生人。

见骗不了黄方，那人瞬间亮出一张凶恶的脸。

"实话告诉你，我就是写信要找你们家麻烦的人，现在你必须跟我走。"

黄方慢慢移动脚步，慢慢地靠近他，毫不犹豫地抬起手掌，清脆地给了那人一个耳光说："你这个大大的坏蛋，你敢动我一根手指头试试。你只要一动手，我就拼命地喊'救命'，到时候，老师同学们就会把你抓起来，送公安局！坐大牢！枪毙！"说完，他使尽全力，左右开弓，又刮了陌生人两个大耳光，迅雷不及掩耳，隐约有种黄枯荣年轻时的气概。

第二次打他耳光的时候，黄方觉得自己的手火辣辣的。那陌生人也愤怒地举起手，意欲还击，见附近放学的学生一拨拨地走过，只得放下了手。

抬头看见从校门口走出来一个男老师，黄方想到了求救。正当他喊出捉坏蛋的"捉"字的当口，陌生人一把抱住他，并紧紧捂住他的嘴，让他喊不出半个字。随后，他凶巴巴地说："我警告你，不许你在我面前提'枪毙'两个字！"那人抱着黄方急速退了两步，移动到一个相对隐蔽的地方，压着喉咙低吼了一声，"信不信我先枪毙了你姐姐！"他继续捂着黄方的嘴巴，目露凶光地咬着牙，一字一顿地对黄方说，"再告诉你一件事，你姐姐现在就在我手里。如果你乖乖地跟我走，我就放了她，否则，我先要了她的人，再把她卖到深山老林里去，给山里的土匪当压寨夫人。信不信都随你！"说完，松开了捂在黄方嘴巴上的手。

见那个陌生人松开了手，黄方又刮了对方一个耳光，捂着鼻子怒道："你这脏兮兮的坏蛋，身上可真臭。"他用手掌扇着鼻子，问道："快说，你把我姐姐怎么了？"

陌生男人捂着脸，恶狠狠地说："你再敢动手打我，我一会儿让你姐姐吃个大亏。我向玉皇大帝保证，说到做到。"

黄方迟疑片刻说："好吧，我答应跟你走，但是，你必须得放了我姐姐。如果你说话不算数怎么办？"

那人得意地笑了："那你看着办吧！"说完，站了起来，头也不回地向着学校东边的弄堂深处，大摇大摆地走去。考虑到姐姐的安危，黄方只好顺从于陌生人，忧心忡忡地走向那个弄堂口，尾随着陌生人而去……

黄夏回到家，慌慌张张地对林雪月说："大嫂，出事了，阿方不见了。今天放学，我没有接到他。"

林雪月看着黄夏，慌张而无助地说："今天，我的右眼不停地跳，不停地跳……"说着说着，两行泪滚滚而下。

黄夏接着问他老婆："阿芬回来了没有？"

黄芬从楼上下来，用疑惑的目光看着叔叔。

"我没事，今天礼拜六，我在县社业务培训，下午两点半就结束了。叔叔，阿方他到底怎么了？"

婶婶说："你叔叔没接到阿方。阿方不见了！"

婶婶扶着黄芬的肩说："先别着急，你叔叔已经将情况告诉学校老师了，校长和班主任他们已经在查找了，很多老师在帮忙找，说不定阿方到哪个同学家里去玩了呢。"

潦草地吃过晚饭，一家人围坐在黄夏家的客厅里等消息。昏黄的灯光，努力营造着一点点温暖，只是这点温暖无力消退屋里人脸上的担惊受怕，无力冲淡林雪月脸上密布着的愁云。

门外响过一阵自行车的铃声，黄方的班主任一踏进门就对黄夏摇了摇头："真对不起，我几乎发动了学校所有的老师，所有的学生干部，打通了他们班所有家里装有电话的同学家的电话，走访到所有班里没有电话的同学家里，黄方仍无音讯。"

窗外掠过一道雪白的灯光，屋子里所有人的目光都一起向外张望。

一辆轿车在黄家门前的空地上停稳之后，灯光就灭了。郝厂长急匆匆地下车。从驾驶室里钻出的那个风度翩翩的青年，正是郝冬。

第09章

黄夏和林雪月他们将两人迎进屋内。郝厂长用急切的目光看着林雪月说："有消息了吗？"林雪月摇头的时候，两道目光牢牢地盯在郝厂长的脸上，像是发现了救命稻草一样。此时此刻，如果郝厂长真的是根救命稻草的话，林雪月的目光足够把这根稻草点燃。

黄芬用右手抚了抚母亲的肩膀，左手习惯性地伸进口袋，抚摸着父亲黄枯荣留给她的那枚红星，在心里默念道："爸爸，求您帮帮我们吧。红色五角星，你也帮帮我们家。你是我们家的幸运之星，保佑阿方平平安安，保佑我们家逢凶化吉。"

黄芬坚定地咬了咬牙说："妈妈，你别担心，邪不压正，而且，那么多人都在帮我们，阿方不会有事的。"

林雪月边抹着泪边说："郝厂长，有劳你费心了。救救阿方，如果阿方出事了，枯荣地下有知，他是决不会原谅我的。"

郝厂长递上一块格子布手帕说："快别这么说，阿方就像我的孩子一样，现在最重要的是要尽快找到他。请你放心，公安局有我认识的领导，他已经通知刑侦队及各个派出所，组织警力全力搜索，会没事的。"

郝冬此时正安静地坐在屋子的一角。他从黑色风衣的口袋中抽出一支香烟，亮森森的打火机一声响，暖暖的火光便在他的脸上一闪一闪的。他的脸看上去冷若冰霜，只有在与黄芬的目光相碰的瞬间，才会露出一点暖意。

黄芬似乎突然想起了什么："妈，会不会阿方去找杨远了？"

郝厂长问："是那个给阿方输血的口琴老师吗？"

黄夏不解地看着黄芬说："杨远不是你的那位男同事吗？阿方怎么可能到他那里去？"

黄夏突然想起，黄芬曾经跟他说起过，她还在学校读书的时候，一家人曾经去过茅山脚下的杉树林，祭拜枯荣的好兄弟肖白男，在那里，碰到了正吹口琴的杨远，阿方便拜他为师了。

黄夏看着黄芬说："对，他是阿方的口琴老师。阿方经常去杨远那里，今天是星期六，阿方知道杨远今晚回家的。"

郝厂长从皮包里拿出一部体积较大的移动电话，它还有一个特别的名字，叫作"大哥大"。郝厂长说："阿芬，快，马上给杨远打电话！"黄芬眉头一皱，轻声说了一句："郝伯伯，杨远家好像还没装电话呢。"

这时，郝冬站起身来，走到黄芬面前说："黄芬，走吧，不如我们开车去杨远那里瞧瞧。"郝冬转身看了看父亲，"爸，你留在这里，待会公安局的同志要来问情况的。对了，'大哥大'给我，一有消息，我会打电话来。"

黄夏在黄成亮的书包里摸出一个本子，撕下一张练习簿纸，写上隔墙小卖部的传呼电话号码，交给了郝冬。黄芬伸出右手，轻轻抚了抚母亲的肩，便跟着郝冬上了车。

车灯将周围的风景染上一层神秘的色彩，昏暗的街灯像一队跑步的哨兵，与汽车背道而驰着。灯光透过车窗玻璃映进车内，忽明忽暗的，就像此时黄芬忐忑不安的心情一样。郝冬边驾驶着车边看了一眼坐在副驾驶座上的黄芬说："是在害怕我的驾车技术？放心好了，现在我已经考好驾照了。"郝冬在汽车音响边上的摁钮上按了一下，那个小小的空间便一下子被一首周峰的《玛丽》给填满了。

郝冬说："你还没有告诉我杨远家的地址呢？"因为音乐很响，黄芬听不真切郝冬在说什么，于是就放大嗓门说："你说什么？"

郝冬调低了音量："我说你还没告诉我杨远家的地址！"黄芬如梦初醒，张大了嘴说："糟糕！我也不知道杨远住哪里。"

郝冬将车靠边停下，借着车内的灯光看了黄芬一眼，不禁微微一笑："人在高度紧张的时候，容易忽略许多细节的东西。所以，

第09章

217

请你静下心来，想想如何打听得到杨远家的地址。"

郝冬摇下窗玻璃，打火机上火光一亮，欲点亮一支夹在双唇中间的香烟，看了看边上紧锁着眉头的黄芬，又关上了打火机。

黄芬费了很大的劲儿，才记起值班室的电话号码。借着郝厂长的"大哥大"，黄芬向值班的老王伯伯打听到了杨远家的地址：振元弄79号。

"振元弄？是不是那个县城最有名气的贫民区？"郝冬启动了汽车。黄芬看了一眼郝冬说："贫民不好吗？我就是贫民！"

郝冬将一支没点的香烟从嘴上取下，扔出车窗："我说错了，是老城区，老城区，我只是想确认一下地址，没有别的意思。"

黄芬有意无意地白了郝冬一眼，她越来越讨厌郝冬故意耍酷的那种做派，讨厌他一副高高在上的样子。两人便一路沉默着。而现在，黄芬无心计较郝冬的表现，她一脸焦急的样子，完全是因为阿方。她坐在车上，如坐针毡。

黄芬尽量不去打量边上正开着高档轿车的青年。这个青年刚才说杨远住在贫民区，可是，她就是喜欢贫民区里的杨远。这样想着，她特意用眼睛的余光扫了一下旁边那个时尚的青年，不知道为什么，一样是年轻人，黄芬觉得郝冬和杨远是完全不同的两种人。一样是坐车，她宁愿坐在杨远的自行车后座上，也不要坐在赫冬的轿车上，她觉得坐在这样一个被一股强烈的傲气包围着的狭小空间中，非常的压抑，非常的不自然。她喜欢自行车后座周围弥漫着的自由自在的空气。

杨远的家在一条狭窄的弄堂内，郝冬的汽车只能停在弄堂口。黄芬和郝冬下了车，在被郝冬称之为贫民区的巷子里一路问着，花了大约十多分钟的时间，终于找到了79号。

听说黄方失踪了，杨远的神情也显得非常的着急。郝冬第一时间打通了黄夏家旁边小卖部的传呼电话，告诉在黄夏家里等消息的郝厂长和林雪月他们，黄方并不在杨远的家里。

黄芬和郝冬便向杨远告辞，杨远说了句"你们等我一下"，随后，从床上抓起一件外套说："走，我跟你们一起去寻找。"

三人小跑着，穿越那条幽深的巷子，然后上了郝家的小轿车，郝冬问："现在怎么办？"黄芬沉默着，一双眼睛紧盯着杨远的脸，显得慌乱而毫无主张。杨远安慰她说："黄芬别着急，目前看来，阿方的失踪一定与那个找你们家麻烦的人有关。"杨远想了一想接着说，"我想，我们曾在那条上下班必经的南句公路上，多次碰到过那个变态狂，说不准那个变态狂就住在那条公路附近，阿方不见了，肯定是被他绑架了，肯定与他在一起，我们不妨就沿着这条公路，兴许会发现点什么。"

杨远的脸又迅速转向郝冬说："师傅，麻烦你开到前面拐角处的点心店。那里有公用电话，我和黄芬去打个电话，告诉林阿姨他们我们的行踪，叫林阿姨发动亲戚朋友和阿方的老师同学分头去找，阿方失踪的时间不长，他们应该不会走太远的。"

郝冬拿出大哥大对杨远说："你忘了，我有大哥大，你们不用去找公用电话了。以后不要叫我师傅，我是白领，应该叫我先生。"郝冬看黄芬的目光，正好与黄芬冲他翻白眼的目光撞在一起，于是，他便突然改变了一种语调说，"开个玩笑！杨远，你是黄芬的同事和朋友，也就是我的朋友，以后就叫我的名字，郝冬，赤耳郝，冬天的冬。"杨远大方地伸手与郝冬的手相握在一起。

郝冬打完电话，便调转车头，在杨远的指点下，沿着南句公路，向着去方园镇的方向开去。

黄方跟着陌生人从学校门口一直向东，在第二个巷子口拐向北行……变态狂时不时地推着他，催他走快点。没人的时候，他还时不时地冲黄方笑几声，笑得黄方的心很慌乱，他越来越觉得

第
09
章

219

害怕，越来越担心自己的姐姐，不知道此时姐姐被这个变态狂折磨成什么样子了，想到这些，手心都沁出汗来了，都能听到自己心跳的声音了。黄方控制好脚步的节奏，故意落在后头，始终与那个变态狂保持着七八米的距离。

终于，黄方鼓起勇气，冲着那个变态狂大声问道："我姐姐呢？你到底要带我到哪里去？"那人听了黄方的话后，笑得更加疯狂了。

从笑声中，黄方似乎听出点被欺骗的味道来了。

变态狂拐进一条小煤渣路的时候，黄方从书包里偷偷掏出一本练习本，悄无声息地把它扔在地上……

变态狂带着黄方东转西弯地走着，路越走越窄了，环境越来越偏僻了，天也越来越暗了……

黄方再次向变态狂打听关于姐姐的下落，变态狂便笑得更放肆了，边笑边晃荡着一头又长又乱、又脏又臭的头发。黄方一摸书包，发现书包内各种科目的练习本已经扔光了，再跟他走，就要扔课本了。这使黄方自然而然地想起姐姐被父亲撕碎的语文书，想起了杨远给姐姐送书的情景，想起了母亲和叔叔婶婶。这样想着，黄方便一屁股坐在地上，伤心地大哭起来。

变态狂回转身来，走到黄方面前，对着黄方的脸，猛抽了四五个耳光，恶狠狠地说："臭小子，现在知道害怕了，刚才还敢打我耳光，有本事再打我呀！哭什么哭？不想救你姐姐了，不怕我像杀你父亲那样也杀了你姐姐？"说到这里，变态狂就又开始狂笑了，边笑边说："真过瘾，咔嚓一声，人头落地！"

黄方怒目瞪着那个变态狂，狠狠地咬了一下自己的牙关，趁变态狂不备，使尽全身力气，照着变态狂胯下最要命的地方，一脚踢了上去。

黄方和变态狂便一同倒在地上。

黄方迅速爬起，拔腿就逃，逃不了多远，又停下了脚步。他想，万一那变态狂说的是真的呢？我逃跑了，姐姐怎么办？

变态狂追了上来，左右开弓，又打了黄方四五个耳光。他解下裤带，捆了黄方的手，让黄方在前面走，时不时地在黄方背后推搡几下。然后，像个疯子似的狂笑。

天空完全黑下来的时候，变态狂将黄方带到一个非常荒凉的地方。借着微弱的夜光，黄方发现那个地方原先应该是一条不小的公路，现在被废弃了，路的绝大部分都坍塌了，野草疯长着，仅留下三十来米长的路。在这一小段相对完整的路尽头，还有一座同样被遗忘的水泥拱桥。变态狂将黄方带到了桥下。走进桥洞的时候，黄方才明白，这应该是变态狂的临时住所。黄方脚底一打滑，一股恶臭便冲鼻而来。黄方感到自己的面孔胀胀的，火辣辣地疼，但他没有被吓到，依然不停地大骂变态狂。显然，骂人并不是他的强项，最重的一句就是"我要把你杀了"。

变态狂又开始狂笑，样子就像一个刚从棺材里逃出来的大头鬼。他的狂笑盖过了黄方的骂声，在渺无人烟的夜空回荡……

夜静得就像一张低调的油画，汽车的灯光像两支浅黄油彩的画笔，在黑色的调色板上悄无声息地划过。杨远对郝冬说："郝先生，请尽量开慢些。"然后面向黄芬说："黄芬，把窗打开，你看着左面，我看着右边，看看阿方有没有留下什么。"

郝冬冷冷地对杨远说："杨远，你还是叫我师傅吧，怎么觉得你叫我先生听着更别扭。"杨远仔细地检查着车开过的路面，没顾得上理睬郝冬。

"郝师傅，请停一下。"杨远示意郝冬倒一下车。

车灯将路边的草丛照得很亮，杨远从草丛里拾起一只白色绒线手套，放在车灯下仔细地看着，然后问黄芬："是不是阿方的？"黄芬摇了摇头。

汽车继续往前徐徐巡行，郝冬不冷不热地冲杨远说："杨远，真把自己当专业侦探啦？依我看，这种方法只不过是大海捞针，是一种最笨的方法，除非有奇迹发生。"黄芬有点看不下去了，说："郝冬，你聪明，你有更好的办法吗？现在最重要的是尽快找到阿方，如果你不愿意帮我们，就靠边停车好了，我们不坐你的车了。"

郝冬赶紧解释道："我实在是因为心里着急，没有别的意思。杨兄，你可千万别往心里去。"杨远说："不要因为分散注意力而错过了线索。以我对阿方的了解，他是个非常聪明的孩子，而且胆子大，人鬼着呢，他应该会留线索给我们的。"

郝冬点了一支烟递给杨远，杨远接过烟，放在嘴上抽了两口，随后是一连串很重的咳嗽，但眼睛仍全神贯注地看着路旁被汽车灯光划亮的地方。杨远平时是不抽烟的，可是，他也不知道怎么会抽起郝冬递来的香烟，潜意识里，可能是怕自己在富家公子面前丢了范儿吧。

这时，黄芬说了一声"停"，车便又停下了。

黄芬跳下车，从地上拾起黄方故意留下的英语练习本，激动地冲杨远喊："是阿方的练习本，写着他的名字呢，是他的。"随后特意白了一眼郝冬，激动地说，"这个大海捞针的笨办法，终于出现奇迹了！谢谢你的吉言。"

郝冬正欲跟黄芬说点鼓劲的话，黄芬却早已把注意力转移到杨远那里了。黄芬和杨远在车灯的照耀下，欣慰地相视而笑。郝冬当然也为终于找到线索而兴奋不已，但是，看着黄芬与另外一个帅小伙相视而笑，互相庆祝，自己却成了多余的那个，心里总归不是滋味。

杨远冲着郝冬道："郝冬，麻烦你马上通知林阿姨他们，我们找到阿方的练习本了，叫他们报告公安人员，马上集中到这里来。你留在这里等他们！我和黄芬顺着这条路找下去，我会在每个拐弯处的地上或者树干上，用这支红粉笔画一个圆圈做记号，并标出箭头方向。"黄芬冲口而出："画五角星吧，我信它。"杨远看了看赫冬说："记住，是红色五角星记号。"确切地说，红粉笔是洋布店里常用的工具——划粉，裁剪面料时画辅助线用的。今天，可能因为出门仓促，杨远随手抓了件外套。那件外套的口袋里，居然还保留着他在洋布店上班时用过的一块红色划粉。

杨远和黄芬正欲转身离去，郝冬说："请等一等！"郝冬下车，从后车厢里拿出一支德国产的手电筒，拍了拍杨远的肩膀说："兄弟，黄芬姐弟的安全，就交给你了。"

根据黄方留下的练习本，杨远和黄芬感觉越来越靠近阿方和那个陌生人了。他们喊着黄方的名字，一遍又一遍。

杨远对黄芬说："有没有听到好像有人'唔'了一声！"

黄芬紧张得声音都变了调："嗯，听到了，好像是从桥底下传出来的！"

毕竟是女生，黄芬显得特别害怕，整个人都在不停地颤抖着。她把自己的肩膀紧挨着杨远的肩膀，一只满是汗的手紧紧捏着杨远的手腕。她把急促而滚烫的呼吸都呼在杨远的耳朵上。一阵女性身上的芬芳，透过嗅觉直击杨远的内心，他的心便随之荡漾。

杨远压低声音对黄芬说："阿芬，别怕，有我在呢！"两人便在手电筒的指引下，猫着脚步向桥洞的方向移动着。

终于，杨远手电筒的光柱照在了那个变态狂和黄方的身上。变态狂用手挡着强烈的光线说："你们是干什么的？找死来了？"

杨远的手电筒发出强烈的白光，像一柄锋利的长剑，刺得那个变态狂睁不开双眼。他正气凛然地大吼一声："你绑架儿童，已经是犯法了。你到底想干什么？"

那个变态狂迅速从地上拾起半块砖头，朝着杨远和黄芬他们扔了过来。杨远迅速做出反应，他一个转身把黄芬揽在怀里，砖头便在他的后背发出一声沉重的闷响。杨远强忍着伤痛，拾起那块砖头想反击，可是，他中止了行动，他看见那个变态狂将被缚的黄方挡在他的面前。

杨远咬着牙冲着变态狂喊道："你快把小孩子放了，所有的事情都可以不再追究。不然，如果我一报警，你知道是什么后果。如果公安一旦插手，恐怕下半辈子，你就得在监牢里渡过了。"

那个变态狂仍然边狂笑着边喊叫道："你有本事打我呀，用砖头扔我呀，不怕把黄枯荣的狗崽子一砖扔死，你就扔吧。真过瘾，咔嚓一声，人头落地！"

变态狂的笑声传得很远，郝冬他们根本不要寻找杨远留下的红色五角星记号，就很快找到了那个桥洞。

这时，依然被杨远揽着的黄芬突然一个健步冲了出去，勇敢地向变态狂扑去。变态狂将黄方向后一推，抓住黄芬的手向后一拗，黄芬便成了变态狂的人质。

三个刑警站在了杨远的身后。他们中最前面的那个严正警告道："犯罪嫌疑人，快把人质放了，不要再做任何抵抗，不然，一切后果都由你自己承担。"

变态狂突然松开了黄芬，然后跪在地上大哭起来："黄枯荣，你'砰'的一枪，把我家白男给杀了，天理难容，天理难容呀……"

所有的手电筒都照在了那个变态狂的脸上。林雪月看着这张脸，喃喃地说："真的是你吗？肖白男……"话没说完，人就昏厥过去了。

审讯室内，刑侦人员问绑架黄方的男子姓名、年龄、家庭地址、为什么要绑架黄方等问题，那男子好似换了一个人，变得特别安静，变成了聋子，无论问他什么，一概不作回答。

无奈，公安局的刑侦人员只得找到了林雪月所在的街道加工厂，找到林雪月："林同志，那天晚上，当你看到绑架你儿子的那个人时，好像认识他，而且，还叫出了他的名字。"

林雪月摇了摇头说："简直是一模一样呀，虽然已经过去快二十年了，但我仍认出他就是肖白男，肖白男是我和孩子他爹在五洲电机厂工作时的同事，是孩子他爹最铁的哥们。他的声音，他的眼神，他的长相，他的身材，都和肖白男一模一样。可是，肖白男已经死了，在一次实弹射击演习中被误伤了，去世快二十年了。"

"可是，这个长得像你同事的人，到底是谁呢？"

林雪月无奈地摇了摇头："我也不知道，可我说的都是事实，真的是一模一样，我敢确定，他就是肖白男。会不会是双胞胎？可没听肖白男说起过，在他老家，还有一个双胞胎兄弟呀。也许，他可能告诉过枯荣。唉，可枯荣已经不在了。"她停了一下，眼睛一亮，"警察同志，我可不可以找他谈谈？"

"当然可以。"

那个长得像肖白男的男人，此时，正与林雪月面对面而坐，眼睛炯炯有神地看着林雪月的脸，突然又大笑着说："白雪公主？你就是那个白雪公主？"他指着林雪月，"她是白雪公主？可是，我从没见过这么老的白雪公主。真是太好笑了。"

慢慢地，那人伏在桌子上，转而又悲悲切切地哭了："为这样一个女人，胸口挨颗枪子，值得吗？"

那男子突然站了起来，指着林雪月说："你给我滚，你这个克男人的魔女，谁为你着魔了，谁就会死。肖白男，黄枯荣，都死了！都死了！"

那人的每字每句，像一颗颗冰冷的子弹，猛烈地向林雪月扫射着，差点让她窒息。她掩着全是眼泪的脸，夺门而出。

连着几天的审讯都毫无进展，邢侦队决定，派侦察员去一次肖白男的老家，解开这个肖白男死而复生的谜。

郝冬的车刚在黄夏家空地上停稳的时候，杨远也来到了黄夏的家。郝冬向杨远笑笑说："杨兄，今天黄芬由我负责送她上班，你只管骑着你的自行车上班去吧。"杨远落落大方地冲他笑笑，犹豫了一下说："好吧。"

黄芬穿着一身"风"牌牛仔服走了出来。许是因为那个找她家麻烦的陌生人，终于落入法网的原因，所以，她显得一身轻松，脸上也堆起一层红云。

"阿芬，你今天真好看！"杨远迎了上去。杨远的一句普通的马屁话，在黄芬听来，就像是在蜂蜜里浸过的一样，说得黄芬的脸蛋更红了。

郝冬的头发一看就是刻意用吹风机吹过的，造型别致，很时尚，而且是喷过定型发胶的，香味很浓重，很刺鼻。他从杨远的身后闪出，把黄芬从头至脚看了两遍，然后惊叹着说："真是难以想象，我给你买的这身名牌牛仔服，穿在你的身上仿佛是活了，有生命了。"

郝冬有自知之明，知道自己的性格非常孤傲，更不善于表演，他能用近乎阿谀奉承的姿态，去抬举一个女孩子，是一件连他自己也不敢相信的怪事情。对于他来说，从小到大，历来是别人赞美自己的，所以，他此时的言行反而显得非常生硬、做作。这样夸张的言行，让黄芬非常反感，仿佛眼睛里突然掉进了一粒沙子，异常不舒服。

也许是条件反射，她居然真的揉起自己的眼睛，与郝冬擦肩而过。

只有杨远知道郝冬的用意，毕竟大家都是男人，能理解男人在一个自己喜欢的女人面前的所作所为。

杨远也看了看黄芬的衣服说："原来是郝冬送你的，到底是大学生，见的世面多，买的东西也上档次。"

杨远转过身，拍了下郝冬的肩。

"骑自行车速度慢，我该走了，不然上班要迟到了。"杨远向黄芬笑笑，吹着口哨小跑着靠近他的自行车。

"哎！你不带我了？"黄芬有点生气。

郝冬说："是我不让他带你的，我难得今天有空，就送你上回班吧，顺便也练练车技。"郝冬将车钥匙在黄芬的面前晃了晃说，"来，上车吧。副驾驶座。"

黄芬微微一笑，清了清嗓子说："郝冬，听我妈说，你是为了专心复习，迎接考试才回家的，我哪能劳你大驾，浪费你宝贵的复习功课的时间呢？"黄芬向杨远使了个眼色，回头冲郝冬挥了一下手说："再说了，我们贫民区的居民，习惯了坐自行车，坐你这么高档的轿车，我水土不服，会晕车，会头痛，真的。谢谢你的好意，也谢谢你那天晚上开车，帮我们找到了阿方。"

黄芬哼着《童年》的旋律，轻快地跑向杨远的自行车，轻轻一跳，熟练地坐上了它的后座。自行车起步的刹那间，杨远无奈地朝郝冬摇了摇头。前车轮在煤渣路上一打滑，车把也学起杨远的样子，摇了一下头，自行车随之扭动几下，便朝着方园镇的方向，稳步向前了。

叶昌群是和林雪月一起走进派出所的。

叶昌群看见对面那人的时候，目光变化非常明显："肖白男，你真的是肖白男？"

那人却毫无反应。他看了看叶昌群说："俺要回家！"

林雪月和叶昌群面面相觑。林雪月继续问他："你是肖白男

第
09
章

227

的什么人？你要我为你们做些什么？你跟我说，只要我能做到的……"

林雪月跟他说话的时候，那人一眼不眨地看着叶昌群："你！你是黄枯荣对吗？你！是人还是鬼！这个女人没把你克死？他们说，你被她灌了毒酒，死在桥下的！"那人张大了嘴，显得非常害怕，"你别这样看着俺，你是被她克死的，不是俺杀你的！虽然你打死了俺哥，但俺可以发誓，这笔血债我已经记在了这个女人的身上了。"

公安的邢同志说："上次审讯，你不是说，黄枯荣是你推下桥摔死的吗？"

"俺没杀人，是他们夫妻杀了俺的哥哥。"那人非常痛苦地呜呜哭起来。

审讯室的门再度被打开了。一个女警官带着一个农妇模样的女人走了进来。女人看上去很严肃，蹲下身子帮陌生人拭泪："白人，乖，别哭了，别闹了，俺们马上回家。"

肖白人真的不哭了。女人拿出一把小剪刀，帮着肖白人剪着他已经长得很长的头发和胡须。肖白人一动不动地坐着，安静地任她剪着，像个听话的孩子。

女人在肖白人的旁边坐下，神情严肃地看着林雪月说："你就是林雪月吧？"

林雪月朝她点了点头。女人停下手中的剪子，静静地看着林雪月，看了很长时间。她看林雪月的时候，很专注，像是一座雕塑，一动不动。

女警察站在邢警官的面前汇报道："她叫陈玉妹，刚从火车站过来。她是肖白人的妻子。听陈玉妹同志介绍，肖白人和肖白男是孪生兄弟，他们母亲生的是三胞胎，最小的一个小时候游泳溺死了。自从肖白男在训练时出了意外以后，肖白人就像变了个人似的，不久，脑子就出问题了，间歇性的精神分裂。这两年越发严重了。"

女警察说肖白人"脑子出问题"的时候，很谨慎地看了看陈玉妹，目光中含有一点歉意。

陈玉妹还是狠狠地瞪了女警察一眼，抚着肖白人的脸说："你出来玩，怎么不跟俺说一声，你不喜欢俺了吗？这么长的时间都毫无你的下落，俺以为你死了呢？"说这些话的时候，玉妹的脸依然没什么变化，眼角却早已挂上两行长长的泪。她动作熟练地为她的男人换上干净的衣服，然后冷冷地看着林雪月说："看得出，你年轻的时候应该很漂亮。白男哥没有说错。"

林雪月木然地看着陈玉妹，目光中明显带着问号，好像要寻找什么答案。陈玉妹依然冷冷地看着林雪月的眼，即使在她从包袱里取东西的时候，她依旧看着林雪月，她的目光基本没离开过林雪月的脸。

"这是白男哥的遗物之一，上面都是赞你的，说你像白雪公主。说他在那次中秋晚会上，第一眼看上你，他就喜欢上你了。他还说虽然与黄枯荣是最铁的哥们，但是，在爱情方面，他决不让步……"

叶昌群看了看林雪月，目光里有很多疑问。林雪月从陈玉妹的手里接过的是一本发黄的工作手册，封面上写着肖白男的名字。林雪月的手情不自禁地微微抖动："这一切我真的一点都不知道，黄枯荣和肖白男当时与我真的一点关系都没有。"林雪月看着陈玉妹，眼睛里写满真诚。

叶昌群抬眼看着陈玉梅说："我曾经也是肖白男同志的同事，和林护士、肖白男、黄枯荣曾一起在安徽山区的五洲电机厂工作过。当时，几乎谁都知道，林护士跟洪主任在谈恋爱。"他停了停，看了林雪月一眼，"对不起，林护士。"

叶昌群继续说："至于肖白男、黄枯荣和林护士的关系，至少表面上是非常一般的同事和工友的关系。"

"俺不知道什么关系不关系。俺觉得这一切和俺们家的关系太大了。"陈玉妹加重了语气，声泪俱下，"那天，俺正坐月子，白人说要打个电报给哥哥，要白男哥申请回家探亲一次，吃俺儿子的满月酒。一家人正有说有笑的，就传来了消息，说白男哥发生意外了。说在一次民兵连的实弹演习中，中了枪。白人在短短的几天时间里一下子老了许多。"

陈玉妹看了看呆在一边的肖白人继续说："后来，在整理白男哥的遗物时，发现了这本日记。白人对我说，哥哥死得好冤，黄枯荣为了与哥哥争女人，才制造了血案，说要杀了黄枯荣。有时，白人会胡说八道，还写了很多为哥哥报仇雪恨的恐吓信。"

肖白人笑着对陈玉妹说："你哭个啥呀，俺这就告诉你，黄枯荣被俺亲手解决了。可惜，你没看到，真过瘾，咔嚓一声，人头落地。"肖白人做了个杀人的手势，非常自豪地看着他的女人。

陈玉妹拭干了自己脸上的眼泪，拉起肖白人说："好了，别闹了。现在俺家的大仇已经报了，俺们去坐火车玩，俺们回家去。"

说完，陈玉妹拉着丈夫，头也不回地走出了审讯室。临走，肖白人狠狠地白了林雪月一眼，钉钉子似的。

林雪月呼出了一口气，看了看叶昌群，显得一脸的无奈。叶昌群朝她轻松一笑说："没事了，我建议你休息一段时间，调节一下紧张的神经。我们曾经都是厂医，医生更应该注意自己的身体，不是吗？"

林雪月站起身来，叹了一口气说："我还得上班去，不过，我想好了，等阿方放了寒假，我要和孩子们一起，去上海的老家探回亲。阿方还没见过外公外婆呢。现在枯荣不在了，我突然想回上海去了，非常想。"

第⑩章

此时，洪峤秋豪华的办公桌上，安放着一颗五角星军徽。与黄芬拥有的那一颗，长得一模一样。但两颗五角星的出处是完全不一样的，黄芬的那一颗是她爸爸黄枯荣从军时的帽徽，而洪峤秋的那一颗，是他年轻时，在部队里当领导的父亲送给他的，对他而言，是很珍贵的礼物。当年，在林雪月行将离开五洲厂时，他曾想把这颗闪亮的五角星——自己最心爱的东西送给她，留作纪念，却终于没有勇气送出去。尽管没能送出去，可每当他想起林雪月，想念林雪月的时候，就会拿出来，把它放在手心里，静静地看着这一颗其实与林雪月一点关系也没有的五角星。这样看着的时候，耳边就会响起林雪月清脆的声音："洪主任，你知道中国人民解放军帽徽，它的五个角，分别代表着什么吗？"

那是林雪月离开五洲电机厂的前一天，洪峤秋考虑再三，还是去了卫生室。尽管，他心知肚明，自己应该就是林雪月肚子里孩子的父亲，但是，内心的另外一个声音却一直对抗着他，阴魂不散："你确定她肚子里的孩子，不是黄枯荣的？凭什么？你没看见她看黄枯荣的那种目光？她爱的是他，而不是你。他与她，还拍过合影呢。那张照片上，他们多么亲密，亲密得让你心碎，他与她才是天生的恋人……"

　　他真的很想当着林雪月的面确认一下，他是不是她肚中孩子的父亲。如果是，他就应该勇敢地站出来，无论多大的惩罚，他一定会与她一起承担、承受。可是，真要当面问她肚中的孩子是黄枯荣的还是他的，他开不了口。他知道，即使问了，她也不会承认的。她若要承认，早就承认了，不会拖到即将离开五洲厂的时候，与他交底。

　　但是，无论林雪月爱他，或者不爱他，又或者曾经爱过他，现在早已不爱他了，他总是要送她一程，毕竟她是他最心爱的女人。

　　林雪月见洪峤秋突然出现在她的面前，有意识地把自己隆起的肚子往里收了收，微笑着说："洪主任，你来了？你来得正好，我正有事找你呢。"

　　洪峤秋尴尬地挤出一点点笑容说："你要离开单位了，我当然会来的，再怎么，也一定要来送送你的。"

　　林雪月说："谢谢你，今天代表组织来送我吗？"

　　洪峤秋的笑容略显尴尬，他说："今天来，我代表我自己。"

　　林雪月说："如果代表你个人，你真的不必来送我的。"她示意了一下挺起的肚子，"我这个样子，别人躲还来不及，何况大家都在议论，说我肚子里的孩子，是你的。你就不怕惹祸上身？"

　　"如果是我的，我会负责任的，我愿意承担一切后果！"

　　洪峤秋坚定的回答，让林雪月瞬间沉默了。面对他真诚的目光，她的内心瞬间如江海翻起了波浪。这一句，让她感到很温暖。此时，她真的很安慰，很感动，幸福的泪水情不自禁地奔涌而出。他越这么真诚，她越觉得自己的决定是正确的——与其两人一起被单位开除，还不如由她一个人来承担。只是委屈了枯荣哥。她不知道，枯荣哥为什么要站出来帮她，是因为他也与她一样，深深地暗恋着对方吗？或者，只是为了逃避误伤肖白男的痛苦？她真的不知道，也不敢问他。但是，无论怎么，她欠他一份很重的人情。

她暗自发誓，如果将来有机会，她一定要加倍报答他。

于是，她擦干眼泪，整理了一下自己的情绪，捧起自己的肚子，温柔地抚摸着，平静地对洪峤秋说："可惜，这个可怜的孩子，与你没有丝毫的关系。"

沉默了两分钟，林雪月长舒一口气，继续说："洪主任，真的很感谢你来送我。明天，我与枯荣哥就要结伴回家了，谁都不连累了，就让不光彩的我与他，平静地离开这里，离开曾经热爱的并为之骄傲自豪的五洲电机厂吧。"

林雪月说这些话的时候，眼睛始终凝视着洪峤秋。这样的凝视，让洪峤秋想起他的手受伤的时候，他常去卫生室里，请小林医生消毒，包扎。她也经常用这样的目光凝视自己。那时候，他是幸福的。直到他发现，这样的凝视突然迷路了，跑去了黄枯荣的脸上。想起黄枯荣，想起她与黄枯荣的亲密合影，洪峤秋的眼神一下子变得暗淡，胆怯地从她的凝视之中狼狈而逃。林雪月突然意识到什么，她从他的脸上收回那种凝视。

洪峤秋伸手到他的上衣口袋里，捏着里面的一枚五角星帽徽。那一刻，他多么希望自己有勇气把它从口袋里拿出来，送给面前的这个自己最心爱的女人，然后说："这个红色五角星，是我父亲送给我的，是我最心爱的物件，现在，我把它送给你，留作纪念，以后的日子，如果你想念与我一起走过的那些美好时光，就可以把它拿出来看看，想想它的五个角各自代表着的五颗闪亮的星星……"犹豫片刻，他还是缩回了他的手，没有把它从口袋里拿出来。

这就是洪峤秋这一枚红色五角星的来历，他一直认为，自己是喜欢林雪月的，是爱着她的。只要当时她确认她肚子里的孩子是他的，他会放弃他之前一直放在第一位的前途，与她一起承担一切的后果。可是，当林雪月明确"那孩子与他没有丝毫关系"

之后，他决定放弃他对林雪月的那份感情。他觉得，自己的决定是正确的，男人应该这样，拿得起，放得下。既然放弃了那份感情，何必还要送她礼物呢？所以，他觉得，他终于没有把那颗五角星送给林雪月，也是正确的。既然一刀斩断了那段感情，就斩得彻底一些。他没有给她回信，也是正确的，即便她在信中告诉他，她的女儿，就是他的骨肉。可是，已经晚了，他已经开始了他的另一段感情。当时，他对自己说："算了算了，过去的，就让它过去吧。"

可是，他也经常会想念林雪月，想念这个他自认为是他唯一真正爱过的女人。他经常为她可惜，一朵厂花，刚刚美丽地开放，就遭受了一场腥风血雨。每每这样的时候，他就会拿出本想送给林雪月的那颗红色的星星，轻轻地抚摸着，回想曾经她问他五角星的五个角，各代表着什么时的情景。想到这儿，他的嘴角会挂上一抹笑意。如果正好是在夜间散步，他还会仰望天空。

洪峤秋的"大哥大"与郝厂长的长得一模一样，应该是摩托罗拉公司推出的同一个型号，就连"嘟噜噜嘟噜噜"的铃声都是一样的。

洪峤秋看了一眼来电显示，摁了一下"大哥大"上面的那个"拒接电话"的红色按钮，然后，他提起办公桌上的固定电话，照着来电显示的号码打了回去。毕竟,固定电话的电话费要比"大哥大"的便宜很多，虽说他的"大哥大"是公家的，电话费也是由集团公司统一报销的，但作为领导干部，他认为公家的钱更不可白白浪费。这种勤俭节约的良好习惯，也是他在五洲电机厂工作时养成的。

"老工友呀，怎么突然打我电话？是不是你要我安排工作的那个女孩，工作方面有问题？"洪峤秋冲着电话里的声音微笑着，因为长期当领导，他自然而然地养成了保持微笑的良好素养，即使是在电话的另一端，对方根本看不到他的微笑，他还是会保持这种习惯。

"洪主任呀，噢不，洪董事长，那个女孩子上班了，你可帮了他们家一个天大的忙哩，我得替他们全家好好谢谢您。"听得出，电话另一头叶昌群的语气异常激动，是充满感激的。

"昌群呀，你怎么还主任主任地瞎叫唤啥呀！我调到句容都快两年了，都不适应有人叫我主任了。"

"哈哈，习惯了，改不了了。董事长，你什么时候有空？我想与你碰个头，跟你好好汇报一下关于这个女孩的事情。"

"都说是老工友了，又是老乡，我们之间谁跟谁呀，在不违反原则的前提下，帮点小忙是理所当然的，你不必来当面谢我的，不要搞这一套嘛。不过，你如果一定要碰头，我倒是有点想念你这个五洲厂的老同事了，不如我们找个地方喝一杯？"稍停几秒，又补上一句，"纯属我私人请客，行不？"

"好呀好呀，除了感谢，我还想当面给你讲讲关于这个女孩的故事。这个故事有两个重点，一是与您有关，二是对您来说很重要。"

"昌群呀，你这老小子，总是喜欢开玩笑。好吧，今天你下班后，大概五点左右吧，你就等在中心医院门口右边的公共汽车站上，到时，我派我的驾驶员来接你。也别去别的饭店了，就到我们县社的桃李山庄吧，我私藏了一瓶陈年的衡水老白干，我们哥俩今晚就把它给彻底消灭了，哈哈哈……"

桃李山庄在解放前是大财主孙旺财的孙家大院，桃李山庄是它的雅号。解放后改造成了县政府的招待所。改革开放后，为搞活经济，经县委县政府研究决定，把县政府招待所的房产地产，全下拨给了县供销总社使用，并恢复了以前"桃李山庄"的古朴名号。经过供销总社的一番装修改造，成为一个集住宿、用餐、娱乐为一体的具有中华古韵味的高档度假村。

山庄建筑也是传统的风格，亭台楼阁，白墙黛瓦，小桥流水，树高竹茂，十分雅致。洪峤秋调到家乡句容工作，被安排在供销总社一把手的重要岗位上。在"一切以经济建设为中心"的大好形势下，供销总社董事长这个岗位，肯定是肥差中的肥差了。在桃李山庄，洪董事长拥有自己专用的 8088 号豪华套房，有董事长专用的名叫"听雨阁"的用餐包房，这两间都是他专门为招待生意场上的贵客预留的。听雨阁包厢的墙壁上挂着好几幅字画作品，很是优雅。餐桌餐椅和其他的家具，一律是正宗酸枝木做的，是手工雕花的那种，而且都是成套的，一个系列的，一种风格的。虽说有点奢侈，但都属于正常的工作需要，是他转换角色，实事求是，解放思想，一切以经济建设为中心的创新实践。

今天，叶昌群借着董事长老同事的光，有幸来到听雨阁用餐，算是大开眼界了。他一进包房，一张嘴笑得没有合拢的时候。叶昌群东摸西抚的，嘴里啧啧有声："乖乖隆地咚！洪主任，这是您的专包呀，我可提醒您，不能一当上这么大的领导，就开始搞腐败了！哈哈哈哈……"

"哈哈，都是革命工作的需要嘛。而且，平时空着的时候，其他同志也可以用在业务接待上的嘛。话可要讲清楚，今晚招待五洲厂的老同事，都是我自掏腰包的。"洪峤秋一努嘴，示意站在旁边一身江南古装打扮的女服务员给叶昌群倒茶，"昌群呀，你怎么又叫我洪主任呀，你应该改口叫我董事长嘛，你一大把年纪了，还那么不懂事呀！哈哈哈哈……"

他们都是从艰苦奋斗的年代过来的，都习惯了勤俭节约，反对铺张浪费，所以，洪峤秋点的菜并不是很多，却很精致，是少而精的那种，是上档次的那种。

酒也是少而精，可能是存放时间久了，那瓶衡水老白干倒在晶莹剔透的玻璃杯里，酒色微微泛黄。

"据说，高度的白酒放得时间越久，就越是醇香，主要是喝多了不上头。"洪峤秋冲对面的老同事举了举酒杯，优雅地抿了一口，"都酒过三巡了，老同事，你该言归正传了吧。关于那个女孩，我安排的工作有什么不妥吗？你不会是兴师问罪来了吧？我认为，年轻人分到偏远一点的，条件相对差一点的地方工作，能起到历练的作用，对她的成长，是有好处的嘛。"

虽然是喝多了不上头的好酒，但是却上了叶昌群的脸。他拿起还温热着的白色小毛巾，边咀嚼着嘴里的美食，边慢条斯理地擦了擦通红的脸，擦着擦着，慢慢就收起一脸的笑容，冷不丁地冒出一句："还记得林雪月吗？"

叶昌群的这句话，让洪峤山夹菜的手微微一颤，定格在餐桌上面。他眼睛紧紧地盯着叶昌群，半晌说不出一个字来。这样的沉默足有半分钟。随后，他朝叶昌群缓缓地点了点头说："当然记得，她怎么了？"

"小林医生现在也在我们县，那个叫黄芬的小姑娘，就是她的女儿。"叶昌群见洪峤秋用木然的眼神看着他，以为他没有听明白，补充道，"就是那个托您安排工作的小姑娘，现在被安排在方园镇供销社上班的那个。"

洪峤秋将杯中的半两白酒一饮而尽，点上一支凤凰牌香烟，若有所思地问道："你是说，我们五洲电机厂的那个小林医生也在本县？她不是上海人吗？怎么跑到这里来了？那个叫黄芬的小姑娘，居然是林雪月的女儿？这……"

叶昌群学着洪峤秋的样子，将杯中残留的一点白酒一口干了，喷了一记响嘴说："千真万确！"他咬了一小口红烧鸽子的腿肉，边咀嚼着边说："小林医生离开我们五洲电机厂不久，便到这里找

第10章

到了黄枯荣，然后就嫁给了他。这个叫黄芬的小姑娘，就是在五洲电机工作时怀上的那个。后来，她与枯荣还生了个小子，现在快念初中了呢，这小子像他爹，跟枯荣一样机灵。"

洪峤秋的脸仿佛突然被林雪月的名字拉长了，他紧追着叶昌群问："老叶，你也告诉了她我现在的情况？"

叶昌群停止了咀嚼，匆忙咽下食物说："没有没有没有，您这么大的领导，没征得您的同意，我是绝对不会把您的情况透露给小林医生的。所以，您大可放心，关于您与她现在同在一个县城等信息，她一概不知。"叶昌群拿起白毛巾擦了擦嘴，"要不要让我出面安排一次老同事见面会？让阔别20年的您与小林见个面？"

洪峤秋急忙放下筷子，摇着手说："不要不要不要，这件事有点突然，我与林雪月、黄枯荣他们曾经有过很大的误会。所以，你千万别告诉她一丁点关于我的情况。一切等我想好了该怎么办再说吧。"

那个夜晚，洪峤秋没有回家。送走了不胜酒力的叶昌群后，他一个人在桃李山庄的8088套房将就着住了一夜。

洪峤秋闭上眼睛，眼前就会不断地出现无数个林雪月，有用温柔的、倾慕的目光看着他的，有穿着泳衣朝着五洲电机厂山后的小河纵身一跃的，有昂着高傲的头不屑一顾地从他面前走过的，有问他军徽上的五个角分别代表什么的，有恋人般地看着黄枯荣的……

洪峤秋睁开眼睛，眼前就会不断地出现无数个问号。林雪月过得好吗？一定是很不好，连女儿的工作都要托五洲电机厂昔日的老同事帮忙。黄枯荣死了以后，她会改嫁吗？她还愿意见他吗？即使见了面，她还会理睬他吗？会原谅他吗？她还漂亮吗？皮肤还那么白亮吗……

　　还有，老叶说的那个黄芬，说是林雪月在五洲电机厂工作时怀上的那个孩子。老叶的语气很肯定,那肯定是他洪峤秋的骨肉了,林雪月离开五洲电机厂以后,写给他的信中,明确了那是他的女儿,千真万确。女儿长得好看吗？他心里暗暗责备他的老同事叶昌群:"只顾喝酒，不干正事，居然忘了告诉我，我的宝贝女儿长得像不像我。这个讨人厌烦的叶昌群，下次再不给他喝那么好的衡水老白干了。"

　　他希望她长得像她的母亲，可是，往往女儿的长相随父亲，尽管，洪峤秋自以为长得还算可以。刚认识小林医生的时候，她也夸过他帅:"用上海方言说，你长得挺'出客'，挺'登样'的。"如果他长得不帅，小林医生也不会当面夸他，不会看上他，迷上他的。但是，他还是希望女儿要像当年的林雪月一样漂亮，甚至比林雪月更加好看。但是，也有一种情况，孩子的长相不仅没有继承父母的优点，反而遗传了父母的缺点，长得特别难看。不不不，洪峤秋不希望女儿长得不好看。转而一想，即使女儿长相一般，但在父母的眼睛里，她永远是世界上最美丽的女孩。洪峤秋很烦躁，他内心的另一个声音说:"啊呀，你这人烦是不烦，长得好不好看，一看便知。你是供销总社的一把手，见一下一个普通员工，有这么难吗？"

　　于是，他决定必须得尽快见一见自己的女儿。

　　洪峤秋想，自己虽是单位里的一把手，要见一下集团下面的一个员工，看上去的确易如反掌。然而，怎么去见她，用什么方式去见她，明的还是暗的？万一女儿发现，集团的最高领导，就是自己的亲生父亲，该怎么办？父女是有心灵感应的，一切皆有可能。万一女儿知道，就是他曾在安徽五洲电机厂工作时，抛弃了自己的母亲，还把自己犯的错嫁祸于她心目中的父亲黄枯荣，害得她的双亲双双离开五洲电机厂。五洲电机厂是什么企业，不是一般人都能进得了的，厂里的干部职工都是百里挑一、千里挑一的尖子，都是又红又专、有觉悟、有理想的优秀人才。可以说，就是他，亲手毁了两个优秀人才的前程。那么，她一定会恨他，毕竟那么多年她与黄枯荣生活在一起，她肯定很爱很爱她的黄枯荣爸爸。这样看来，他认为，即使是一把手，也不见得能在集团范围内，想见谁就能见谁的。要见黄芬，的确不是件容易的事，必须从长计议。

那一夜，黄芬、林雪月，这两个名字在洪董事长的脑海里不间断地轰炸着。

次日一上班，洪峥秋便打电话给人事部主任，要他马上把今年新进单位的员工档案拿给他，说他要亲自关心新员工的培养。马主任把一叠资料袋放在董事长的桌子上，恭敬地候在领导的办公桌旁，等候领导的指示。洪峥秋冲他笑笑说："马主任，你暂且把资料放在我这里，你先去忙吧，我得花点时间认真翻阅。"

马主任离开洪峥秋的办公室后，洪峥秋便迫不及待地寻找黄芬的资料袋，迫不及待地打开资料袋，他要看一看员工信息登记表的右上角贴着的女儿的照片。那是一张一寸的黑白证件照。可能为了省钱，照片不是新近拍的，好像是初中升高中时拍的，因为，照片上的黄芬，扎着女孩子的羊角辫子，一张娃娃脸亲切地笑着，怎么看都不像是一个已经上班的大人。但是，让他终于放下心来的是，女儿的五官长得很端正，眼睛雾蒙蒙的，隐约是林雪月当年的样子。

照片是女儿学生时期拍的，俗话说："女大十八变。"如今女儿已经二十出头了，已经是个大姑娘了，应该已经亭亭玉立了。所以，这张照片，根本满足不了洪峥秋急于见女儿一面的迫切心情。

过了几天，洪峥秋又召见人事部马主任，还叫来了集团的团委书记。为提高营业员的服务质量，集团要组织一次《假如我是一个客户》窗口岗位征文演讲比赛,他要求今年新进员工必须参加,说这对他们的成长有好处。

两周后，由集团人事部主办，团委协办的主题演讲比赛在集团本部小礼堂如期举行。根据董事长的指示，马主任悄悄地安排董事长在最后一排就座。那天，董事长是悄悄入场的，又在最后一排，没有人发现一把手也来观看演讲比赛了。他还要马主任准备了一个望远镜，他要好好看看这个从未见过的亲生女儿。

遗憾的是，黄芬那天没有来。方园百货公司的经理向马主任解释说，李静静的母亲住院，李静静请了一周的假，因人手紧张，黄芬顶了她的班，所以，无法参加比赛。这使董事长精心策划的活动，终究没有达到他想要的效果。

洪峤秋等不得了，随着时间一天一天地流逝，他想见女儿一面的愿望就一天比一天迫切。演讲比赛一周后的某日，他决定亲自去一次方园镇，去女儿工作的地方，走一走，看一看。

洪峤秋的公务车刚开进方园小镇，便悄悄地停下了，停在了一个不起眼的街角。洪峤秋把自己的皮包和"大哥大"都留在了汽车的后排座位上，他吩咐自己的驾驶员在这里安静地等他。他空着手下车后，刻意在汽车的右后视镜里照了照自己的脸，随后，把十指伸进头发，故意将它们打得更乱一些。然后，他做了十个深呼吸，缓步走向西街的百货商店。一个久经考验的老干部，此时却显得很紧张，像个即将上台参加演讲比赛的新员工。

今天早上出门前，洪峤秋故意弄乱了自己的头发，把平时上班穿的笔挺的西服换下了，翻出一套很久没穿了的中山装，半旧不新的样子，领口都发白了。穿上这身中山装，他站在镜子前左看右瞧，自己都不相信镜子里的人，居然是一位县供销总社的一把手。

　　他只是去看一看自己的女儿长什么模样，远远地看一眼就走，不想惊动基层的同志。更主要的是，他不想让他有一个私生女的不光彩的一面，由于自己的不慎而曝光。他要让他与林雪月的那段短暂的地下感情，永远地埋在地下，成为一个美丽的秘密。

　　这是一个阳光明媚的早晨，街道上人来人往的，好不热闹。冬天的风吹在洪峤秋的脸上，他也没感觉到凉。就像刚被提拔时初次上台讲话之前，他必须要做十几次的深呼吸一样，他认为这是缓解紧张情绪很有效的方法。现在，想到就要见到从未谋面的女儿了，他又习惯性地做起了深呼吸。他不知道自己为什么会那么紧张——不受控制的紧张。

　　趁着商店里还没有顾客前来买东西，李静静和黄芬配合默契，认真地盘点着新上柜的商品。李静静负责记录，黄芬负责放置。每次把商品放进货架，黄芬都要大声读出商品的货号、型号、数量和零售价格等，以便李静静能正确登记。而负责为她们柜台进货和送货的外勤就是杨远。

　　杨远戴着一副蛤蟆镜，蛤蟆镜的右边镜片的右上角，依然贴着那个黄豆大小的外国商标，证明它原装进口的高贵身份。他边干活边吹着口哨，只要口哨声到了，黄芬就会看到一个推着装满了商品的小推车的熟悉身影，出现在商店的门口，她便小兔子一般奔出去，为杨远拉开商店的两扇弹簧玻璃门，再用地上预留的两块三角形小木块把两扇门卡住。

　　当黄芬拉开门的一瞬间，有个身影神秘兮兮地闪进了商店。他看了一眼正说着话的黄芬和杨远，快速从中山装的口袋里取出一副墨镜，像杨远似的架在鼻梁上。

　　李静静上前，拉了拉还在往货架上放置商品的黄芬的衣袖，轻声告诉她："亲爱的芬，又有不买东西的奇怪的人来了，他已经躲在角落里盯着你看好久了。有时也盯着我看，但更多的是盯着你看，鬼鬼祟祟的。"

黄芬惊叫一声："啊，是变态狂吗？在哪儿？"

李静静马上把右手食指竖放在嘴唇上"嘘"了一声："你说话轻一点，指不定真的来了一个变态狂，和上次的那个一样，吓死人了。"

黄芬迅速用眼梢把整个店堂扫了一圈，果然，一个头发零乱的中年男人正在偷偷地盯着自己看。尽管他戴着墨镜，但黄芬能感觉到，当他的目光与自己的目光撞在一起的一瞬，他就迅速转移视线，装作在看别的东西。黄芬害怕极了，在她眼里，面前这位的个头、鬼鬼祟祟的样子、见不得阳光的神态几乎与肖白人一模一样，让黄芬立即意识到，那个变态狂肖白人又回来了。

黄芬冲李静静微微摇了摇头，示意不要惊到那个变态狂。她悄悄地绕到身后的货架处，扯了扯正坐在货架上喝水休息的杨远，压着因紧张而飘忽的声音说："杨远，你不要说话，你听我说，你现在悄悄地从后门出去，直奔派出所去报个警。那个变态狂肖白人好像又回来了，还刻意乔装打扮了一番，换成另一副模样。他现在就在店堂里，像上次一样，又神经兮兮地盯着我看呢。"

十五分钟左右，杨远便带着两名穿着制服的公安破门而入。杨远远远地指着那位被黄芬称之为变态狂的"肖白人"对公安同志说："就是他，鬼鬼祟祟盯着人家小姑娘看。前不久，他也曾经来过，也是这样的鬼鬼祟祟。我的妈呀！好一个变态狂！"

杨远边介绍情况边带着警察迅速靠近"肖白人"，当他发现面前的这个人并不是"肖白人"的时候，一下子蒙了。激动地一个箭步冲上前去，一把抓住那人的前胸衣襟，厉声问道："你又是谁？你们到底想干什么？"

王警官上前拍了拍杨远的肩膀，示意他松手，随后冲那个人敬了个礼说："同志，你好，刚才杨远同志来派出所报警，说你在这儿骚扰营业员，影响她们的工作，请问你这是……"

那个人冲警察还了一个敬礼，他非常沉着冷静地告诉王警官："同志，可能是误会了，我并不是什么变态狂，也没有任何影响他们工作的行为。"那个人从中山装的口袋里拿出一个蓝色小本交到王警官手里说，"我也是供销系统的，这是我的工作证。"

可能，杨远的大嗓门惊动到了商店的领导唐经理，他一路小跑着冲到商店前堂，喘着大气问道："到底发生什么事了？把公安的同志都给招来了？"当他的目光与正被警察口头询问的那个人相遇的时候，眼睛一下瞪大了一倍，"天呢！这不是洪董事长吗？您这么大的领导下我们基层单位视察工作，怎么不提前通报一声，好让我们有个准备呀？"

唐经理热情地伸手，意思是要与大领导握手，却没有得到洪崤秋的响应。毕竟像杨远这样的普通员工，刚才居然对他施行了粗暴的行为，令一贯高高在上的他余火未消，可自己毕竟是县总社的一把手，又不能在最基层的群众面前发作，何况，在他的眼里，杨远还是个大孩子呢，所以，他现在唯一可以抗议的，就是拒绝与基层单位的领导握手。洪崤秋向两名公安的同志继续解释道："我是县供销总社的董事长洪崤秋，今天正好路过方园镇，就下了车，过来随便看看，想了解一下基层供销社的工作情况，原本不打算惊动这里的工作人员的，想不到被这些基层的小同志当作坏人了。"

王警官边打着哈哈边白了杨远一眼道："人家大领导微服私访，体察民情，你小子瞎报什么警嘛！"转身又朝洪崤秋敬了个礼，道歉道："误会，误会，实在对不起，惊动您了，既然没有什么事，我们就撤了。"

唐经理顶着一头的汗水，把领导引进接待室，又在抽屉里寻找龙井茶叶，找杯子倒水，东窜西跳地忙碌着。洪峤秋要他坐下来，说明了今天他的来意和刚才发生的情况。唐经理详细了解了情况之后，特地把黄芬、杨远和李静静三人叫到了三楼的经理接待室，要求她们三人对自己的鲁莽行为严肃、诚恳地向洪董事长赔礼道歉，并进行深刻检讨。

杨远的头脑最为活络，看到董事长的脸色还没有完全缓过劲来，马上站起来，十分诚恳地向洪峤秋深深鞠了一躬说："董事长，都怪我头脑简单，做事毛手毛脚的，不深入思考，见风就是雨，严重冒犯您了，真诚地向您说声对不起！"

洪峤秋边示意杨远坐下，边爽朗地笑着说："坐下坐下，还鞠什么躬嘛，晦气不晦气？臭小子，劲倒是挺大。"他的轻松幽默，引得众人齐声笑了起来，本来紧张凝固的空气一下子变成风轻云淡了。然而，众人并不知道，洪领导在此事上的豁达、大度、宽宏大量，除了领导平时练就的良好修养外，主要是因为黄芬。

黄芬站起来，微笑着说："董事长，这场天大的误会，不能怪杨远，责任在我，是我叫杨远报的警。"接着，她把前一阵子肖白人骚扰她们全家的故事向洪峤秋做了一个简要的汇报，"所以，我们今天的不当行为也是事出有因，希望董事长大人有大量，原谅我们这些供销新兵的莽撞。"

听黄芬汇报完情况，洪峤秋情不自禁地站起来鼓掌："好一副伶牙俐齿，语言简练，却句句击中要害，且概括能力极强，是个人才呀，真是你妈妈的好女儿。"

"董事长认识我妈妈？"

"哦哦，不认识，不认识，我哪会认识你妈妈呢。我是瞎猜的。一般口齿伶俐的女孩子，大多像母亲，难道不是吗？"说完又爽朗地大笑起来。

洪峤秋上前一步，在黄芬的肩上轻轻一按，"小同志，请坐，了解了你们的情况，我不但不会批评你们，反而要向你们这些小同志学习呀。你们思想觉悟这么高，警惕性这么强，应该得到奖励。"

唐经理呼应道："对对对，奖励，一定要奖励，这个月，我给你们三人加奖金。"

洪峤秋看着黄芬继续说："奖金不奖金的，我不管。明天晚上，如果你们肯赏脸，我请你们三个小家伙吃个便饭，以资鼓励。你们不会拒绝我吧？"

李静静听罢，激动得整个人都跳了起来："太好了，我们好大的面子，好棒的口福呀。"经理接待室又一次笑声如潮。

洪董事长转向唐经理说："唐经理，明天你就放他们一天假吧！这里比较偏僻，离桃李山庄还是有段路程的，下班了急匆匆地往县里赶，我怕孩子们不安全。"

唐经理急忙回应道："董事长，真是不好意思！"洪峤秋疑惑地冲唐经理看了一看，微微皱了一下眉头，认为唐经理说的"不好意思"，肯定是要强调基层单位人员配置不足，调不过班，确实不方便给三名青工同时放假这层意思。

当洪领导正准备跟唐经理好好说道说道，如何提高管理能力，如何抓工作效率等道理，以达到为孩子们请假的目的的时候，唐经理却冲洪峤秋哈着腰笑道："董事长，我的意思是，真是不好意思，关于放他们一天假的想法，我与您居然想到一块去了，碰巧，碰巧。"

杨远把黄芬交到林雪月手里的时候，已经快晚上八点了。他与林雪月寒暄了几句，便骑着车，吹着口哨消失在冷冷的黑夜里。听见楼下有动静，黄方在楼梯口探出脑袋，说了一句："咦，老姐怎么突然回来了？"说完，又缩回到自己温暖的小房间里去了，一出一进，速度奇快，乌龟的脖子似的。

林雪月边为女儿脱着大衣、围脖和手套，边好奇地问："才星期二，天又这么冷，怎么突然就回来了？也不打个电话说一声，好给你做点好吃的。"

"妈，我在食堂吃过晚饭了。明天晚上，我们董事长要请我们三名新职工吃晚饭。我们经理是个马屁精，他采纳了董事长的建议，批准明天放我们一天假。"

"真好，真好！"林雪月把女儿冷冰冰的手抓在自己的手中焐着，一会儿又把它们贴在自己的脸上，"以后不可以再说唐经理是马屁精了，毕竟是你的直接领导，要尊敬师长。"

黄芬自己也觉得奇怪，她从小就是个很有礼貌的女孩，如今长大了，上班了，反倒变得不懂礼貌了。马屁精，马屁精，讽刺人这种事，居然张口就来。她觉得自己头好大。尔后，她一下子找到了问题出在哪儿了——杨远。她无奈地摇了摇头，在心里说了一句："真是近墨者黑呀。"

还没焐暖，黄芬便迅速抽回双手，鼻子一酸说："妈，我的手冷到你的脸了。你呀，还把我当小孩子，女儿已经长大啦！"

林雪月笑着说："你再大，还能大得过妈妈吗？"

林雪月从煤炉间拎出两个竹壳热水瓶，陪着女儿刷牙、洗脸、洗脚……黄芬"驱赶"了两次都毫无效果，林雪月就是不愿离开女儿，坚持要与女儿在一起。

"妈，今天你是怎么了？感觉你有点怪怪的。"

林雪月坐在黄芬的对面，边往黄芬的洗脚盆里加热水，边湿着眼说："没怎么，妈是想你了。"

夜，喘息着，走完了黄昏这一段昏黄的上坡路之后，接下来就是一马平川的宁静。那个夜晚，林雪月的心却是不宁静的，她坚持要与女儿睡在一起，她要把自己的心事说给女儿听。她紧挨着女儿时，感觉被什么东西硌到了。她知道，那是女儿放在睡衣口袋里的一枚五角星，是女儿从不离身的护身符。

"阿芬，你知道，五角星的五个角分别代表着什么吗？"

"妈，我不知道呀，你快告诉我是什么？"

"其实，这个问题没有标准答案的。如果要你说，你最希望它们代表什么？"

"嗯，让我想想，五角星的五个角，它们能代表些什么呢？嗯，嗯，东西南北中，对，就是它们。好青年志在四方嘛。妈，这个答案你可满意？"

"东西南北中，好，好。这个问题答案挺多，这是我听到过的最有水平的答案。"林雪月轻轻拧了一下女儿的脸蛋。

过了一会儿，林雪月继续问女儿："阿芬，你知道，爸爸为什么把部队留给他的唯一物件送给你吗？"

"嗯，让我想想，他肯定是希望我好好学习，长大后做个最可爱的人。"

"好，好。阿芬呀，你能这样想，你爸爸在天上一定很欣慰。你爸爸常说，生活有时很坏，但一切都会过去，都会好起来的。尽管，生活对他太不公平，但他却从不放弃自己的信仰，即使在他生命的最后一刻，还不忘要保护国家财产。那枚五角星，就是他的全部的信仰。"

黄芬从布袋里取出那枚五角星，把它放在手心里。一会儿，一颗热泪滴在那枚五角星上。它更红、更艳、更亮了。

林雪月一把将女儿揽在怀中，用拇指的指腹拭去女儿脸上的泪说："不说这些了，其实，妈今天是要跟你说另外一件大事的，关于一封信……"

黄芬打断母亲的话："什么？又是信？那个肖白人卷土重来了？"黄芬一把将日渐枯瘦的林雪月揽在怀里，"妈，不怕他，有政府，有公安呢，还有杨远，还有我呢！"黄芬自己也不知道，为什么经常会把杨远这个名字挂在嘴边。

林雪月轻轻推开女儿，笑盈盈地说："不是不是，你这丫头，总是毛毛躁躁的，能不能听我把话说完？"林雪月从毛衣口袋里拿出一个对折的、带着她体温的信封，"是你外公从上海寄来的信，他希望我回上海生活。"

黄芬收起笑容说："妈，你也想你爸爸了？那我们就回上海吧，国际大都市，生活条件肯定比这个小县城要优越得多。"

林雪月叹了一口气说："条件不条件的妈倒无所谓，从上海的卫校毕业后，妈经过层层筛选，来到祖国和人民最需要的地方——安徽山区的五洲电机厂，光荣地当上了制造车间的卫生员。妈与你爸一路走来，什么苦没有吃过？什么委屈没有尝过？只是，年岁越是上去了，就越想家了。毕竟，上海是我的故乡。"

"那还犹豫什么？我们回上海吧，我不在乎挤上海的小房子，挤上海的公共汽车的。"

"可是，你外公说，上海的户口管得紧。像妈这样的情况，只能带一个孩子入籍上海。你们姐弟，妈谁都舍不得离开。哎，算了，我们不回上海了，都不回去了。"

黄芬又重新把瘦弱的母亲揽在怀里，故作轻松地说："想什么呢，我的亲娘哎，你先带着黄方回上海去呀。这样，你可以与外公团圆了。再说了上海教育好，环境好，对黄方的成长和将来都会有好处的。"

林雪月又轻轻推开了女儿的拥抱，突然之间眼睛一热说："那你怎么办？你一个人留在这里，妈怎么能放心呢？"

黄芬以刚才母亲为她拭泪的方式，同样用拇指指腹把母亲脸上的眼泪抹去，故作轻松地说："我嘛，已经长大了，都工作了，而且又不住在家里，反正无论在上海还是在江苏，我都住在单位里的，也已经不完全生活在妈妈的身边了。江苏和上海是邻居，离得不远，我可以经常回上海的家来看你们。再说了，我是女儿，

第
10
章

249

迟早要嫁人的，你留不住我的。"

林雪月抽了抽鼻子："反正，把你一个人留在这里，我放心不下。要回就一起回去，不回就全家都不回。"

黄芬撒娇着说："我的妈呀，你有什么不放心的呀？我还有叔叔婶婶，还有叶伯伯，还有杨远，他们都会关心照顾我的。"黄芬又从内衣口袋里取出那颗温暖的五角星，"还有它，它会保佑我的。妈妈，你想过没有，这里是爸爸的故乡，还有爸爸在呢，你就让我留下来陪着他吧。"

女儿不经意的一席话，深深地触及了林雪月的内心，她无言以对。她把潮湿的脸靠在女儿的肩膀上，这样靠着的时候，她突然发现女儿的肩膀，那么温暖，那么有力。

林雪月从女儿手里接过那颗五角星，看着看着，就又热泪盈眶了。她抚了抚女儿的头发说："在安徽五洲电机厂工作的时候，我也曾问过你爸同样的问题。你爸说，它们代表着'五好青年'的五个好，就是学习好、思想好、工作好、纪律好、作风好。那年的中秋晚会，我很幸运，被选上了当晚会的报幕员，你爸正好是上台领奖的先进代表之一。那天，先进代表上台，领导给他们颁发奖状后，台下有个调皮的职工突然站起来起哄，给台上的我出了个难题，问的就是'五好青年'的'五好'到底是哪'五好'。当时，我一个小丫头，哪里知道'三好''五好'。这不，场面就显得特别尴尬，台下的干部职工被带动了，一阵一阵地起哄，好像都求着、盼着我出洋相似的。就在这时，上台领奖的你爸，悄悄移动到我身后，小声告诉了我正确答案，为我解了围。说实话，那一刻，我特别地感激他。晚会结束后，我与他还合了个影，对，就是挂在客堂里的那一张。"

林雪月冲女儿温暖地笑了笑，继续说："所以，你爸的这颗五角星，并不是什么幸运星，也不是什么吉祥物，就是他的信仰，是他灵魂里最闪亮的东西。"黄芬点点头，似乎明白了爸爸送她五角星的初心。她从母亲手里接过那颗曾经在爸爸的天空中闪亮过的红色星星，把它紧紧地捏在自己的手心里。

因为唐经理特批了一天的假，黄芬、杨远和李静静三人下午四点不到就被专车接到了桃李山庄。虽是冬天，阳光却很亮很温暖。那天的风，懒洋洋的，学着人的样子，晒着太阳，偶尔在树影下，扭动一下懒散的身子。

黄芬他们都是第一次亲眼见识这么高档的度假村，洪峤秋很耐心地陪着三个小年轻，在阳光下轻松游园。看到大老板亲自陪几个并不起眼的小人物游园，度假村里的服务员便咬着耳朵轻声嘀咕："这三个小家伙到底是什么来头，还能让董事长亲自陪着参观。你看董事长给他们介绍度假村情况的时候，一脸的专注，一脸的慈祥。"

李静静打趣道："亲爱的芬，我看你对这里的一切都充满好奇，就像刘姥姥走进了大观园。"洪峤秋急忙打着哈哈说："哪有那么年轻的刘姥姥嘛？"杨远也不甘寂寞，学着董事长的样子说："哪有那么漂亮的刘姥姥嘛？"弄得黄芬一时之间不知道说什么好，涨红着粉脸，手指抓着杨远的手臂就是一拧，红着脸责备道："你胡说些什么呀？"

听雨阁包房里，茶是红茶，漂浮在玻璃杯里。洪峤秋介绍说，这是上等的正山小种。还安排了专门的女服务员，当场表演工夫茶艺。一道道的程序，每一道都是那么精益求精。黄芬直呼大开眼界，感慨着说："难以置信，喝个茶水还弄得那么讲究。"

冷菜上齐的时候，洪峤秋以主人的身份示意孩子们坐上红木餐桌，并特别邀请黄芬坐在自己的右手边。紧挨着董事长左手边的那个座位，是李静静自告奋勇争取到的。这样，董事长便幸福地坐在两名漂亮女孩子的中间，杨远知趣地坐在了董事长的正对面。黄芬见状开着玩笑说："杨远，你怎么可以坐在大领导的对面呢？那天，你带警察来已经得罪了董事长，怎么，今天还想继续与大领导唱对台戏吗？过来过来，你还是坐在我的旁边吧，与领导靠得越近，进步才会越快嘛。"说完朝着洪峥秋吐了一下舌头。杨远看了看洪峥秋，等到董事长微笑着点了点头，才起身坐在了黄芬的右手边。

洪峥秋用温暖的目光看着自己的女儿。当黄芬的目光朝着他看过来的时候，他非常诚恳地说："小黄呀，你别什么大领导呀董事长地称呼我，从今往后，你可以叫我老洪。"他用锐利的目光一左一右扫了扫杨远和李静静，然后停在黄芬的脸上说，"只有你可以这么叫我，他们俩不行。"

黄芬学着洪峥秋的样子，目光一左一右扫了扫董事长和杨远，然后看着洪峥秋问："领导，这是为什么呀？"

洪峥秋打着哈哈，用领导一贯的口吻说："没有为什么不为什么的，这是命令。"他收起笑容，看了看手表，又看了看门的方向，自言自语道："这小子，怎么总是迟到？"

三五分钟后，包间的门框瞬间变成一个"囚"字，一张熟悉的脸笑着向大家打招呼："舅舅好，黄芬好，杨远好。这位姐姐想必就是静静了吧？不好意思，堵车，迟到了十七分钟。"

不速之客正是洪峥秋的外甥郝冬。洪峥秋站起来，把郝冬迎进来，安排他坐在杨远的右手座位上，对黄芬三人说："哈哈，本想，今天请你们来吃饭，我怕自己与你们三个小鬼有代沟，就没有征求你们的意见，请来了我的外甥郝冬。原来你们都认识，真是太好了。"

服务员每上一道新菜，洪峥秋总是要把第一筷夹到黄芬的盘子里，随后介绍这道菜的食材是怎么怎么新鲜，味道是怎么怎么特别。介绍完了，还得亲眼看着黄芬品尝第一口，似乎只有这样，他才能安下心来吃自己的菜，才能安下心来关照其他的三个孩子一起品尝。

李静静是个急性子，趁着今天领导高兴，她的胆子也大了起来，没大没小地冲着洪峤秋撒娇道："哎哟，我尊敬的董事长大人，今天您可有点小偏心了，您老人家怎么能只给我亲爱的芬一人夹菜呀！这亲密劲，知道的，她是您的员工，这不知道的，还以为她是您的亲闺女了呢，弄得我们三个都有点吃醋了呢。"

杨远立即站了起来，朝着李静静轻松一笑道："静静，我可没有吃醋，反而十分感动，我为董事长的平易近人，为董事长关爱我们青年员工而由衷地感动。"杨远举起盛着半杯红酒的高脚玻璃杯，"黄芬、静静，我建议我们三个供销系统的新兵认认真真地给董事长敬一杯。"

杨远话音刚落，边上的郝冬不乐意了："怎么，你们供销一家亲呀，唯独当我是外人是吗？敬酒都不捎上我。"

"你是董事长的外甥，外甥外甥，不就是外人吗？"李静静的一句玩笑话，中止了郝冬进一步借题发挥。杨远却微笑着说："要不，郝冬也一起，我们四个年轻人一起来吧！董事长，我们敬您。"四个年轻人一同站起来，恭恭敬敬地与洪峤秋干了杯中之酒。洪峤秋红光满面，笑容满面。

等竹笋乌鸡汤上来的时候，郝冬特意绕到黄芬的身后，拿起黄芬的汤碗，为她舀了一碗鸡汤："黄芬，趁着热喝，乌鸡汤女士喝了特别滋补。"

黄芬瞄了一眼旁边依然笑盈盈的杨远，学着杨远的笑样，冲郝冬说："谢谢郝冬哥，不过，鸡汤嘛，男女喝了都补。"转身又冲洪峤秋一笑说，"老洪，我借花献佛，还是把这头一碗乌鸡汤转赠给您。"

　　洪峤秋接过女儿的鸡汤，显得非常激动，眼睛里盈盈泛着泪光：
"老洪！好！好！这碗鸡汤，我干了。不过，现在还有点烫嘴，等
它凉一会儿吧。"

　　几杯红酒下肚，李静静的眼睛都有点红了。她拿着一个空碗，
迈着有点凌乱的脚步绕到郝冬身后，冲郝冬打着哈哈说："外甥哥，
你也帮我盛一碗乌鸡汤吧。你只给黄芬一个人舀汤，杨远可是会
吃醋的。"她转身用左手拍了拍杨远的肩膀，"杨远，我没说错吧？"

　　杨远一把夺过静静手里的碗，目光不知该停在郝冬脸上还是
黄芬脸上，随后故作生气地瞪了静静一眼说：“吃什么醋嘛！我看
呀，你今天一定是喝多了。来，我来帮你盛一碗。”

　　洪峤秋从郝冬的眼睛里读懂了一种触动他心灵的东西，作为
过来人，他明白这是一种男人喜欢女人的眼神。他觉得，这是好
事情。虽然一边是自己的亲生女儿，一边是自己的外甥。但郝冬
的妈妈是他的过房妹妹，并不是他的亲妹妹。黄芬和郝冬看上去
是表兄妹，可他们没有血缘关系，是不影响结婚生子的。

　　此时，洪峤秋的笑容很和蔼，一个想法突然产生了。他要促
成这段姻缘，他要给自己的女儿一个富足、美好的未来，而郝冬
就是她应有的未来。这样，即使黄芬不能叫他爸爸，起码还可以
叫他一声舅舅。

　　然而，他同时发现，这样触动心灵的东西，杨远的眼睛里也有，
而且要比郝冬的更加浓烈。他觉得，自己必须要做点什么了。

第⑪章

星期六一大早，唐经理就打电话把黄芬叫到他的办公室，把一纸调令交到了黄芬的手上，喜笑颜开地告诉她好好准备准备，下周一就拿着这张调令去县城供销总社的董事长办公室报到。

这一突然的消息，搞得黄芬一头雾水。她迷茫地盯着唐经理笑盈盈的脸，欲言又止的样子，一时半会竟不知道要说些什么。

唐经理始终保持着喜笑颜开的神情，继续说："怎么了丫头，蒙了吧？不要说你会蒙，接到这个通知的时候，连我也蒙得很。傻丫头，您好福气呀，您让董事长他老人家看中了，亲点您做董事长的秘书呢。"

从唐经理一口一个"您"字的态度上看，黄芬觉得自己好像真的碰上好事了。她怯怯地问唐经理："经理，李静静和杨远也一起调过去吗？"

"傻丫头，有他们什么事？董事长那天不是单独夸你伶牙俐齿、语言简练却字字击中要害，是个能力超强的人才吗？他慧眼看中的人，是你，是黄芬你呀。芬呀，你马上要去董事长身边工作了，可别忘记我们方园供销社的同志们呀。"唐经理稍微犹豫了一下继续说，"还有，我唐思民有个小小的请求，有机会，你一定要在董事长面前为唐某美言几句的，让我也，让我也……芬呀，这，这，你应该懂的，呵呵，呵呵……"

今年的春天来得有点早，南句公路两边的油菜田里，浅黄色的菜花一大片一大片地开放了，在夕阳的映照下，呈现一派醉人的模样。

晚风低低的，轻轻地吹过来，吹在黄芬被夕阳映红的脸上，像一声声轻轻的叹息。平时喜欢吹口哨的杨远，此时意外地沉默着，以缓慢的速度沉稳地骑着自行车。黄芬也沉默着坐在杨远的自行车后座上，这可能是她最后一次搭坐杨远的自行车从方园镇回县城的家了。

黄芬觉得自己有很多话想跟杨远说，可是，她不知道如何说起。夕阳红得有点过头，一轮红日安静地坐在一条狭长的彩云之上，圆圆的，像一个句号，画在黄芬行将离开的方圆小镇的天空里。那里，黄芬工作也快满一年了，这突如其来的调令，要她马上离开这个地方，她感到很不是滋味。

黄芬坐在自行车的后座，望着西边绚丽的景象，流连在这样一种淡淡的离愁之中。

片刻，这个句号一般的红日，一下子在黄芬的视野中消失了，取而代之的是一顶同样骑着自行车的大草帽。大草帽就跟在杨远的自行车后面，杨远骑快了一点，那顶大草帽就相应地也快一点。杨远放慢了一点速度，大草帽也会跟着慢下来，始终与黄芬保持着十米左右的距离。这使她突然联想到了那个人——肖白人，会不会……

黄芬的心开始慌乱起来，害怕得都不敢继续往下想。她扯了扯杨远的衣角，压着嗓子说："杨远，后面有情况。"

"怎么了？"杨远条件反射地回头看了一下自行车后面的情况，故意大声说，"有人盯梢吗？你是不是怀疑肖白人又回来了？哈哈，打死我也不信。"

杨远把自行车靠边停下，他和黄芬的目光都落在身后的那辆自行车上，寻找答案似的。那个被一顶大草帽遮挡去大半张脸的骑车人继续前行着，甚至，当他骑过杨远和黄芬的时候，都没有侧过脸看他们一眼，继续以不变的速度悠悠向前，留给黄芬和杨远的，是他的被夕阳涂红了的渐行渐远的背影。

杨远把自行车停稳了，倚在马路边的一棵大树干上，看了看黄芬，油腔滑调地把肩膀一耸，把双掌一摊说："哪有什么情况？你呀，真是一朝被蛇咬，十年怕井绳。"

黄芬长长地舒了一口气，戳了一下杨远的脑门说："那是一个草帽，不是什么井绳。"她把脸靠在杨远的肩膀上，伸了一个懒腰说，"杨远你看，夕阳多美，菜花多美，春天已经悄悄来了。走，反正时间还早，不如去菜花田间走走吧。"说完，也没有征求杨远的意见，便走向油菜田，沿着油菜田的田埂，一路跳着跑着，融入一幅有斜阳，有菜花，有麦浪和收工晚归的农人的田园风光之中。

一对青年男女便在一条狭窄的两边开满油菜花的田埂上，浪漫地笑着跑着。两边怒放的菜花，好像故意为他们营造出一条芳香的道路来，烂漫，恬静。杨远恋人似的追在黄芬的身后，他故意放慢了脚步，始终与黄芬保持着二十米左右的距离，生怕追急了，黄芬会累，会气喘吁吁，会一不小心崴了脚。

黄芬终于跑不动了，一屁股坐在一座幽静的石桥上。一会儿，杨远跑过来，与黄芬背靠着背地坐在桥上，两人都拍着胸口喘着大气，一时半会说不出话。

过了一会儿，稍稍缓过来的杨远对背后的黄芬说："阿芬，我们这样，像不像一对恋人？"黄芬边喘边说："杨远，这里美吗？"杨远说："美极了。"黄芬说："你想得美，谁是你恋人？"

杨远侧过身子，一把把黄芬抱在怀里，粗暴地吻向黄芬。黄芬挣扎着，被杨远吻住了的嘴呜呜着，想说一些阻止杨远的话。

可是，被春天点燃了的杨远，没有给她一丁点申诉的机会。

慢慢地，一切都安静下来了，安静得如黄芬的这个绵长的初吻，安静得如西天那片渐渐暗淡的红霞。

仿佛经历了整个漫长的春季，黄芬如梦初醒，她一把推开了杨远。她双臂抱着双膝，双手的手指不停地搓揉着两边裤管的沿口，把羞红的脸低到最低处，轻声骂了一声："该死的杨远……"

平时油嘴滑舌惯了的杨远，此时抹着麻酥酥的嘴唇沉默着，像个犯了错误的孩子一样，耷拉着脑袋不知所措。甚至，他连看一眼黄芬的勇气也没有。

见杨远一副忐忑不安的狼狈相，黄芬忍不住笑出声来。看到黄芬笑了，杨远才敢抬起头来，把目光转向黄芬。两个人便相视着，傻笑着……

天色由红变黑的时候，杨远从地上一跃而起，边拍着屁股上的尘土边说："阿芬，这地方好眼熟，好像是肖白人绑架阿方的地方。"

杨远风轻云淡的一句话，仿佛刺醒了黄芬仍陶醉在爱情中的神经，她也学着杨远的样子从地上弹了起来："不会吧？哪有那么巧的事。"

杨远绕到桥下，抬头冲着桥上的黄芬说："千真万确，就是这个地方，肖白人睡觉的草窝还在呢。"他探身来到那片摊着稻草的桥下，弯腰拾起了一样东西，"阿芬，我拾到一样宝贝。"

黄芬看了看几乎全黑了的天色，联想到肖白人狰狞的嘴脸，浑身打了一个激灵。她冲桥下的杨远下达了一道命令："杨远，你快上来，我们赶紧离开这个可怕的地方吧！"

黄芬拉着杨远跑，沿着来时的那个田埂，两人一路狂奔。杨远喘着粗气时时提醒黄芬慢点跑，有他在，不必害怕之类的话。可是，可能她压根就不想再听到肖白人这个名字，她就是一路狂奔，也不知道哪里来的那么充沛的体力。

直到他们奔到南句公路停自行车的地方，才停下奔跑。两人都把双手撑在双膝上，大口大口地喘着粗气。绷紧的神经刚缓和了一点，黄芬又是一惊，明明放在内衣口袋里的那枚红星，怎么不知不觉之间跑到了她的手里。她颤抖着双手看着手里的红色五角星，眼睛瞪得大大的。

杨远继续喘着粗气问黄芬："怎么，你认得这颗红色五角星？"他伸直身子继续说："这就是我刚才在桥底下的稻草里拾到的宝贝。"

黄芬下意识地拍了拍内衣口袋，她能感觉到，她的那颗五角星依然完好无损地躺在她温暖的口袋里。那手里的那一颗是怎么回事？她一头雾水，问杨远："你拾到的宝贝，怎么会出现在我的手里？"

杨远伸手摸了摸黄芬的额头。"你没事吧？你刚才拉着我的手狂奔的时候，把我手心里的东西也拿走了呀，就这么简单。"杨远看了看黄芬手里的那颗五角星继续说，"看上去，你好像对它很感兴趣。好了，这宝贝归你了，算是离别前，我送你的礼物。"

回去的路，淹没在浓重的夜色里，淹没在杨远的一句"离别前的礼物"里。黄芬坐在杨远的自行车后座上，双臂环绕着杨远的腰，流着眼泪的脸，紧紧地贴在杨远宽阔的后背。

黄芬被安排在县供销总社的董事长办公室工作，担任秘书，原来的工人编制，也同步转为以工代干编制。这样一个调动，让那些比她早进单位好几年，文凭、能力各方面都优于她的青年员工分外眼红。以工代干，加上在总社的一把手身边工作，这样的肥差是大多数青年员工人生第一个十年计划里的奋斗目标，而且，大多数的青年员工即便心中有这样的目标，也基本不可能有这样的机会的。而这样的目标却被一个刚进单位的黄毛丫头，不费吹灰之力就实现了，谁不羡慕？谁不嫉妒？无奈，黄芬是洪董亲点的，谁也不敢多说什么，即使在背后也不敢多作议论。

说是秘书，其实就是给办公室付副主任打打文稿，复印复印文件资料。洪董办公室来了客人，负责泡泡茶，端端水果盘而已。有时候，董事长请客吃饭，黄芬也帮着付副主任安排接待任务，偶尔也陪着领导一起吃个饭，喝个酒，活跃活跃气氛什么的。倒是那些会议记录、起草报告、撰写领导讲话等该是秘书干的活，却一件都摊不上她，都由付副主任亲自完成。

总社办公室暂时没有正的主任，付副主任主持工作。一般情况下，主持工作满一年，没有什么原则性的问题，第二年就能升任正主任。可是，付副主任已经主持工作快两年了，领导依然没有要扶正他的意思。所以说，像付副主任那样——多年的媳妇要想熬成婆婆，也不是件容易的事情。

付副主任是个严谨的人，很多时候，同事们会直呼他为付主任，他会很认真地纠正："是付副主任，付与副，一个是姓，一个是职务，缺一不可的。"也有人跟他较劲说："付副（负负）得正嘛，快了，快了，快到当上正主任的那一天了。"这时，付副主任肯定会咧嘴一笑说："即使当上正主任，我姓付，不还是付主任吗？不讲究，不讲究。哈哈。"较劲的人继续较劲说："请主任放心，到了那时，我们一定会称呼你为付正主任的。付与正，一个是姓，一个是职务，缺一不可的，这是原则问题，马虎不得，马虎不得啊。"

半年之后，空降了一个南京大学商学院毕业的大学本科生到总社。正值改革开放初期，各行各业都紧缺人才。因为那位本科生专业对口，属于优秀稀缺人才，半年的实习期一过，他便作为办公室副主任，被直接安排在洪董事长的身边，全面负责总社办公室工作。而付副主任却依然是付副主任，而且，还被人资部的马主任硬生生地割去了他"主持工作"四个字。独处的时候，付副主任也曾自己劝慰自己，人家是正牌的商学院本科生，文凭硬呀，竞争不过的，随后暗自叹息道："真的是知识改变命运呀！"

新来的郝副主任，单名一个冬字，不仅文凭硬，而且，后台更硬。

刚开始时，黄芬很诧异，这样的一个公子哥，居然成了她的顶头上司。好在，毕竟新领导也是老熟人，对她也很关照。有一个熟悉的领导，黄芬感觉上班的那一大把时间，相比之前的单调和刻板，还是多了一些色彩。

又一季暑假接近尾声，再开学，黄方就要去上海浦东的某个学校上学了。前一阵子，林雪月的大弟办理好了所有的手续，落实好了林雪月和黄方的户口。原来林家的老房子，在前几年也拆迁了，政府安置了三套在浦东三林地区的商品房，其中最小的一套留给了林雪月。说是最小，却也有 81 平方米，林雪月觉得已经够大了，她最满意的一点是，这套房共有三个居室。居室小是小了点，但治愈了她的一块心病——起码黄芬在他们的新家，也有一间独立的房间，在上海，在她的娘家，有她的一席之地，有她的一方空间。

真的要回去了，要回到阔别整整二十年的大上海，林雪月感慨万千。二十年，她把自己最黄金的年龄，默默地淹没在这里，淹没在江苏偏僻的一个小县城里。二十年来，一家四口艰苦奋斗，目标很简单，就是一家人能安安稳稳地活着。可是，就是这样一个简单的目标，最终依旧留着令人心痛的遗憾——黄枯荣还是没能坚持下来。然而，在全家人的心目中，黄枯荣的死是光荣的。他是一名退伍军人，为保护国家财产，他同歹徒殊死搏斗，不惜用生命的代价，捍卫了国家的利益。他是为自己的信仰而死的，死得其所。

第
11
章

正如黄枯荣曾经说过的那样，生活有时很坏，但一切都会过去。林雪月认为，离开这里，坏掉的那部分生活，就基本画上句号了，迎接她的，将是另一种全新的、美好的人生。可是，真的要离开这里了，她却百般的不舍。最不舍的，就是她的黄芬。不能带着女儿一起回家乡，是她最遗憾的事情。

"轻轻的我走了，正如我轻轻的来；我挥一挥衣袖，不带走一片云彩。"伴着离去的脚步，林雪月一遍遍地默诵着徐志摩的这首《再别康桥》。她真的希望自己悄悄地走，不要惊动任何人，不要惊动这里的一草一木。但是，黄枯荣墓地上的草必须要清除，尤其是在她离开这个小镇之前。她瘫坐在黄枯荣的墓前，声泪俱下："枯荣哥，雪月要去上海生活了，阿方我带走了，你放心，我会好好教育他的。我要走了，我会每年回来给你拔草的。枯荣哥，阿芬我就交给你了，你一定要保护好她……"

那是一个星期六的傍晚，夏天的风，染红了天边的霞。林雪月边拔着黄枯荣坟上的青草，边呜呜地哭着，时不时地与地底下的丈夫唠一些她与他曾经经常聊起的话语……

当西边的红日落尽的时候，她的身后，响起了一阵悦耳的口琴声，那是一首肖白男曾经教会黄枯荣唱的歌——《花儿为什么这样红》。在口琴悠扬的伴奏下，有一个最为熟悉的声音轻轻唱起：

> ……
> 花儿为什么这样鲜
> 为什么这样鲜
> 啊，鲜得使人
> 鲜得使人不忍离去
> 它是用了青春的血液来浇灌
> ……

林雪月没有回头，也不用回头，她知道吹口琴的人一定就是阿方，唱歌的一定就是阿芬。一定是女儿和儿子发现她不在家里，便找到这里来了。找到这里来也好，正好让儿子也向父亲告个别，毕竟，去了上海，回这里看父亲的机会肯定会减少。孩子们知道父亲喜欢这首歌，一个吹，一个唱，挺好。林雪月想，告别是伤感的，这样最好，一家人什么也不用说了，全在这首歌里了。于是，她抹干眼泪，打开自己略微沙哑的嗓音，加入了这样一种歌声所营造的告别中。

关于黄枯荣坟墓的选址，林雪月经过深思熟虑，没有遵从他的遗愿。她自作主张，把他埋在离县城很近的一块公共墓地里。她不想让他埋在肖白男在茅山脚下的衣冠冢那里。她希望他从那个终身遗憾中解脱出来。她知道，如果枯荣在天有灵，会原谅她的。

虽说，林雪月不想惊动任何人，可是老同事叶昌群，是必须要告别一下的。

那天，浅夏的晨风，抹在林雪月的手臂上，凉凉的。天气很好，蓝天白云。这样风轻云淡的好天气，与离别的氛围一点也不协调。

火车站，给林雪月和黄方送行的，除了老叶，还有黄芬、杨远、黄夏夫妇和黄成亮。黄方把心爱的口琴送给黄成亮的时候，看了杨远一眼。杨远抚摸着阿方的头笑了一笑，从背包里掏出自己的口琴交给徒弟说："阿方，收下师傅心爱的口琴，留个纪念。"黄方接过口琴，扑进师傅的怀里说："师傅，你要时常来上海看我，知道吗？"见师傅笑着点头了，黄方又转过头来，对黄成亮说："阿亮，好好读书，以后，考到上海来读大学，这样，我们兄弟又可以在一起了。"

黄芬用一块浅蓝色的手绢帮母亲拭泪："妈，说好不哭的。妈，我这里还有叔叔婶婶，还有叶伯伯照顾，你还担心什么呀？"她一把抓过杨远的手，两人的手便十分自然地十指相扣，"妈，我还有杨远，这是本人免费聘请的贴身保镖。"

看着女儿调皮的样子，林雪月的湿湿红红的脸上终于溢出一点笑意。

来送林雪月的还有一个人。他就端正地坐在站台的茶水间里，与林雪月他们保持着二三十米的距离。他远远地看着林雪月与亲人们一个个地告别，看着她与亲人们说着那些他听不真切的话。他感慨这漫漫二十年来在林雪月的脸上所发生的变化。眼前的这个又黑又瘦的妇女，真的是他钟爱至今的林雪月吗？可是，为什么他看到的这张脸上，只有二十年来刻下的风霜雪雨，却不见了二十年前的风花雪月？他简直不敢相信自己的眼睛。他点上一支烟，百感交集。

当老同事叶昌群告诉他，林雪月终于要离开这个小县城，离开这个她生活了二十年的地方时，他决定必须要去送送她，就像二十年前她要离开五洲电机厂的时候一样。但是，他觉得自己还没有准备好，他觉得林雪月和黄芬肯定也没有准备好。他知道，如果他贸然闯进她们刚刚才平静下来的生活，对于她们娘俩来讲，可能有点残忍。他能预料到这样做的后果。所以，他只是风轻云淡地向叶昌群打听了一下林雪月回上海的火车车次，提前来到火车站，远远地目送她一程。

他把视线转移到女儿黄芬的身上。他看见女儿和杨远的手始终紧握在一起，十指相扣。他把香烟叼在唇间，深深地吸了一口，重重地呼了出去。烟雾在他眼前发散着，扭曲着，若有所思的样子。

星期一的早晨，刚上班不久，黄芬便翻开一本《政治经济学》认真地阅读着。她觉得，自己的工作挺空闲的，正好可以利用大把的工余时间，复习复习成人高考的内容。她打算参加明年的成人高考，圆自己一个大学梦。

可能是因为过于专注，可能是因为来人走路时十分小心，当这个人来到黄芬的面前时，甚至，他已经站在她办公桌前一米多的地方已有半分钟了，她居然没有发现，依然低着头，默诵着"价值"和"剩余价值"的名词解释。

"洪董，您来啦！"直到郝副主任从里屋过来，主动与洪峤秋打招呼时，黄芬才发现。

黄芬慌里慌张地站了起来，把复习的书本藏在背后，涨红着脸说："洪董，您早！您好！您好早！"

慌乱之中，黄芬不知道自己在说什么，脸越涨越红。洪峤秋打着哈哈对黄芬说："怎么了？小黄，我没吓着你吧？"

黄芬急忙回答："没有没有没有！"

洪峤秋向黄芬竖起大拇指说："小黄，好样的！利用工余时间学习文化知识，小年轻能这样，有前途。"

郝副主任冲面前的这个舅舅笑了笑，打着圆场说："洪董，是我鼓励黄芬参加成人高考的。"

洪峤秋依然打着哈哈对郝冬说："别老是洪董洪董的，以后没外人时，还是叫舅舅吧，听着顺耳。"听洪峤秋说到"外人"这个词时，郝冬特意看了看黄芬。

洪峤秋明白郝冬在这一刻把目光转向黄芬的含义，他脸一长，瞪着郝冬说："小黄又不是外人。"

郝冬尴尬地朝黄芬笑了笑，随即转移话题："舅舅，您来办公室视察，一定有任务要给我们吧？"

洪峤秋点了点头，问黄芬："小黄，征兵的通知发下去以后，报名的情况如何？"

黄芬把那本《政治经济学》偷偷扔到背后的椅子上，抬眼看着洪峤秋说："报告董事长，截止昨天下班前，总社和分社总计报名两人，离县武装部给我社的指标，还差六人。"

郝冬接着黄芬的话尾说："舅舅，据我了解，改革开放以后，人民群众生活水平普遍提高了，而且，我们单位在您的正确领导下，效益一年比一年好，员工的收入也是今非昔比了。可以这么说，我们这一代青年，正赶上如金似玉的好时代。而当兵能挣几个钱？所以，青年员工大多不想错过奋斗、创业的好时机，不太愿意将大把的青春年华浪费在军营里……"

"你说的是什么话？你不当兵，我不当兵，谁来保卫祖国？谁能确保经济建设和人民生活，能有一个良好的国际国内环境？"洪峥秋冲郝冬吼道，随后皱起眉头，把双臂抱在胸前，犹豫片刻后冲郝冬说："这样，过几天就是八一建军节了，我们筹备一个退伍军人座谈会吧，通知征兵适龄青年代表也一起参加。每个基层供销社必须推荐三名以上适龄青年参加会议，让他们感受一下军人保家卫国的赤子情怀。会议地点就选在桃李山庄。会议放在下午开。晚上，我作为一个军人的后代，请退伍军人吃顿饭，酒菜安排得丰盛一点。你们去准备吧！"洪峥秋抓住郝冬的手臂，又思考片刻，补充道："郝冬，你们还要起草一份董事会议题，内容是，凡应征入伍的员工，服役期间保留原岗位的工资和奖金，每年春节发放每人一千元慰问金！下周一，提交董事会审议。"

郝冬一个立正回道："遵命，老舅！"

洪峥秋在郝冬的肩上敲了一拳说："臭小子，都是总社中层干部了，还没有个正形。"

一直在边上沉默的黄芬轻拍着手说："董事长英明，这项政策一出台，连我都想报名参军了。"

洪峥秋回头，一脸严肃地对黄芬说："小黄呀，你就别凑这份热闹了，好好复习，好好工作。"

黄芬笑盈盈地低下头，沉默不语。

下午，郝冬带着黄芬，按照董事长的要求，去桃李山庄落实庆"八一"县供销系统退伍军人座谈会的相关会务工作。按照常规的工作用车程序，黄芬事先申请了一辆桑塔纳，司机也落实到位。可郝冬却执意要开自家的奥迪 A6 轿车，还说那辆大众桑塔纳轿车太老太破了，汽油味很重，担心黄芬闻到汽油味会晕车。黄芬了解郝冬喜欢显摆的特点，按她原来的脾气，忍不住会讽刺他几句，但现在，人家毕竟是她的直接领导，她只能把已到嘴边的话咽了回去。沉默就是服从。

　　奥迪 A6 轿车精神抖擞地开出了总社的大门。可是，出门右拐不到一公里，轿车的右前轮就瘪了下去，不能正常行驶了。靠边停车后，郝冬自言自语道："好好的轮胎怎么就突然漏气了？"

　　黄芬冲他呛了一句："什么豪华轿车，开这么一小段路，就抛锚了，还不如一辆又老又破的桑塔纳大众车呢。"

　　郝冬下车检查，锃亮的皮鞋被一小截玻璃瓶碎片扎了一下，低头一看，一地的碎玻璃。他对着空气大声说："谁这么缺德，撒这么多碎玻璃？"

　　郝冬蹲下身子，摁了摁瘫软的轮胎，随后又按了一下汽车钥匙上的按钮，后备厢的盖子便自动掀了起来，他冲着仍坐在车上的黄芬说："阿芬，帮我把后备厢里的千斤顶拿来，右前轮胎被碎玻璃扎漏气了，得换一个备胎。"

　　黄芬不懂什么是千斤顶，她从后备厢里翻出一个灭火器，拎着它绕到汽车右前侧。本来她想问郝冬，这个长得像灭火器的铁疙瘩是不是就叫千斤顶，可是突然，她的整个身躯瞬间定格了。她看见三个陌生青年围住了郝冬，他被逼到了汽车边上，背靠着车门，已无退路。三人中的其中一个一拳打在郝冬的脸上，当拳头落在郝冬脸上的时候，黄芬颤抖着声音"啊"了一声。紧接着，那个人用膝盖死死地顶在郝冬的腹部。另外两人，一人一边，架住了郝冬的双臂。

突如其来的打击，让郝冬猝不及防，他颤抖着声音说："兄弟，别动手，有话好说！"他觉得自己的嘴角正在流血，便把嘴巴靠在右肩膀的衣服上擦了一擦，"兄弟，这唱的是哪一出嘛？我啥地方得罪你们了？如果你们缺钱花，那就开个价吧。"

那个挥拳的又一个嘴巴子扔过来，脆生生地在郝冬的右脸炸响，让边上的黄芬又"啊"了一声。随后，那个人用左手虎口紧锁着郝冬的下巴说："有钱了不起是吗？有钱就可以借谈恋爱玩弄女性了是吗？老子明人不做暗事，告诉你，我就是汤玉莲的哥哥，亲哥哥，外号汤包。"说完又一个大嘴巴刮在郝冬的左脸。

看着郝冬挨打，而且，肿起的脸上淌着血，黄芬又惊讶又害怕，她浑身颤抖着喊道："你们是什么人？青天白日的，你们无缘无故大打出手，难道没有王法了吗？"毕竟是一个刚从校园走上社会不久的女孩子，从来没见过这么暴力，这么血腥的场面，黄芬非常惊恐，她感觉自己的声音不是喊出来的，而是抖出来的。

汤包转过身，一双怒目紧盯着黄芬，随后慢慢地向她逼近，咬牙切齿地说："原来呀，问题的根源出在你身上呀！今天我要好好地给你点颜色看看，让你好好尝一尝，老子这碗汤包到底烫不烫你的樱桃小嘴？"

黄芬双手颤抖着举起手里的灭火器，把喷口瞄准了汤包，用飘忽的声音对越逼越近的汤包说："别过来，你再走近一步，我就对你不客气。"

汤包一脸坏笑着说："哟哟哟，我俩第一次亲密接触，你可不能对我不客气，不然我也会生气的，我会害怕的。"说完，冲着另外两个扣着郝冬双臂的同伙挑了挑色眯眯的眼，与他们一起哈哈大笑。

扣着郝冬左手的家伙冲着黄芬说："小妞，长得不赖呀！怪不得郝公子要抛弃汤妹妹，原来呀，他是勾搭上你了呀！"转脸又对汤包说："包哥，这小妹的确颇有几分姿色，小弟眼拙，一不小心看上了。包哥，你刚与嫂子成婚，你的幸福还热乎着呢，这个妹子能不能让给小弟我呀。"

汤包故意冲他小弟横了一眼说："可是，这小妞比你嫂子好看太多了。一会儿，不如我们三兄弟有福同享了吧。"说完，三人又淫荡地大笑。

郝冬拼尽全力挣扎了几下，却发现根本无济于事。他冲汤包大吼一声道："来呀，有什么事，全都冲老子来！她只是我的同事，不关她的事，你一个大男人欺负一个手无寸铁的小姑娘，算什么英雄好汉？"

汤包回头对准郝冬的脸猛啐了一口唾沫，继续咬牙切齿地说："你瞎呀，她手里不是有寸铁的吗？你个玩弄我妹妹感情的乌龟王八蛋，你也配聊英雄好汉的话题？呸！兄弟们，给我打！"

又一顿拳头落在郝冬的腹部，冰雹似的。郝冬的惨叫就像手术台上忘打麻药的病人。

在郝冬的声声惨叫中，黄芬颤抖得更剧烈了。渐渐地，她意识到，眼前的这个男人叫郝冬，他不叫杨远，想要自保，一切得靠她自己。她不断地提醒自己，你是黄枯荣的女儿，一定要勇敢点，再勇敢点。她从灭火器上腾出一只手，隔着衣服捏了捏那颗贴身珍藏着的红色五角星，然后，一咬牙，告诉自己，得冷静，不能害怕，得先下手为强，得主动出击。她深吸一口气，咬了咬牙，果断拔下灭火器的保险插销，高喊一声就猛地冲了上去。

黄芬把灭火器喷口对准三个歹徒的脸，迅速按下上面的阀门开关。一束粗硕的泡沫像一头白色的豹子一般，在黄芬手势的移动中，轮番着，凶猛地扑向三人的脸。瞬间，三名歹徒变成三位"圣诞老人"。

趁着扣押他的两名歹徒腾出一只手来抹擦脸上白沫的瞬间，郝冬双手向两边用力一拧，终于挣脱了歹徒的控制。黄芬的突然袭击，意外地收到了奇效，不但让忙于打人的两名歹徒瞬间收手，而且还把受制的郝冬解救了出来。

重获自由的郝冬火速拉开离他最近的那扇车门，一把抢过汽车皮椅上的那部"大哥大"移动电话，随后，向着车头的正前方拔腿就跑，边跑边冲着身后的方向大喊："你们这帮浑蛋，来呀，有种的就冲着我来呀。我的事跟这女的毫无关系。来呀，来打我呀！怎么不敢了？一群废物……"

郝冬想用语言激怒歹徒，把敌人引到自己这里来。只有这样，黄芬才能得到暂时的安全。可是，他的这一招没有起到任何作用。

三名歹徒从汽车玻璃的反光中发现，自己被黄芬喷成了"雪人"模样。特别是那个汤包，他才对黄芬说过，今天要给她一点颜色看看的，谁料，剧情顷刻反转，几分钟后，自己反倒被对方喷成了白色，实现了"给她一点颜色看看"的"预言"。

汤包又一次逼向黄芬，咬牙切齿着，一张气得发绿的脸上，还残留着一些白色泡沫，像一小片融雪的麦田。两个帮手一左一右地紧随在他的侧后方。

看着汤包凶狠的模样，黄芬倒吸一口凉气。没等她多想，汤包已经张开的左手虎口，像一把鱼叉一样锁住了黄芬的颈部，把她的头牢牢地摁在汽车右后门的玻璃上，她的脸在透明的玻璃上痛苦地变形。

黄芬猛烈地咳嗽着，一股沉闷的窒息感从她的耳朵深处冒出，呜的一声，响彻全世界。她感到所有的力气在手上、脚上和身上的各个部位流失着，像正泄气的气球。终于，她一松手，灭火器在地球引力的作用下，狠狠地砸向汤包的脚面。

就在汤包双手捂着受伤的脚，用另一条支撑腿跳着原地打转的时候，一股强大的撞击力，在他的鼻子上止步，他被人一拳打倒在地。头着地的时候，发出一声闷响，听着都疼。

看到汤包吃了大亏，他的两个同伙都急眼了，拉开架势咬牙切齿地朝着来人猛扑过来。只见那人一猫腰，左手挡开左边歹徒的拳头，右脚顺势撩向右边歹徒的腹部，在即将碰到歹徒腹部的一瞬间，脚面迅速往上一弹，一股强大的爆发力便在歹徒的小肚处发出"噗"的一声闷响，闷疼闷疼的，致使右边的歹徒仰面朝天坐倒在地。左边的歹徒趁机从身后拦腰抱住来人，想把他横摔在地，无奈，那人脚底仿佛生了根，任歹徒怎么摔，始终稳稳地站着。

歹徒抱着来人已经试摔了五六次了，都没有成功。那人说："朋友玩够了没有？"话音刚落，举起双手伸向脑后，攀住歹徒的头，屁股一掀，一个大背包把他摔倒在地。

"杨远小心！"黄芬的提醒余音未尽，卧在地上的汤包冷不丁紧紧抱住了杨远的脚，大声吼道："兄弟们，起来，抓住他的手！"

双腿受缚，杨远失去了战斗力，被三名歹徒死死地摁在汽车的右侧。他们像刚才控制郝冬一样牢牢地控制着杨远。

汤包朝被两名同伙控制住的杨远一挥拳，却没有打到杨远，只是做了个假动作。他摸了摸被杨远打肿的嘴角，轻拍着杨远的脸颊咬牙切齿地说："臭小子，拳脚不错呀，英雄救美是吗？老子一会儿再收拾你！"

黄芬重新拾起那个灭火器，将喷口对准汤包的脸说："不关他的事，你们快放了杨远。"

汤包转过脸，满眼的凶光聚焦在黄芬的脸上，把一口带血的唾沫狠狠地吐在地上，一瘸一拐地靠近黄芬，张开鱼叉般的虎口，用力卡住黄芬的颈部，把她的脸牢牢地摁在汽车右后门的玻璃上。

黄芬眼前一黑，手中的灭火器又一次掉落在地，着地的时候，

第
11
章

271

灭火器落在半块砖头上，顺势滚出老远。黄芬本能地用双手抓住汤包的手腕，拼命地往外推，趁机深吸一口气，然后继续往外推……

黄芬毕竟是个女生，她根本推不开汤包强有力的控制。她绝望了，她决定放弃，任人宰割。她闭上眼睛的那一刻，两颗泪珠无声地滑落。

黄芬闭上了眼，她不知道将要发生什么，她不知道接下来那个叫汤包的无赖会做出些什么。

她听到"嘭"的一声闷响。

等她再次睁开眼睛的时候，她看见郝冬站在她的面前，双手紧紧握着那个灭火器，正微微发抖，一双呆呆的眼睛盯着地上看。

在地上，汤包枕着他自己的一摊血，一动不动地躺着，像是睡着了一样……

第⑫章

杨远的两个手掌上全是血，他分不清这些血是蚊子的还是自己的，或者，这些血也可能是蚊子从其他犯人身上吸来的。他感觉自己好像一直在拍蚊子，拍了一整夜，感觉自己都没怎么睡，连一个囫囵的瞌睡都没空打。事实上他根本睡不着觉，虽然他真的很困，越来越困。这样的困要在平时，肯定是倒头便睡的。可是，现在他根本睡不着。蚊子的确很多，打死一批又来一批，前赴后继，这当然是杨远睡不着的原因之一。但这只是外因，内因就是昨天发生的那件意外。

他不断地安慰着自己："这绝对是个意外！"

昨天，唐经理派他去总社送一份方园供销社的征兵报名表，还特别关照了一句："今天，你送好表格就别回方园镇了，我放你半天假。"唐经理还神秘兮兮地凑近杨远的耳朵说，"好好陪陪黄芬，主动点，再主动点。"

现在，黄芬是总社一把手身边的红人，这一点唐经理怎会不知。而黄芬与杨远的恋爱关系虽说没有公开，却已经不是什么秘密了，起码在方园镇供销社，被李静静这个大喇叭一宣传，早已人人皆知。唐经理的私心在他冲杨远谀笑的脸上昭然若揭。

唐经理再次靠近杨远的时候，杨远紧了紧眉头，并不是看不惯唐经理的阿谀，而是经理口中那股高浓度的大蒜气味，让杨远着实受不了。杨远捏着自己的鼻子，递了一条泡泡糖给唐经理，唐经理却不明就里，对他说："你给我这个东西做什么？我是从来不吃这种嚼不烂的糖的。"

唐经理再次凑近杨远的耳朵诙笑着说："这次本社征兵的名额，如果论资排辈，你小子肯定是第一人选。我琢磨着，你要是参军去了，那你与黄芬不就成了牛郎与织女了，这怎么行？万一黄芬因为被你疏远了，让别的小伙子抢走了怎么办？于是，本经理变通了一下，没把你报上去。"杨远一个"立正"，冲唐经理敬了个不是很标准的军礼说："感谢经理的成全，改日，我与阿芬一起，在县城最好的酒楼，好好请经理吃上一顿大餐。"

要去总社董事长办公室送征兵报名表，而亲手接表的人恰恰是自己的恋人黄芬。一想到这些，杨远踩自行车踏板的双脚比他的口哨还轻快。他已经计划好了，先征求一下黄芬的意见，如果她愿意，就约她一起看场电影。他打电话咨询过，县城的光明电影院，今晚放映的电影正是那次他俩在方园镇没有看完整的那部《奴里》，说是因为观众反响特别好，特地加映的。

杨远说不清自己为什么非要顶这个雷，把那个流氓砸倒在地的明明就是郝冬，自己却主动揽下了所有的责任。但他知道，这绝不是一时的冲动。他觉得，在自己最心爱的女人正被一个流氓欺负的时候，挺身而出的必须是他杨远，而不是郝冬。他认为，在这个原则问题上，他绝对不能让步，让那个郝冬占了便宜。何况，如果他当时没有被另外两个歹徒控制着，他一样会拿起那个灭火器，狠狠地砸向那个可恨的流氓。

蚊子又来了一拨，杨远拍着蚊子吼了一声："可恶的家伙，你们也来落井下石。"在与蚊子的对抗中，杨远突然想起唐经理身上那股子浓烈的大蒜味，自嘲道，"老唐在就好了，他身上自带那么大的一股味道，肯定能驱蚊。"

在洪峤秋的办公室，郝冬一张苦瓜般的脸愁云密布，左眼皮上还贴着一小片白纸，专治跳眼皮毛病的，他时不时地打量坐在对面沙发上的黄芬。黄芬低着头，用牙齿咬着手指上的倒刺，她的情绪也像她的头一样，低落着。洪峤秋脸拉得长长的，捧着个洁白的景德镇茶杯，吹着杯面那些没有沉下去的碧螺春茶叶。

郝冬看着黄芬说："阿芬，我……"

黄芬严肃地打断他，嗓子像呛着火药："对不起！请称呼我全名，我与你没有那么亲密。"

郝冬看了看仍在吹茶杯的舅舅，继续说："我真的对警察说了，砸昏汤包的人是我，不是杨远……"

黄芬又一次打断他，带着哭腔激动地说："那警察怎么把你放出来了，却把杨远关起来了？"

郝冬无奈地摇了摇头，面对黄芬的误解，他必须据理力争为自己辩护："我说的全是真的，事情既然发生了，我决不逃避，男子汉大丈夫敢作敢当。我估摸着肯定是杨远替我把罪责扛下来了，这小子不知道哪根筋搭错了，我与他之间只是同事，没那么铁，他何必要为我背黑锅？再说了，我这是正当防卫，关几天也就放出来了……"

洪峤秋把茶杯往茶几上重重地一放说："你懂个屁！正当防卫，说得倒轻巧，被你防卫的人还躺在医院，是死是活都是个未知数呢。你们俩不是放出来的，而是取保候审。我跟你们说，最好祈祷那个汤包能醒过来，他要是死了，谁都救不了你们！"

沉默的空气中，黄芬和郝冬紧张得都不敢呼吸。这就是洪峤秋作为一名总社一把手该有的气场。在这样的气氛中，黄芬几次偷偷打量一脸严肃的洪峤秋，几次都欲言又止。

"小黄，我问过派出所办案的同志了，的确，杨远一口咬定汤包是他打晕的，而且他描述的过程合情合理。虽然，郝冬也承认是他打晕汤包的，可警察同志认为，小杨的笔录可信度更高一些，所以，他暂时还不具备取保候审的条件，只能暂时被拘留着。"

面对着黄芬，洪峥秋说话的语气明显软下来了。

"董事长，我想说，这件事从头到尾，都与杨远没有什么关系，他只是路见不平，拔刀相助而已。而且，最后给汤包致命一击的人的确就是郝副主任，而不是杨远，汤包的另外两名同伙可以作证的……"

"你晦气不晦气？什么叫致命一击？汤包还活着呢！"郝冬打断了黄芬的说话。他也不知道，今天自己哪来的勇气，竟敢对自己最喜欢的女孩子如此横加指责。

洪峥秋冲郝冬吼道："你给我闭嘴！"他舒了一口气，又喝了一口茶，示意黄芬继续说下去。

黄芬低下头，沉默片刻后，她深吸了一口气继续说："董事长，杨远是冤枉的。您是领导，您人脉广关系多，您帮帮杨远吧……"说着说着，满脸是泪。

洪峥秋深叹了一口气。看得出，自己的女儿多半爱上杨远这个小伙子了，爱上这个一无所有的穷小子了。这样发展下去，郝冬真的一点机会都没有了。他觉得，自己应该要站出来，做点实事了。

当然，他是她的亲生父亲，他的出发点肯定是为她好。

洪峥秋站起来，走到黄芬的沙发前。黄芬立马站起来，用手背抹着红肿的眼。洪峥秋抚着黄芬的肩膀说："放心吧，这件事发生在你们的工作途中，是单位的事，杨远又是单位自己的员工。作为单位的领导，我当然有责任处理好这件事，我会想办法把大事化小，小事化了的。"

黄芬的肩膀被一个陌生的男子抚着，她情不自禁地涨红了脸，虽然这个人是董事长，从岁数和辈分上讲，也是她的长辈了，但她还是觉得非常别扭。她并不知道，那位长辈级的男人就是她的父亲。所以，她还是有意拧了一下肩膀，尽管幅度很小。

洪峥秋尴尬地把手从黄芬的肩膀上挪开，看着黄芬别扭的样子，他想说点什么，可是，终究还是什么也没说。

快下班了，郝冬拿着一个红色封面的文件夹来到黄芬的办公桌前："阿芬，哦，哦……黄芬，这份总社中层干部调整的文件我已经起草好了，你有空再帮我校对一下，周六上午要上总社董事会审议表决的。"

黄芬嘟着个嘴，机器人似的用右手接过文件夹，放在桌上，视线始终下垂着，看都不看郝冬一眼。

郝冬叹了一口气，空气中满是尴尬的味道。郝冬说："黄芬，今晚有空吗？我在旺公馆订了包间，约了几个朋友聚餐。你也一起来，可以吧？"

"我没空。"黄芬的语气非常生硬。这种冰冷的语气在郝冬听来，仿佛咔嚓一声，击碎了他想请她吃饭的那份热情，干脆利落。

郝冬仍不死心："如果我约的是公安局的朋友呢？你不是要求证我在派出所到底有没有推卸责任吗？你不是怀疑我是故意陷害杨远的吗？所以，我请来了那位办案的警官，约他出来吃饭，我想，他会证明我到底有没有说谎。"郝冬带着血丝的眼睛紧紧地盯着黄芬，一眨不眨，执着地守候着答案。

"我没空。"黄芬简单地重复了一句，脆生生地击碎了郝冬的"第二份热情"。

下班了，黄芬三步并作两步地往杨远居住的巷子方向赶，因为杨远家还有一个七十多岁的奶奶需要照顾。早在方园镇一起上班时，杨远就曾告诉过她他的家庭情况，所以，她知道杨远的父母都是老师，年轻时响应国家号召支边去了兰州。杨远是爷爷奶奶一手带大的。在杨远念初三时，爷爷突然中风，瘫在床上一年零两个月，之后就永远地走了，留下杨远与奶奶相依为命。好在杨远初中毕业，读了两年技校就参加工作了，从此，他终于可以养活自己和奶奶了。爷爷退休前，是位护林员，按照他的遗愿，杨远把他的骨灰安葬在他生前工作过的那片杉树林中。就是她父亲黄枯荣安葬好兄弟肖白男衣冠冢的那片林子。杨远时常去那里看他爷爷，给他吹好听的口琴曲，给他吹《花儿为什么这样红》。

黄芬记得很清楚，那天出事后，在他们被带去派出所的路上，杨远曾表情凝重地对她说："万一我一时半会出不来，请你抽空去照看照看我奶奶。"想起杨远的这句话，黄芬便心急火燎地赶去杨远的家。快到的时候，她看见郝冬的那辆奥迪轿车安静地停在振元弄的巷子口。

她停下脚步，挨着一个转角的墙体隐藏起来。

大约过去三分钟，郝冬和他的母亲扶着杨远的奶奶出现在巷子口，紧随其后的是郝厂长，拎着一个行李箱，把它放进奥迪车的后备厢里。随后，一家人把老人扶上车，那辆在这一片难得一见的引人注目的高档轿车，趾高气扬地消失在一大片美丽的夕阳中。

正值下班时间，黄芬百无聊赖地从振元弄折返回家。回家的路上车来人往的，显得十分喧闹。夕阳很美，从西边的火红的云霞里照下来，让眼前的世界完全沉浸在一种柔软的暖色调里。

众多来往的自行车里，有一辆明显让黄芬眼前一亮。当它从黄芬的身边悠然驶过的时候，车上的情形显得异常熟悉和亲切，男的蹬着脚踏板，女的坐在自行车的后座上，一条手臂勾在男的腰间。一看就知道，这一对一定是热恋中的情侣。

从后面看，尽管那骑车的男青年无论是发型还是脊背都不属于黄芬喜欢的类型，可是，触景生情，她想起了杨远的自行车，想起她搭乘杨远的自行车，从方园镇下班回家的那片醉人的夕阳。

黄芬的视线一直被这一辆渐行渐远的自行车牵扯着，直到它在电影院的自行车停放处停下。她越发觉得，那个骑车男青年的背影和举止似曾相识，肯定在哪见过。当她发现男青年的头上箍着一圈白色的纱布时，才恍然大悟。

冲着那辆正在停靠的自行车的方向，黄芬急匆匆地追了上去。两分钟后，当她赶到那辆自行车停下的地方，可能离电影开始还早，那对恋人勾肩搭背地靠在自行车三角架的横梁上，远望着西下的太阳，说着，笑着。

黄芬上前，轻轻拍了一下那位男青年问道："同志，请问今晚放映什么电影？"

那位头上圈着绷带的男青年转过脸笑答道："印度电影，《奴里》……"

话没说完，那男青年便张大着嘴，瞪大了眼睛看着黄芬，愣住了。

"汤包，果然是你！"黄芬一把抓住汤包的手腕，咬牙切齿地责问他，"不是说昏迷了一直没醒过来吗？怎么？大白天的，到电影院门口梦游来啦？"

汤包铁青着一张慌张的脸，眼睛盯着仿佛突然从地底下冒出来的黄芬，一言不发。突然，他猛地一下挣脱了黄芬抓着他的手，迅速推起自行车，小跑一段路后，飞身跨了上去，猛蹬几下脚踏板，飞一样地夺路而逃……

"汤包，你别跑呀，我们去公安局，把杨远放出来……"黄芬边急步追赶，边冲汤包呼喊。然而，肉腿还是赛不过轮子，两人的距离越拉越大……

终于，黄芬跑不动了，双掌撑在膝盖上，喘着粗气，眼睁睁地看着汤包的自行车，消失在那片迷人的夕阳里……

等她再回到电影院的自行车停放处时，不出所料，那个女的也早已消失得无影无踪。

太阳已经完全落山了。黄芬很饿，她的脚步很绵软，但依然急匆匆地赶路。街上的小饭店、点心店飘出诱人的食物的香味，她却顾不得停下来买一点吃，哪怕是稍微垫一下肚子。

她这样不顾一切，是要尽快搞清楚，这一切到底是怎么回事。那个汤包明明已经没事了，都出院了，自行车都骑得飞快了，为什么要骗人，说他一直昏迷，生死未卜，还莫名其妙地关押着自己的恋人。这一切到底是不是郝冬在幕后一手操纵？他到底要干什么？

她来到人民医院三楼的重症监护室值班处，心急火燎地问一个正在写着什么的女护士："医生，请问汤包醒了吗？"

"汤包？你饿了吗？"那名护士嘴角一掀，把嘲笑挂在上面。

"你怎么知道我饿了？"黄芬可能真快饿昏了，似乎没有听懂护士的调侃。

"汤包上点心店去买呀，这里是医院，哪有什么汤包？别胡闹好吗？没看到我正忙着吗？"

"不好意思，你误会我了，我说的汤包是一个病人，前些天送进来的，头被砸了一直没醒，说是在重症监护室……"

"你说的是汤宝吧？他不叫汤包，你这人发音有问题。汤包，嗨嗨，有意思。"护士笑得仓促，可能呛到口水了，边笑边重重地咳嗽着。

"对对对，就是他，他在里边吗？"

医生停住咳嗽的同时也停住了笑，她抬起视线，仔细打量着黄芬说："你姓黄？"

"对对对，我叫黄芬。"黄芬迟疑了一下，"医生，你怎么知道我姓黄？"

"我猜的，既然你叫黄芬，那汤宝同志就在里面昏迷，还没醒来。"护士停顿片刻继续说，"回去吧，姑娘，公安的同志说了，汤宝的案子十分复杂，未经批准，一律不得探视。何况，现在这个点，早过了探视的时间。"

黄芬铁青着脸，愤然道："医生，我猜汤宝不在里面，他已经醒了，已经出院了。"

护士慌张着把视线从黄芬的脸上移开，脸上难掩惊讶。她定了定神说："姑娘，别闹了，他的确在里面，一直昏睡着。"

黄芬说："如果他真的在里面，就让我看他一眼。我保证什么也不说，什么也不做，就在监护室门外，隔着玻璃窗看他一眼，行吗？"

"姑娘，真的别闹，你回去吧！你的要求，已经超出了一个值班护士的权限了。"

黄芬盯着护士的眼睛看，看了足有一分钟，仿佛在寻找一个正确答案。她看见护士的眼睛里写满了不知所措。她自言自语道："我猜对了，汤包果然出院了。"

说完，扭头就走。

黄芬真的饿极了，这时，她突然想起了旺公馆，郝冬不是在那里请办案的警察吃饭吗？她不得不佩服他的神通广大，作为取保候审的犯罪嫌疑人，警察不是该回避他的吗？而他，居然可以与办案警察约在一起喝酒吃饭。回头一想，汤包不是没事了吗？不是仍活蹦乱跳着的吗？既然受害人没事了，警察与取保候审的犯罪嫌疑人喝顿酒、吃个饭，有什么不敢的？

黄芬弹了个响指，又自言自语道："正确答案，可能就在饭桌上。"

黄芬朝着旺公馆的方向继续走着，此时，大街上已经亮起一片灯光。她有点走不动了，她想，现在她的胃肯定扁得如同一张白纸，她要去旺公馆，用郝冬点的菜，在这张白纸上，写上一大篇。

这时，一辆"摩的"停在她的身边，像是安排好的一样。

"姑娘，要去哪？我送你，不出县城的话一律两块钱。"

黄芬从"摩的"司机手里接过一个红色头盔，套在自己的头上，随即又摘下来交给司机道："这是什么安全帽呀？里面毛茸茸的，戴上去硌脑袋。"

司机认真检查着那个头盔，从里面掏出一团软绵绵的东西。司机乐了，笑着对黄芬说："姑娘，真不好意思，是我的上一位顾客喝多了，把假发落里头了。"他一脸严肃，很认真地担心起他的上一位顾客，"啊呀，大晚上的，他光着头回家，别感冒啰，又没留个电话啥的，联系不上啊……"

司机一本正经的唠叨，逗得黄芬开怀大笑，越笑越停不住，居然捂着肚子蹲下来继续笑。之前糟糕的心情突然也好了许多。她突然意识到，她不应该不开心呀，汤包没事了，那杨远肯定也没事了，她应该高兴才对。于是，她继续笑着，边笑边戴上头盔，跨上摩托车的后座，用调皮的口吻对司机说："师傅，旺公馆，全速前进……"

黄芬推开316包厢的门，往里粗略一打量，七八个人，有男有女，酒都喝在脸上，红红的，早已过了三巡。郝冬背对着包厢的门坐着，一动不动地趴在餐桌上，多半是因为黄芬为杨远的事误会了他，还在耿耿于怀，于是便借酒浇愁，就喝晕了。

见黄芬突然推门进来，郝冬左边那个三十多岁的男的突然站起身来，用半个正啃着的鸡翅指着她说："小姑娘，你，你，你找谁？"

除了郝冬趴在桌子上的背影是熟悉的，这一桌子的人，黄芬一个也不认识。目前，她最关心的不是这一桌子的人，而是这一桌子的菜。

　　看着这满桌子花花绿绿的酒菜，黄芬早已垂涎三尺了。她根本没空把那个问她话的男子放在眼里，随口来了一句："我找吃的！"话音刚落，便像一头饥饿的狼似的，一下蹿到郝冬边上的空位上，也顾不得落座，双手抓起两块白斩鸡肉，在边上的碟子里蘸了蘸酱油，就往嘴巴里塞。她粗暴地嚼着鸡肉，含糊不清地说，"正宗的绍兴三黄鸡，好吃，好吃，太好吃了。"

　　包间里突然冒出一个陌生人，而且见菜就抢，吃相很不雅，可把坐在黄芬右手边位子的那个中年女子吓坏了。只见她站起身来，一把抱住了黄芬，惊慌失色地大声喊道："服务员，服务员，快来人呀，有人抢菜啦！有人抢菜啦……"

　　那女客人的喊叫，惊醒了一旁已经喝醉的郝冬。见黄芬突然出现在自己的身边，正狼吞虎咽地嚼着桌上的菜，郝冬有点蒙了。他简直不敢相信自己的眼睛，以为眼前的一切只是幻觉。

　　郝冬轻轻拍了拍自己红如猪肺的脸，又揉了揉满是血丝的双眼，异常兴奋地说："黄芬，是你吗？你不是说没空来吗？怎么就突然……"

　　听郝冬称呼对方黄芬，那女客人便知道来人的身份了，她立即松开抱着黄芬的双手，边假装拍打着黄芬肩上的灰尘，边十分尴尬地说："姑娘呀，你就是黄芬啊！误会，误会呀！我当是谁来了，原来是郝公子的女朋友大驾光临了，欢迎，欢迎……"那个女客人边说着欢迎，边鼓起掌来，旁边郝冬的其他朋友也都跟着她一起鼓掌。

　　黄芬突然停下嚼着三黄鸡肉的腮帮子，盯着那位女客人责问道："谁是他女朋友？你哪只眼睛看出我是郝冬的女朋友？我现在就告诉你，希望你竖起耳朵听清楚了，郝冬他只是我的领导，而我是杨远的女朋友，就是那个还被你们关在看守所里的杨远的女朋友。"

黄芬的责问一下子让酒桌显得异常安静。一桌子的人安静地看着黄芬专心致志地吃着丰盛的盘中餐，吃完了鸡腿，吃大虾……

沉默五分钟后，坐在郝冬正对面的男子咳嗽了一声，开腔道："小黄呀，你误会郝主任了。"见黄芬依然专注地吃着美味，毫无理会他的意思，那男子又咳嗽了一声，继续说，"自我介绍一下，我是南城派出所副所长王国兵，是汤宝、杨远等人流氓斗殴案专案组的组长。在前期审问的时候，郝冬、杨远都承认自己就是砸伤汤宝的主犯，而且根据口供杨远砸伤汤宝的可能性更大一些，毕竟汤宝现在还在昏迷……"

黄芬又一次停下嚼食物的腮帮子，抬眼看着王国兵说："谁说那只汤包还在昏迷，他早已出院了。王所长，我不知道你们在搞什么鬼，反正我今天下班后在电影院门口看见了害人精汤包了，千真万确，所以，今天我很高兴，因为汤包没事了，杨远也不会有什么大事的，对吧，王所长。"她回头看了看郝冬，打了个饱嗝说，"啊呀，真是'人逢喜事精神爽'呀！今天胃口特别好，谢谢郝主任的盛情款待。"

黄芬从餐桌上抽了张纸巾，边擦着手边说："我吃饱了，就不打扰各位了，走了，拜拜！"说完，冲众人挥了挥手，转身出了包厢。

此时，桃里山庄内，洪董、叶昌群、郝厂长和姜局也已经喝得面红耳赤了。姜局是县公安局的副局长，分管刑侦的。他是郝厂长的老同学，平时，他与郝厂长之间都以兄弟相称。在学校时，姜局曾发生过一次不大不小的车祸，伤口还蛮厉害，流了不少血。当时医院抢救用血紧张，恰巧郝厂长的血型与姜局的血型相同，所以，当时郝厂长还给姜局输过不少血，救过他的命呢。之后，只要说起郝厂长，姜局总是这句话："我们哥俩的情义，是鲜血凝成的，是牢不可破的！"这次郝冬闯了祸，郝厂长总要"麻烦麻烦"这位局长兄弟的。

姜局边卷着片皮鸭的皮子，边问叶昌群："叶医生，现在那个汤宝的伤情怎么样了？"

叶昌群恭恭敬敬地站起来，绕到姜局身旁，递上一支万宝路香烟，为姜局点上："姜局，其实那天郝公子下手还是有分寸的，那个汤宝只是轻微脑震荡，加上一点点头皮的伤，血倒是流了不少，幸亏抢救及时，止住了。毕竟是年轻人，输了点血，恢复得很快，现在呀，都活蹦乱跳的了。小子好了伤疤忘了疼，整天吵着嚷着要出院呢，我这里恐怕蒙不了他几天了。"

姜局看了看郝厂长，又看了看洪峤秋，边咀嚼着片皮鸭卷边说："如果汤包真出院了，我们再把杨远那小子拘在看守所，总会惹来闲话，也不是长久之计呀。"

郝厂长吐了一口烟，掀起眼皮看了看洪峤秋说："洪董，你能不能想个办法送他当兵去，这样，他不就与芬儿分开了吗？我家郝冬再花点心思追求追求她，我们两家亲上加亲这事，不就有戏了吗？"

洪峤秋点上一支万宝路，揉了揉醉红的眼睛说："之前，我吩咐过方园镇供销分社的唐经理，要他找杨远好好谈谈，动员这小子应征入伍。可他不想与芬儿分开，不愿去当兵。这种事又不能强制执行，对吧。唉，是呀，想个什么办法呢，不能让我的芬儿稀里糊涂就跟了这个穷小子呀。"洪峤秋深吸了一口烟，感叹道，"倒不全是因为这小子家境贫寒，我最担心的是，芬儿在恋爱方面没啥经验，一时冲动，跟了这样一个没怎么受过高等教育的油腔滑调的小混混，到头来吃苦的还不是她自己？唉，到时后悔也来不及呀。芬儿毕竟是我的亲生女儿，当年呢，也怪我自己不好，让她娘俩吃了不少的苦头。所以呀，往后的日子，我一定要弥补她，要给她一个幸福快乐的未来。郝冬样样优秀，郝家才是她的未来，才是她的归宿。"

姜局用餐巾擦了擦油光光的嘴说："洪董，你看这样行不行？明天上午，我带你去看守所，您当面跟杨远说说，给他点压力，让他乖乖地去当兵。您就这样跟他明说，按照单位的规定，受过治安拘留的员工是要除名的。但是，按照您目前在县里的人脉，可以帮他消了关于治安拘留的记录，但是，前提是，杨远必须为单位做点儿贡献，响应国家号召，光荣参军。根据集团董事会最新研究决定的意见，等他光荣退伍后，依然可以回原单位工作，岗位从优。现在汤宝已经没事了，我这里简单办个手续，就可以放人。"

叶昌群显得很激动，居然站起来鼓着掌，冲姜局翘起大拇指道："运筹帷幄呀姜局！"他又转向洪峤秋他们，"董事长，郝厂长，将来郝冬和阿芬要真结成百年之好，姜局就是他们的月下老人呀！"

叶昌群举起酒杯激动地说："来，我代表我的老同事小林医生敬三位阿芬的长辈一杯。你们是芬儿的贵人呀！"

小县城的火车站，锣鼓喧天，鞭炮齐鸣。站台上，杨远身穿绿色军服，胸佩大红花，背着简易的行李，站在即将告别故乡和亲人的新兵队伍里。郝冬代表单位，为几位新兵员工送行。

郝冬在杨远的肩膀上轻打了一拳说："臭小子，还是剪了长发好看，穿上军装真够威风的，帅极了。"

杨远冲他笑笑说："到了部队，军服上加了帽徽和领章，那才叫帅。"

一会儿，送行的人潮中冒出一朵小浪花，一个七八岁的女孩眨着漂亮的眼睛冲杨远说："叔叔，给你一个五角星，请你戴上它吧。"看到这颗特殊的五角星，杨远自然而然地抬起头在人群中寻找着什么。等他收回目光时，那个小女孩早已离开了，消失在热闹的人群中。

　　杨远知道，这颗五角星一定是黄芬给他的，是春天油菜花盛开的那个晚上，他在肖白人暂住过的桥洞附近拾到的。当时，他曾把它送给了黄芬，现在却又神奇地回到他的手里。但他不知道，这枚五角星和黄芬贴身带着的那一枚曾经形影不离，它是黄枯荣最好的兄弟肖白男的遗物，是肖白人不小心落在那座桥下的。他一把把五角星紧紧地握在手心，也顾不得尖角刺手的疼痛，生怕一松手，它会突然消失。关于这枚五角星，他还与黄芬商量过，等有假期了，一起去一次肖白人的家乡，让它物归原主。可是现在，这个愿望可能要等到他退伍回来才能实现了。他再次抬头在人群中寻找，他有一种感觉，黄芬就在附近的某个角落目送着他，她肯定要来送他的。

　　郝冬说："别找了，黄芬请了十天的假。我去她家找过两次，都是铁将军把门，她并不在家里。不然，我一定会带她过来为你送行的。我估计呀，我们与汤宝等人打架的情景把她吓坏了，多半去上海看林姨和阿方他们了。"

　　杨远看了看那颗五角星，冲郝冬笑笑说："她来送我了。"杨远拍了拍郝冬的肩膀，"关照好阿芬，关照好我奶奶。谢谢你！"

　　郝冬回笑道："放心吧，阿芬，还有你奶奶，我暂时代为照顾，我一定会照看好她们的。记得，要给我写信哦。"

　　火车进站了，杨远朝郝冬行了一个军礼，跟随着新兵的队列，踏上了告别家乡的列车，踏上了他的军旅生涯。

　　上了火车，对号入座后，杨远取下那顶尚无帽徽的军帽，虔

第12章

诚地把那个小女孩交给他的五角星，别在军帽上。他凝视着那颗五角星，用右手拇指轻轻地抚摸着它，就像抚摸着阿芬的脸一样。要告别家乡了，此时此刻，他最想念的人就是黄芬。他感觉自己已经很久很久没见她了，他有很多很多的话要与黄芬说。

坐在他右手边的小战士，看上去要比杨远年轻，他主动伸手与杨远握手："邓国良。邓世昌的邓，国家的国，作风优良的良。"

杨远把脸左转，冲他一笑。听了对方很高调的介绍，杨远一改之前早已习惯的"木易杨，很远很远的远"的自我介绍，脱口而出："杨远，杨根思的杨，远大理想的远。"

邓国良从口袋里掏出一粒奶糖，微笑着递给杨远。杨远冲他笑笑婉拒道："谢谢，我有。"说完，熟练地拆开一条泡泡糖，潇洒地朝嘴巴里一扔，边咀嚼边又从口袋里拿出一条，冲邓国良说："要不要也嚼上一条。"

邓国良把奶糖放回口袋，冲杨远点了点头，接过他的泡泡糖，说了声谢谢。随后，他学着杨远的样子，把泡泡糖扔进嘴里咀嚼："即墨马山营房吗？"

"是的，你也是？"

"当然，这批句容兵，大多去即墨马山营房报到。"

"哦，我报到的地方是即墨马山营房54756部队3营7连。"

"太巧了，我也是3营7连。"

杨远特意打量了一眼邓国良说："你这小身板也去3营7连吗？"

"怎么，小看人是吗？我就不能被选入侦察兵教导连了？虽然我长得不够高大威猛，但是，我可是我们公交系统民兵连的佼佼者，五公里越野、捕俘拳、匕首、倒功……哥们都练过。其实，小有小的好处，与你相比，我还身轻如燕呢。"

"不是这个意思，就是随便问问。"杨远冲邓国良竖了竖大拇指，

"真是人不可貌相啊。"

"你听说了没有？这次3营7连负责我们新民训练的排长，是一个战斗英雄，是一个出了名的狠角色，训练特别严格，就是往死里整的那种，明白了吧。"

"是吗？但我不怕，是福不是祸，是祸躲不过。"

"你要不信，就等着尿血吧。"

"信信信，我肯定信。但我总觉得吧，既来之，则安之。总之，尿血总比尿床强吧？对不对？"

邓国良无言以对，因为，他听出了杨远的弦外之音，一语双关，暗讽他胆小呢。他假装没有听懂，无奈地冲杨远竖起大拇指。

这时，一个穿着一身"风"牌牛仔服的漂亮姑娘，急匆匆地在列车车厢过道处自前往后走着。当她走过杨远和邓国良座位时，火车猛地颠簸了一下，她趔趄了一下，手不得已在邓国良的肩膀上搭了一把。她连忙转过脸连声说着"对不起"。

她的那一身衣服杨远很熟悉，她的脸也似曾相识。杨远觉得，应该是照过面的。苦思冥想了几分钟，杨远一拍大腿道："刘青青，对，就是她。"

没见黄芬来送他，的确十分遗憾。黄芬在方园镇工作的时候经常穿的那套"风"牌牛仔服，居然在今天，在他去参军的列车上出现了。而且，就穿在黄芬最要好的高中同学刘青青的身上。杨远想，这是幻觉，肯定是幻觉。但是，他又不相信这是幻觉，他确信，牛仔服、刘青青，这两个与黄芬相关的事物，就在五分钟前，真真切切地出现在他的世界里了，那么具体，那么深刻。此时，他必须马上向边上的邓国良求证。

他拍了拍正闭目养神的邓国良的肩膀，问他："邓战友，五分钟前，是不是有一个穿牛仔服的姑娘从过道这儿经过，火车晃动时，还撑了一下你的肩膀？"

第12章

"对呀，还是个很漂亮的姑娘呢，还一个劲儿地向我说了一连串的对不起呢……"

还没等他说完，杨远便站起身来，越过邓国良，沿着过道开始寻找刘青青。因为直觉告诉他，黄芬不可能不来送行，她一定就在这列火车上，找到刘青青，就等同于找到黄芬了。

然而，他却谁也没有找到。

火车已经开了近三个小时，窗外，天早已黑了。

杨远上了个厕所，回到自己的座位上。此时，邓国良早已睡着，起了鼾声。而在杨远右手边本来空着的座位上，却早已坐着一名新兵，戴着一顶别着一颗与他军帽上那枚一模一样的老式解放军帽徽的军帽。他坐下时，那顶军帽与他的那顶并排着，他抬眼向坐在右手边的那位新兵看去……

"黄芬，怎么是你？刚才在送行的站台，我一直在人群中找你呢。因为，我有种预感，你一定在离我不远处，默默地为我送行的。"

"想不到吧，杨远，这次我们要结伴而行了，要去同一个部队报到。从现在起，我就是你最亲密的战友了。"

邓国良揉了揉睡眼惺忪的眼睛，说："女兵也能进 3 营 7 连？"

黄芬不乐意了，怼道："女兵怎么啦？"

而杨远，则完全把邓国良当作空气，他激动地拉起黄芬的手说："我的天哪，我这是在做梦吗？"

"梦，从现在开始。"黄芬冲杨远做了个鬼脸。她抽出右手，指了指两顶军帽说，"看，这两个五角星，一个是我爸爸黄枯荣的，一个是他最好的同事、兄弟肖白男的，经过了那么多年，经过了那么多事，它们终于又聚在一起了。"

"听你的口气，他们之间应该有一个十分动人的故事。"

"的确，故事很生动，很感人。上周我调休去了上海浦东，第一次回到母亲的故乡，一家人相聚上海，百感交集。妈妈就给我详细讲述了黄枯荣和肖白男的故事。"黄芬停顿片刻，"还有洪峤秋。"

"里面居然还有我们洪董事长的章节？阿芬，你能给我讲讲这个故事吗？"

黄芬摊开右手手掌，又一颗鲜红的五角星呈现在两人眼前。她清了清嗓子继续说："得知你报名参军了，我向董事长好说歹说，也想报名参军，与你一起保家卫国，可他就是不同意。这次去了上海浦东，听母亲讲述了她在安徽山区的五洲电机厂工作时发生的故事后，我就请求我母亲给她曾经的车间主任洪峤秋打了一个长途电话，轻描淡写，就说服了董事长，他终于同意我报名参军了。今天董事长还亲自送我上了火车。临行前，他把这枚五角星郑重其事地交给我，他说，这一枚人民解放军的帽徽，是他最心爱的物件，现在送给我。"

杨远问她："我终于知道为什么董事长对你那么好了，原来他是你母亲的老同事，老朋友呀。"

黄芬沉默了，她的视线透过车窗，伸向远方，心里冒出一句话："他——还是我的父亲，亲生父亲。"

但是，这句话，她终究没有说出口。

尾声

这次来到 3 营 7 连报到的新兵共计 17 人，其中 5 人来自黄芬的故乡。虽是故乡人，可除了杨远，黄芬都不认识。哦，对，还有一个特别健谈的邓国良，是在火车上刚认识的。

17 人编成一个班，连指导员临时起了个名，叫新训班。顾名思义，就是新兵训练班。它是个临时班，等完成了两个月的训练，根据训练成绩，17 人将最终分到 7 连的各排各班。

报到第二天，指导员便召集新训班开了个短会，也算是一个训练前的动员。指导员说："新兵训练科目很多，难度很高，你们17 人中，表现最好，综合素质最好的，将会编入光荣的一排，那可是我们侦察教导连的尖刀排，是尖子中的尖子。所以，一排的排长，将担任你们这次训练的总教官，希望大家刻苦训练，圆满完成所有的科目。根据我连历来的规矩，末位将被淘汰。"

"啊？还有淘汰的？是退回原单位吗？"邓国良情不自禁地冒出一句。流露出的紧张和害怕，惹来一阵哄笑。

"最后一名虽然不会退回地方，但被分配到炊事班烧饭养猪是逃不了的。"指导员是盯着邓国良的眼睛说的。停顿了一下，指导员继续说："本来，一排长，也就是你们训练的总教官今天要来训话的，但是，因为有任务，今天来不了了。他要我转告大家，要有充分的思想准备，面对马上开始的训练，每人要有掉 5 至 10 斤肉的思想准备。"

在指导员介绍总教官的时候，他的脸上始终洋溢着骄傲和自豪。尤其是说起他几次完成侦察任务，屡立战功的时候，那种神情近乎崇拜。

第二天一早，新训班的全体人员早早地来到训练场。为了给总教官留下最好的第一印象，大家采纳了邓国良的建议，一众全副武装的新兵，9人一排，分成两排，整齐地立正着，迎接他们的总教官。

人数，邓国良已经点了几遍了，他自己跟自己嘀咕着："9人一排，两排就是18人，我们班不是17人吗？"

这时，后排队伍有一人跨前一步，冲严肃立正着的黄芬说："老同学，想不到你也会来当兵。"黄芬激动地喊道："康帆，想不到你也会来当兵。"

她的激动，惊动了边上的杨远。杨远上下打量了一下康帆，正要说点什么时，康帆一把握住了他的手："杨远，你好！"

黄芬惊讶道："你怎么知道他叫杨远？"

康帆神秘地一笑说："青青把你与杨远的故事，全都告诉我了。"

杨远一拍脑袋说："天呢，火车上那一闪而过的人，果然就是刘青青。"

黄芬更惊讶了："什么？刘青青她也来当兵了？我怎么不知道？"

康帆又神秘地一笑，红着脸对两人说："青青不是来当兵的，她是来这里探亲的。"

这时，邓国良过来了，严肃地冲三人说："你们快别说话了，排好队，我们要以最好的状态迎接总教官的到来。"

康帆拍了拍邓国良，然后来到队伍的最前面，面向大伙说：

尾声

"全体注意，立正，向右看齐，向前看。向大家介绍一下，我是一排排长康帆，身体健康的康，一帆风顺的帆，是本次新兵军事素质训练的教官。祝大家的训练也能像本教官的名字一样，一帆风顺……"